大鱼

有爱的青春陪伴者

三川 著

江苏凤凰文艺出版社
JIANGSU PHOENIX LITERATURE AND ART PUBLISHING

图书在版编目（CIP）数据

他与风息共缱绻 / 三川著. -- 南京 : 江苏凤凰文艺出版社, 2022.1
ISBN 978-7-5594-5628-1

Ⅰ. ①他… Ⅱ. ①三… Ⅲ. ①长篇小说－中国－当代
Ⅳ. ①I247.5

中国版本图书馆CIP数据核字(2021)第019974号

他与风息共缱绻

三川 著

责任编辑 孙金荣
特约编辑 欧雅婷
责任校对 周 萍
出版发行 江苏凤凰文艺出版社
南京市中央路165号，邮编：210009
网 址 http://www.jswenyi.com
印 刷 长沙鸿发印务实业有限公司
开 本 880mm×1230mm 1/32
印 张 9
字 数 212千字
版 次 2022年1月第1版
印 次 2022年1月第1次印刷
书 号 ISBN 978-7-5594-5628-1
定 价 39.80元

目录

目录

第一章
冤家路窄

（一）

透过红酒杯看过去的银框带着金色，像一种什么东西，何遇的脑袋里一时没有确切的答案。

展会现场是不允许喝酒的，但经纪人还是给她倒了一小杯，不然，怕留不住她。

离何遇七八米远的正前方有一张展出的黑白色的照片——是一个刚从夜宵摊上喝得烂醉走出的街头辣妹的半身像。辣妹的额角有几处伤，冲镜头比了一个中指，带着目空一切的笑。

邻近的一个观展者看了许久发出一声叹息，掺杂着自以为优越者的可怜与鄙夷。

何遇一向不喜欢关注旁人，但她很喜欢这个反应，觉得滑稽。

《野蛮生长》摄影展选用的照片只有十七张，比任何一个见报的展会都少，可取景的地域跨度却几乎纵贯了整个中国的东西向。南方多雨，她不喜欢。

何遇记得照片里那些人物的所有细节，比如眼前这个姑娘，她的眉毛里有一颗痣，藏在眉色最浓的眉峰位置，照片上看不出来。

何遇抓拍下这张照片后问：“我可以存下吗？或许会用于展览。”

女孩翻了一个白眼：“随便，你有钱吗？搞点来花花，收你五十块。哎，刚才那张照片要是真有用，记得搞成黑白的，反正老娘死了也没人收尸，当遗照了。”

端着酒杯的何遇想到这儿，嘴角勾起一抹淡漠的笑，有欣赏、艳羡，打心眼儿里觉得那是个好姑娘，至少在用力、鲜活地活着。

“每天1000张的网络预约票一上架就全部售空，今天的500张窗口票更是差点儿没让那些人打起来。遇，你是最好的，为什么不肯给更多的人见识完美的机会呢？我们的场馆完全可以容纳比现在多出数倍的参观人次。”

助理Kevin熟稔地搭上何遇的肩，眼睛却顺着她的视线牢牢地锁定在那张竖中指的照片上。

他们相识于一个名利场。

2013年，当天Kevin背了一只Chanel的呼啦圈包，走秀款，名如其物，包体硕大。何遇站在一个角落里抽烟，觉得自己去说细枝末节的事情太麻烦，就想找个经纪人，最好“婊气”一点的。圈内的一个熟人随手一指，Kevin的视线正好与她对上，他闻到了无上限的人民币味道。

“遇，你知道那些期刊怎么评价你的作品吗？”Kevin问。

何遇穿了一双细高跟鞋，比他略微高一点儿。从他的角度看，她的颧骨看起来比平常格外高一些，很冷，很古典，也很美。

“所有作品都会收入影集，现场一张票都别加，我累了，先走了。”何遇侧了一点儿身子，很巧妙地让Kevin的手从自己肩上溜下，酒杯顺势传到了他手里。

Kevin托着杯体摇了一下，酒一点儿没少。

一个小助理轻声跑过来，看了一眼何遇的背影有些讶异，依旧对Kevin说：“Kevin哥，专访会场准备好了，问题过滤过，这是提问清单，记者正等着何老师呢。”

“记者正等着何老师呢。”Kevin学着小助理的语气复述了一遍，腰一叉白眼一翻，“好几百万还正等着老娘呢，有用吗？我问你，酒杯里的吸管跑哪儿去了？”

“忘……忘了放。”

“你这么棒怎么不干脆忘了细胞分裂永远做个受精卵！”

Kevin虽然气得够呛，但声音压得极轻，落在一旁的观赏者眼里更像一对亲密兄弟在窃窃私语地品评摄影作品。

小助理接不住这句吐槽，尴尬地站在那里。眼看何遇就要走出大门了，他才皱眉喃喃了一句：“Kevin哥，怎么办啊？”

Kevin瞥了他一眼，视线在那双慌张但足够圆亮的眼睛上停留了两秒，说道：“碰运气吧。”

何遇疾步走向大门，未得到访问允准的记者将展会入口团团围住。透过一扇茶色玻璃大门往外看，城市的霓虹、观展的引路牌、摄影机的补光灯都像无数双眼睛。

“有后门吗？”何遇没回头，但她知道身后跟着Kevin。

“有，展览期间临时封闭了。”

“打开，带我过去。”

“遇，越是曲高和寡的艺术越需要流量和曝光度。”

“当然。”

“那你……”

“我追求的不是艺术。”

“什么都好，知道你讨厌热闹和嘈杂我替你安排了专访，只有几个问题，你看看，不想回答的可以画掉。”

Kevin 适时将清单递给她，何遇一边朝后门走，一边快速浏览。

“《野蛮生长》定名的出发点与立意？没有；单幅作品拍卖的预估价？最高的那个；个人成长经历对摄影作品的影响……”

她的目光停留在第三个问题上。

WPP、达盖尔奖、哈苏国际摄影奖……这个问题总在不同的场合被乍然问起。

“抱歉，遇，人们需要这个。”

“从绝境中苟延残喘下来的少女凭借热爱与勇气铸就辉煌？”

“差不多，可以更煽情一点。”

“狗屁。”

“是，狗屁。但是遇，你先跟我回去接受采访好吗？”

高跟鞋停在后门的大挂锁前，何遇向 Kevin 伸出手。

Kevin 只好说道：“钥匙存在大厦保卫科，我让他们送过来。遇，接下来的一个月会是展会最受瞩目的时候，你用镜头换来的成功，应该在镜头前分享。我会把专访调到明天下午，你今天好好休息，好吗？”

何遇背手，玉琢似的一段手臂伸过脖颈将发髻拆散，盘发的是一支刻刀造型的铬锻簪，银白色，很衬她。

Kevin 拿到钥匙后，把细端伸入锁眼儿转了几下，“咔”一声，门就打开了。

何遇认真地回答：“有些不得空，还有一个拍摄计划没完成，今晚就得动身。”

Kevin 明知故问：“动身去哪儿？”

何遇掏出手机，指腹随意滑了两下，误点进了电子邮箱，看到了一封半年前的未读邮件，发件人 Unknown（尤金），主题栏写了一句与垃圾广告异曲同工的话——浑善达克沙地欢迎您。

她指着邮件说：“这儿。”

“浑善达克沙地？这是哪儿？”

“内蒙古吧。”

“……”

（二）

十月，入夜后阿巴嘎旗的气温降到了零下，没下雪。

手机移动电源电量耗尽、爆胎一次、陷沙一次，这次求安宁的入蒙之旅本身一点儿也不安宁。

何遇出发前给尤金回复了一封邮件要具体地点，尤金立马打了电话说从机场到驻地的路不好找，会有人来接。她说：“不必，这边信号不好，喂喂……”

当灰色的越野车停在宝拉格旅馆前时，何遇清楚地听到了轮胎碾压沙砾的“咯咯”声。

何遇靠在车座上点了根烟抽了两口，捻熄后，下车从后备厢拖出一只背包和一只行李箱，随后锁了车锁，往那道半开的门里走。

宝拉格旅馆的老板娘正坐在门后用一枚磨得锃亮的钢针穿牛羊肉干，七块肉干一摞，专门卖给徒步旅行的背包客。

何遇穿着厚实的冲锋衣从门口跨进来，用包将门缝顶开了一些，门撞到了穿肉者的屁股。

老板娘没回头，只是大声朝柜台吆喝：“阿拉格，有客！”

柜台上一个八九岁的男孩抬起了脑袋，指了指正上方一排系着褪色黄绸的木片。

单间七十块，标间一百一十七块，很随意的标价。

何遇说：“一个标间。”

男孩趴在柜台上朝何遇身后看，老板娘已经将门推回了原来的位置。

何遇说：“就我一个人。”

“标间两张床哦。”

“知道。”

男孩看着何遇觉得奇怪，但这份好奇没有停留太久就被灯罩上的一只小飞虫吸引过去了。他盯着看，何遇也不催，直到再一次响起了推门声，男孩才“咯咯”地笑了一声，迅速问何遇要了身份证登记。

“额吉，有客！”他以同样大的声音向老板娘吆喝，得胜般地从柜台后的高凳上跳下引着何遇上楼。

男孩在前，何遇在后。

走到楼梯口时，何遇闻到了一股奇怪的香味，很幽微，不是这个店里原有的。

“小伙子，等一下啊，就穿完了。”老板娘招呼着。

是刚进来的那个人身上的气味。

何遇上了楼。

小旅馆标价随意是有道理的，陈旧的木楼梯每走一步都“吱吱”作响，房间分布也密而乱。

男孩说：“柜子里有毛揪揪哦。”

何遇没听明白，问道：“什么？”

“房间柜子里有毛揪揪哦，有两个，左耳朵塞一个右耳朵也塞一个，运气好就不用，你别丢哦。”

男孩停在一个房间门口，用钥匙戳下一块门锁边翘起的漆皮，冲她笑了一下，开了门。

何遇没明白他刚才的话，也不想问。

乍看过去房间里收拾得倒算干净，墙壁上还挂着空调，条件已经很好了。

男孩问道：“啊！你要洗澡吧？”

“是。”

“用热水吗？”

“今天零度。”

阿拉格笑了一下，小拇指小心地戳了下何遇的外套，似乎在通过衣服厚度检测她的抗冻能力：“我给你换一间吧。”

“随便。”

“嘿，我最好了。”

“……”

他将何遇领到了隔壁房间，面积差不多大小，少了一张床。

“单间？”何遇问。

“这间的热水器没坏哦。”

“我需要一个软一点儿的地方摆我的相机。”

他笑：“我最好了。”

他转身跑开，将楼道踩得“噔噔”作响，冷风从尽头半开的窗户灌进来。

何遇打了个哆嗦，正要关门，男孩“噔噔噔”又回来了。

“给，单间，我最好了。”他手里攥了一个花布缝的坐垫和找的四十七块零钱。

何遇接过，道了谢，进了屋。

她放倒行李箱，打开绒布袋取出那些镜头，RF15-35mm、RF24-70mm……一一检查是否完好，这一路太颠簸了。

最后取出的是 RF70-200mm，何遇摸了一圈，套上相机机身，开门，迅速拍下了那条被寒风侵袭的走廊。

狭窄逼仄，灯光昏暗，尽头的窗口像一口深井，盛着化不开的浓黑色。

“在阿巴嘎旗，我也说不清具体是哪儿，那……你在家想我没有？”不知道哪个房间漏了娇滴滴的一声。

何遇删了照片装好镜头，从背包里取出雾化喷头和洗漱用品，熄灯去了浴室。

门口有摊水，她落脚时往旁边挪了一点儿，三两下换上自带的喷头，连浴室的灯也熄了。

她喜欢在暗色中触碰自己的皮肤，雾化的细水珠轻柔得像某种透薄的丝绢，滑过她高耸流畅的锁骨、纤长细腻的脖颈……还配合一遍遍的悉心擦拭方能完成清洁。

浴室有一面正是房子外壁，眼下起了风，腾卷的细沙尘隔墙在何遇耳蜗中磨蹭，“沙沙沙、沙沙沙……”千万个小分子的交响声，聒噪、粗粝，但性感，是大自然在调情。

今夜会做个好梦的。

何遇擦干了身子换了一条齐脚踝的吊带连衣裙，棉里掺丝，舒适、贴身。

房间里没有开空调，干冷适合睡觉。她的确很累了，明天还要接着赶路。

就在几个小时前，天色还没有完全黑的时候，她从驾驶室探出脑袋问一个放羊的牧民：“大叔，乌斯固沙小队怎么走？”

牧民嚅动的唇瓣配合上现下她脑海中一声无奈的重复：“什么地方？从没听说过。”

“要是真跟你说的那样，我也不用跟她们一起过来了，什么加班，你啊，就是借口多。”

先前那个打电话的声音还在，别的房间也不是十分安静。何遇想起了阿拉格有关毛揪揪那句“左耳朵塞一个右耳朵塞一个”的话，明白了，摸黑坐到床沿在柜子里摸了摸。

什么都没有。

何遇皱了下眉，困意上头，噪音也懒得管了。

小旅馆的床单带绒，她探脚进去，刚感受到温暖便闻到了一股奇特的香味。

床上有人！

她还来不及反应，躺在床单中的那人已经死死扼住了她的脚踝。

手掌宽大，力量十足，是个男人。

她下意识地先去开床头的灯，还没够着，躺卧的男人就一跃而起，一把将她倒压在枕头上。

动作狠准，是个老手。

“我……”

“去”字的音节没吐全，那只手便扼住了何遇的喉咙。

叫不出声，力量压制，男人半骑在她腰部伸手从床边够什么东西。

她挣扎时，听到了一声轻笑。

“见了光对我们谁都不好，你身材不错，可我没这爱好。哪，拿着，怎么摸进来的怎么摸出去吧。”

说着，对方骤然往她V字的领口里塞了一把东西，纸钞的边角硌得她胸口的皮肤生疼。

她故意忍着没出声，对方一撒手，她起身径直朝他脸上狠狠甩了一耳光，厉声喊着：“我弄死你！”

愤怒是真，引人注意求救也是真。

“什么毛病！”男人怒了，逮小猫小狗一般直接将她揪离了地面。

何遇不服输，几招散打的本事因腾空不好发力便拳打脚踢，虽然没有章法，但踹在身上一样的疼。

“得，给脸不要脸了是吧！”他拎着她走了两步将人狠狠压在墙壁上。

何遇冷静地想：再不来个人，自己就该命丧内蒙了，没化妆见报不太体面……

突然，眼前亮起一道亮白灯光，对方开了灯。

男人稍浅的古铜色皮肤使得高大的身材带着原始的征服感，脸型棱角分明，有北方汉子典型的俊朗，尤其是那双眼睛，深邃、透亮，藏着摄人的力量，一条工装裤松松垮垮地挂在他腰上。如果不是他说话做事太混账，单冲这副皮囊，自己也一定会给他拍一张照。

何遇瞪着他，见他单手从耳朵里掏出了两个毛揪揪扔在一边，咧嘴咬了一下牙：“怎么？不弄你两下不痛快是吧？”

“吱”一声，门开了。

“消气消气，这是怎么了？”闻声赶来的老板娘见两人这架势吓得够呛。

何遇目不转睛，他却突然撒了手。

她双脚落地，地板“咣当”一声闷响，摔了个屁股蹲儿，几张皱皱巴巴的纸钞从她领口掉出来落在了地板上。

六十三块，他给她开的价比这个荒郊野地的小单间房价还少七块。

“你问她！”男人没好气地说。

老板娘迅速跑上前来，男人是她亲自接待安排的房间，这个女孩……

见何遇从地上爬起来，气势汹汹的，老板娘认出来了，这是自己穿肉干时顶门进来的那个人。

“我说怎么串儿上只有备用钥匙了，嗨！”老板娘喃喃了一句，一脸尴尬，她明明记得何遇要的是标间的，可看到一旁的浴巾，大致也明白了，连忙赔不是，“误会误会，有话好好说。”

“一个男人半夜把手往女人领子里伸叫误会？”何遇立在一边，两只眼睛直勾勾地盯着那人。他不是流氓，只是将她当作小旅馆半夜拉活儿的失足少女了。

从他说第一句话起，何遇就猜到了，可这事儿不能这么算了。

老板娘吆喝着叫阿拉格拿登记册上来给两个人看。

何遇的信息登记在 202，标间，因为热水的问题给换了隔壁 201 后，阿拉格没更改，老板娘这才给男人开重了。

看他的样子，大概是一进来连灯都没开就摸了耳塞倒头睡下的。

何遇瞥了一眼登记簿，“川昱”，名字倒还算配得起这个皮囊。

“对不起哦。”阿拉格将头垂得很低，急得泪眼涟涟的。

川昱坐在床头，伸手在阿拉格头上搓了一把。

还不算太人渣。

“算了，谁不犯错。”何遇比川昱更快吐出了这句话。

阿拉格抬起头，用袖子左右抹了一把眼泪，老板娘放下另一个单间的钥匙连连点头领着孩子出去了。

“你,不许走。”何遇从箱子里摸了香烟出来,坐在床头吸了一口。

川昱站定，将何遇从脚看到脸上，不带一丝回避，也没多大兴趣：“女的，一个人住旅馆，晚上最好用东西顶着门。”

“跟你不熟。”

“行，当我白说。”

他的视线在房间里绕了一圈，似乎在找什么，没找到。

何遇用脚点了点地上的纸钞，问道：“什么意思？”

“误会。”

“我像小姐？”

“黑灯瞎火的，谁知道？”

何遇抬指击了一下烟身，地板上多了一小撮白灰。

川昱嗅了一下，是熊猫香烟。

他默不作声地蹲下将钱一张张收进手里，腿部的肌肉线条因为下蹲的动作更加形状分明。

何遇只是无意瞥了一眼，就立马收回了目光：“刚才不是说我给脸不要脸，你别以为我会算了。”

“什么？”他扭头，一对折将整理好的纸币重新放回了裤兜里，裤头松松地挂在腰上看着有些痞气，不该解皮带睡的。

何遇被他一脸坦然的反问激怒了，一把摁住了他。

川昱并不挣扎，语气如常：“我塞钱，你给了我一耳光，还想怎么样？”

“你摸了我的腰。”

川昱脸色一沉，刚才她想开灯，他当她是拉活儿的，怕看见脸了当他嫌弃她丑没面子，便翻身将她摁在了枕头上，握住脚踝的手往上带的时候，的确划过了她的腰。但只是手背，知道是女人他就没打算占一点儿便宜。

“……”

“没话说了吧？”

“只是手背。”

“黑灯瞎火的，谁知道？”她将他的话原封不动地还给他。

川昱瞪了何遇一眼，对上她的视线。

这个女人想挑事，但他又看不出她更深一层的目的。抽熊猫、不差钱，但要真的只是因为那一下屈辱，她的表情未免也太冷淡了一些。

她能原谅阿拉格，说“谁不犯错”时也不是装出来的。

川昱叹了一口气：“得，对不起。”

她的手还不松，稍长的指甲抠得他两边肩膀有些刺痛感。

川昱没心思跟她耗下去，往旁边横向撤了半步无果，直接抿嘴站了起来。

“嘶——”指甲勾住他的T恤衫在右边肩膀上划了长长的一道。

何遇没想到，他会用蛮力来挣脱这种高位压制，更没想到，他竟然成功了。

破皮了，划伤的地方转眼渗出了小血珠。

川昱吃痛地吸了口凉气，薅起一旁的外套和另一把钥匙走出门去，一言不发。

“什么德行。”何遇眯着眼睛吸完了手上的烟，捻熄后搬了个柜子把门顶上。

关灯，睡觉，一报还一报，心里安乐了。

她盖着被子翻了个身，感觉床上有个什么东西，伸手一摸，那男人的皮带落这儿了。

（三）

后半夜比想象中安静。

风沙停息了，气温也回升了不少。

顾着昨晚的误会老板娘特意让阿拉格往何遇房里送了一份早餐。

羊肉馅饼和一碗看不出原料的汤，自家做的，有草籽的香味。

何遇早上吃不惯荤腥，只从包里取了吸管尝了两口汤，饮食习惯到底不同，没什么胃口。

趁阿拉格盯着她喝汤的样子看，她顺势翻出尤金的短信向阿拉格打听：“乌斯在哪里？”

见男孩有些蒙，何遇收回了手机：“怎么问的人都不知道！”

阿拉格立马摇头，小嘴一咧：“乌斯，在这里、这里，还有……”

男孩在指过汤碗和卫生间的水阀后，那根粗短而红润的手指停在了何遇嘴角。

她一抹，有一滴汤汁。

何遇明白了，乌斯，在蒙古语里是水的意思。

“那乌斯固沙队，听说过吗？”

“没有哦。”

正在这时，何遇的手机响了起来，铃声是一段大提琴独奏，阿拉格听了两声，风一般地跑开了。

是尤金，她接通了电话。

“Oh my god！终于联系上你了！你能来这里，我真是太高兴了。这里是金子发光发热的地方，这是你和浑善达克互相的，何遇，感谢老天！告诉我，你真的来了。”

等听筒另一端的咋呼声息止，何遇烦闷地皱了下眉："我在宝拉格旅馆，还有多远？"

"宝拉格旅馆？"

"是。导航只引到阿巴嘎旗，问了几个人，都不知道那个驻地。"

"哦——固沙队伍，太小太多了。你开车来的？我看网上的消息，你的摄影展在北京。何遇，那是你的家吗？我以为你会坐飞机，你知道，我就是坐飞机来的，从路易斯安那到北京，从北京到呼和浩特国际机场。你们国家的交通很方便，特别是从首都……"

"……"

何遇切断了电话，又从包里摸了根烟出来，吸了一口回拨了过去。她赶在尤金开口前淡淡道："信号不太好。"

"哦，是的，你去过沙漠地区你知道的。"

"从宝拉格旅馆到驻地，怎么走？"

"得看房子和草，讲不清楚，我来接你吧。"

"不必，你看一下方位。"

"何遇，我应该来接你的，虽然这儿是你的国家，你才是……东道主？不过，你能接受我的邀请，我高兴坏了。我发了很多，我不知道怎么形容，我的相机讲不出这里的故事，但是你可以，你……"

"好，我等你，谢谢。"

手机屏幕黑下去了，何遇却似乎还能听见尤金的声音在房间里飘。

宝拉格旅馆偏僻，却也不是独门独户，停车的时候天色很黑，看不清四周，但她确实听到了几句低低的讲价声。既然有别的店铺，出去逛逛透透气也好。

就沙漠地区来说，浑善达克还算不错的，依托京津风沙源治理工程，受益不小。

何遇取了相机，反锁上了房门，想下楼拍两张小镇风光热热手，走到楼梯口莫名其妙地想起了昨晚那个男人。

她是个摄影师，天生能听懂镜头的渴望。

昨晚川昱蹲下整理那些纸钞时，它们在行李箱中对何遇说：别放过他。

何遇迅速折身回房间取了昨晚那根硌她的皮带，走到柜台前跟老板娘打听。

“川昱住哪个房间？”

“谁？”

“昨天晚上那个。”

“哦——俊小伙。”老板娘的笑容不可名状。

“他的皮带落下了。”

“你留着吧，绑绑行李。”

“……”

“没办法，他已经走了，退房了。我让阿拉格送早餐的时候，他就不在了。钥匙和住宿费放在我柜台后的凳子上，用小碗扣着，心思多细巧的汉子哦，不知道赶什么走这样早。”

何遇“哦”了一声，将那根旧皮带卷了两圈放在了柜台的一角，老板娘不置可否，这样的东西，主人一般不会回来取了。

乌斯固沙小队，年龄最小的队员达巴辛干正守着炉子，用一口比自己脑袋还大的锅煮奶茶，烧了许久也没冒热气。

另一个队员眼镜问道：“辛干，好了没有？”

“催催催，再催我就往里面加水。”

眼镜调笑道："不是，你都烧了半天了，就算你在炼钢也该见着烟儿了吧。怎么，想小姑娘了？上次给你送水喝那个？"

"你没喝？你敢说你没喝？再说了，我喝的是三哥传给我的，不像你，接女孩子递的，不要脸。"辛干搅动着手里的木勺，精黑的小脸却憋出了两道紫红色。

眼镜一撇嘴："啧，没大没小，当心我把你扔坑里拿沙子填严实了。"

"填严实了，等打井的时候挖出烂肉和碎骨头，三哥一准儿叫，'眼镜，眼镜，你来清一下'，到时候你手上、脸上，都是我的渣，没人帮你，还得坐牢。"

眼镜被辛干说恶心了，悻悻地踏出了厨房，早上听到尤金隔着道门在打电话，音调颇高，吵得他睡不着。

眼镜一屁股坐在厨房门边，看炉子依旧没什么起色，这批干牛粪水分有点儿大。

他又问："辛干，队长还没回来啊？"

"嗯，昨晚就该回来的，不知道怎的，打电话时信号不太好。"

"在旗上歇下了吧，大城市来的姑娘娇气，两只小脚丫子奶豆腐似的走不了路。不过，你乌尼姐下次见面肯定要打你了，叫你看好队长，你也不跟着去盯着，万一尤金找来的那个摄影师又温柔又漂亮，你改口叫姐夫的事情就吹了。"

整个队伍只有男人，不聊天逗趣可真要闷死了，三五句话谈一谈姑娘提神醒脑，辛干听惯了，只说："谁也没有我阿姐好。"

他说完，转头又去搅锅子里煮的奶茶。

"咕噜"，锅里终于鼓了一个泡，奶香味儿炸开了。

何遇坐在宝拉格旅馆的木门槛上，一边晒太阳，一边看老板娘往墙上挂昨天晚上穿好的那些肉干，深红色的，一串串垂下来，像泡过水的鞭炮。老板娘穿了一件金黄色带宝蓝封边的袍子，三种颜色映在同一面墙上，很绚烂。她举起相机尝试取景时，身后有人拍了她的肩膀一下。

“何遇！”

何遇回头，只瞧见一个很大的阴影，尤金向后撤了两步，她才看清楚了。

一头稀疏枯黄的浅金发，一件与当地人别无二样的蓝黑色厚布袍子，脸庞很宽，也是黑的，只有高挺的鼻梁和那双湛蓝的眼睛，还能分辨出他外国人的模样。

尤金胸前也挂着一台相机，镜头遮光罩破了一个小角，保护盖也没合上，像一只眼睛，盯着她。

何遇准备按下快门时，老板娘已经走开了，何遇收起自己的相机礼貌地笑了一下，绕到尤金侧边说：“你好。”

“何遇，你还是这么漂亮！四年前在罗德岛州，我和同学们都私下叫你‘遇女郎’。还记得安德烈吗？他偷拍你的照片藏在他的摄影包里，你却将他按在墙上教训，这可迷坏他们了。你知道，亚洲的姑娘都像温和的奶油，但你像一块干酪……”

尤金滔滔不绝，何遇看到了阿拉格，对尤金做了个抱歉和失陪的手势，走到了柜台边。

“一副耳塞。”她掏出了兜里的零钱。

“羊毛揪揪？”

何遇点头等着，指节有些急促地轻叩在台面上。

“要什么颜色哦？”

“随便。”

“那就给你一个白的一个黑的，是脖子和小尾巴上的毛做的，软乎乎的哦。”

“你自己捏的？”

“是哦。”

“多少钱？”

“给钱一块，不给也行，我最好了。”

何遇笑了，付过账，端起相机问：“我能给你拍张照片吗？你再说一次那句话。”

“哪句？”

“你最好了。”

“嘻嘻，你也最好了。”

说完，阿拉格腼腆地看了一眼镜头，摇着头跑开了。

何遇收好那对太极色毛团，无意瞥见了柜台角落那根卷着的皮带，黑蛇一般，还在那儿。

“我走了。”她冲男孩跑走的方向喊，将那根旧皮带也收进了包里。

出旅馆的时候，尤金已经挪步到了何遇的车前，奔驰 G65AMG，是个男人见了都想跟它“坠入爱河”。

尤金跃跃欲试地说：“我来开吧。”

“好。”

何遇提包上了副驾驶，试着塞了一下右边的耳朵，比想象中舒适。

她不讨厌尤金，不讨厌 Kevin，不讨厌记者和所有对自己热情的人。她只是喜欢安静，喜欢一个人。

“何遇，我在《Gaia》上看过你的作品，你肯定能将我在这儿的感受用影像传递给世界各地的人。”

何遇平静地说：“沙漠题材，算摄影的重灾区。”

“不不不，浑善达克不仅仅是沙漠，它是……”尤金在脑海中搜索合适的形容词，“Man，一个不具像的男人，你会明白它的。何遇，不是拍照，是相亲，你跟浑善达克，世界跟浑善达克……It's a miracle！（这是奇迹！）”

他激动时便会说英文，何遇却只是淡淡地问：“为什么不是你自己？”

“哦，我也在等着，它有一天会接纳我的。”

尤金咧嘴笑出了一排大白牙，连牙龈都有些外露。

何遇勾起嘴角。

摄影师记录景色，景色启迪摄影者，镜头只是机器，真正能让一张照片活起来的，是镜头两端的情感联系。

何遇理解尤金，点了根烟，将手伸出窗外，风中有细小的颗粒，“沙沙”作响，平白又让她想起了旅馆里的那个男人。

尤金还准备说什么，何遇就缩回手关上了车窗，说道：“昨晚没睡好，我先休息一会儿。”

“好的，到了驻地我叫你。我会将车开得稳一些的，你知道，你是我们的贵客，本来以为你坐飞机来的，还找了……”

“谢谢了。”她有些急切地翻身靠着座椅塞上了耳塞，顺手将行车路线同步给了助理 Kevin，确保安全。

昨晚的一番闹腾并没有让她真的犯困，她微眯着眼看车窗外连绵不绝的沙峦，干燥又寒冷的气候让她舒服。何遇觉得，自己或许一早就该到这儿来生活，少沾水，少回忆，无情无义也好，放过自己。

车子在不成道的沙地中沿着一些只有识路人才熟悉的干草垛和

石块穿行了好一会儿。

她见过世界各地的沙漠景观，现在感觉除了能喘口气，不知道自己能在这儿找到什么有意义的东西。

但她带着相机和镜头来了，就是认真的。

想到这儿，她有些焦虑。

车子快速碾过一个小沙坑，剧烈地颠簸了一下。视野震颤中，何遇看到了一排围建的小平房，一个男人正拎着一卷旧水管站在正中的大铁门下。

尤金打开驾驶位的车窗，向他招手喊话：“队长，我把何遇接回来了！你开一下门，我把车开到院子里去啊！”

冷风扑面，何遇用手掩着口鼻，距离越近人像看得越分明。

身材、肤色、脸蛋……何遇过目不忘。

铁门下站的人也发现了何遇，透过风，透过玻璃，他盯着她，那眼神深邃、透亮，带着摄人的力量。

尤金偏了一下头向何遇介绍：“那是我们乌斯固沙三队的队长，他叫……”

“川昱。”

何遇皱了下眉，这地方，怕也清静不了。

第二章
嘿，闷骚型，真有意思

（一）

川昱单手拉开了铁门，站在边上。

越野车驶过时，何遇仅隔着二十公分的距离看他，他却巧妙地移开了目光。

在旅馆时就是这样，他对她，似乎连男人看漂亮女人的天性都堵得死死的。

何遇没动，尤金将车停稳后跳下车。他绕到了副驾驶前，隔着玻璃窗跟川昱介绍："这是何遇，《Gaia》杂志特约摄影师。我跟你们说过的，那本杂志是全球着眼于地貌生态摄影数一数二的标杆刊物。嘿嘿，何遇也很能吃苦，自己开车来的。"

川昱点头，倒是瞧了她的车半晌，低声道："她脾气不太好吧。"

"什么？"

"没什么。"

北疆风向乱，偏何遇听到了这句话，没来由地抿了下嘴，一言不发下了车。

停车的位置靠左，从她的落脚点可以看清这是一排很长的平房，有三个人正朝这边走来，两大一小，他们盯着车，眼睛里都放光。

“眼镜、辛干、老张，这是何遇。”

川昱在何遇身后稍远一点儿的地方做简单的介绍，避嫌似的。

个人特色都明显，分别是戴眼镜、蒙古族、岁数大，不用细致讲述也能对上号。

何遇说：“你们好。”

“何遇同志，你好你好，我是乌斯固沙三队的副队长，叫姜洛平，你可以叫我副队，或者姜哥。”

“或者死眼镜。”辛干在眼镜好不容易用正经语气说话时插嘴。他们刚才跟何遇打招呼时的拘谨突然就变成了一脸欢笑。

何遇也笑，只有老张一声不响绕到车后给她搬行李去了。

她对老张说：“谢谢。”顺便看了川昱一眼，他正盯着眼镜和辛干打闹，嘴角翘起了一点点，轻易看不出。

她在想如何为这个特写构图，注视了好一会儿，被察觉了。

川昱顺着视线对上了何遇的目光，她便问：“我住哪儿？”

他的嘴角轻微颤动了一下，这个女人，邪乎得很。

“随便挑。”

“你是队长，我听你安排。”她像是忘了昨晚的尴尬，一副外来者的纯良模样。

但川昱还记得，旅馆房间里亮起灯的那个瞬间，他像扼住了一个光滑的白瓷瓶，而瓶上生了一对狼的眼睛，眼里盛着男子都鲜有的烈性。

川昱放下旧水管，双掌相对拍了拍灰，目光在何遇温和的双眸间停留了一瞬，眯眼指了一下：“就那间吧。”

最尽头的那间，房门看上去只有窗户大小，算院里的边地了。

何遇点了点头：“好。”

“那……那晚上我找找蜡烛。”接话的人是辛干。

眼镜扑了两下没逮着他，他们又和好了。

眼下两个人勾肩搭背地站在墙边，亲如兄弟。

何遇将这话揣摩了片刻，老张扶着行李箱告诉她：“这一排过去，只有那间房子没通电。”

气氛冷了一会儿，眼镜补了一句：“空房的线路太老，怕把你烧死了。”

何遇：“……”

川昱看了眼镜一眼：“话多就出去把马喂了。”

何遇惊奇地问道：“你们有马？”

辛干马上接话道：“有呀，有四匹，昨天三哥去机场接你骑的那匹黑马最漂亮，又高又壮，后腿……”

川昱：“辛干你也去。”

“好哦。”

两个人又嬉笑着勾肩搭背走了。老张没有别的话，扛起了何遇的行李箱和背包，何遇拦下箱子，说道：“这个我自己来吧。”

老张点了一下头，只替她拿了包往屋里送。

尤金像是灵魂出窍才回过神来，追上老张喊：“摄影师的东西都要轻拿轻放。”

院子里只剩下何遇和川昱隔着四五米的距离站着。

何遇说：“谢谢。”

“没什么好谢的，都是空房。”

“谢谢你昨天去接我。”

“没接到。”

“是，我开车来的。”

“现在知道了。”

“骑马可以去机场？”

“可以，不过太远不方便，最好找个熟人拴在旗上，去机场坐大巴。”

“你等了很久？”

“有一会儿。”

“打过我电话？”

“打过，关机了。”

“嗯，天冷电量消耗得出奇地快。”

再没多的话聊了，川昱只是冷冷地站在那儿看才丢下的那一截旧水管，偶尔用拇指比画一下，似乎在考量截开之后还能有些什么别的用处。

尤金不知道什么时候已经从房子那头走了过来，盯着自己的腕表自责地号道：“竟然已经七点了，这么说我带何遇错过了晚饭？老天，我爱死那些热腾腾的奶茶了。”

川昱的视线终于从那根水管上移开，抿了下嘴：“给你们留了吃的。”

尤金窜进厨房，端出了两只海碗，上面还用小一号的盘子扣着，有谷物烙熟的香味儿透出来，应该是馅饼儿一类的东西一直放在炉火边慢慢煨着。

尤金递给她：“尝尝，干了点儿，但很香。”

她揪了一小块放进嘴里嚼，看到川昱的嘴角又动了一下。

他没说话，她故意盯着他，用嘴型跟他说“谢谢”。

川昱头一扭，直接出去了。

何遇也拖着箱子、端着碗往分配的屋子走，尤金以为她嫌人情淡漠、嫌伙食寒碜，于是跟过去解释：“他们都是很好的人，值得信赖的伙伴，不过你得见谅，这地方偏远，人见得少，待久了多少有点儿社交障碍，他们都很欢迎你的，真的。”

“嗯。”

尤金开着她的越野车单从旅馆到驻地就折腾了两个小时，川昱骑马花的时间只会更多，去机场还得转大巴。昨晚她在旅馆遇到川昱投宿时已经那样晚了，想必他也等了自己很久，别说欢迎，做到这份上，再添些类似“热烈”“殷切”“如盼春风”的形容词她都信。

“你知道，这边食物种类不多，队里也只有月末休息的时候才有时间出去采购，经费太有限了，所以在生活上……”尤金絮絮叨叨地说着。

“那间屋子没通电，我需要趁天黑前把东西整理好。”她不想再听尤金唠叨，破天荒地停下跟他解释。

尤金终于释然地笑了笑，张开双臂想给她一个拥抱却顾及着她手上正端着饭碗，夸张地向后仰了一下头：“Thank god！（感谢上帝！）”

何遇也松了一口气，独自走进了房里。

屋子是与整个院落一样的砖石结构，靠床的那半面墙贴了瓷砖，屋内除了一张床、一张桌子和一个衣柜，别无他物。

何遇将饭碗放在桌面上，打开背包随手抓了一包湿纸巾准备四处擦一擦，从床着手，可反复拭了四五下纸巾上都还是白的。

屋内打扫过，很干净，只是旧。

何遇想起了川昱那句漫不经心的“随便挑”。

嘿，闷骚型，真有意思。

（二）

何遇的车就停在院里，两三个小时里眼镜已经上了五趟厕所。

辛干找到蜡烛给何遇送去的时候撞见了老张蹲在车尾，他嘴里叼着一根干草“啧啧啧”个没完。

辛干喊道：“叔？”

“啧啧啧……”

“叔？”辛干又喊了一声。

“你说说，这样的一部车得花多少银子？”老张问道。

出来第六趟，眼镜终于停住了。

“银子？嘻嘻嘻。”眼镜单纯觉得这个说法好笑，也凑了过去。

老张抿嘴舔了下唇上的裂纹，无视他俩，算命先生般翻了翻眼皮：“非承载式车身、梯形大梁、全时四驱、4MATIC 系统、前中后三把机械式差速锁……知道吗？遇到事儿的时候，即使你的车轮里有三个都在打滑，你都可以只靠剩下的那个车轮来摆脱困境。啧啧啧，这车，真够劲！”

“厉害啊！叔，差速锁都被你给看出来了！”辛干听得一脸崇拜。

眼镜也蹲了下来，问道：“老张，那你说说，这车得多少钱？”

老张想了想，将手机上的搜索页面按熄，煞有介事地伸出两根手指点了两下。

辛干将嘴张成了一个鸡蛋大小：“二十二万？”

老张没应，眼镜咽了一下口水。

川昱拿着一张区域作业地图从屋里出来，瞥了一眼蹲成环形的三个人和身后那辆车，淡淡地说：“二百二十万，中国配额 64 台。”

“那女人是疯子吧！”眼镜叫了出来，一副夺“妻”之恨不能报的表情。

老张一把将他按下，眼镜脸上还是一副苦大仇深的表情。

嫉妒啊嫉妒，高兴了小半年等队里下补贴也只敢看看三四万的二手众泰。他将手搭在身旁的那只车轮上，摸了摸，作势又掐了一把，像跟喜欢的女人抚腰诀别，总想留个记号一样。

“早知道我跟洋金去接她了，没准儿能开一把。”

眼镜稍歇口气儿又接着呢喃：“洋金啊洋金，啧啧啧……”

他的手还扒拉在那只轮胎上，没有一个人笑他。就跟女人喜欢高跟鞋、裙子和口红一样，男人也会对一部高性能的好车发痴发狂。

辛干算不清楚二百二十万能买多少头羊，表情反而不惊讶，只是觉得这车银灰色的车漆很漂亮，光光滑滑的，不像队里那台老车，被风沙碎石碰蹭得都能擦土豆丝了。

辛干问道：“三哥，那何遇姐来这儿干什么？”

“她是摄影师。”

“我知道是照相的，可她已经很有钱了。”辛干有些无法理解。

川昱一时没想好怎么跟他解释。倒是老张取下口中的干草，幽幽地说：“这叫精神追求，穷人只想吃饱穿暖，吃饱穿暖了的人却会想唱歌跳舞、写诗画画，嗯……还有照相。”

“那我们穷吗？”

“你想唱歌跳舞、写诗画画、照相吗？”

辛干笑了笑：“我只想种的沙拐枣和猪毛菜不要死，不然年年补种没个完了。”

川昱搓了一把辛干的头，说道：“我也是。”

“嘿嘿嘿……”

四个男人在院子里发出一阵傻笑。

辛干从兜里拿了好几根细细长长的白蜡烛出来，还没反应过来就被眼镜捡起捏在了手里：“好啊，你个小鬼头，上次断电我问你要蜡烛照明，你就给了我一截小拇指长的矮冬瓜，何遇还没开口你就新的大把大把往外拿。你三哥还说你节约管队费妥帖，我看你就是眼里只有漂亮姑娘。”

辛干羞红了脸，麻利地从眼镜手上将蜡烛抢过来：“你的皮比黑色还黑，你点什么蜡。何遇姐是女孩儿，生得那么白，黑乎乎的肯定害怕。”

眼镜立马打趣道：“我怎么不知道何遇皮肤白？哈哈，你这个小鬼头原来一直瞅着人家脸蛋看，还有上次那个递水给你的小妹子，也白是不是？”

玩笑越开越热闹，川昱往最尽头瞅了一眼，说：“行了行了，辛干你去给何遇送蜡烛，眼镜你把尤金叫过来，我们商量一下之后怎么办。”

“什么怎么办？”眼镜纳闷，接待一个来客不就是给吃给住吗？

老张又从口袋里摸出一截干草秆，老马一般在牙与唇间舔嚼它：“何遇是著名摄影师，她拍下的照片会引起轰动，具体什么好处说不上来，总之这事儿，上头也很重视，不然你三哥犯不着那么远去接她。小鬼，她可不是过来玩一玩凑个热闹的，她的工作，没准儿比我们对这块沙皮更有用处。”

川昱跟着点头，眼镜的表情也严肃起来。

辛干握着两根蜡烛说：“知道，何遇姐是来吃精神食粮的！”

在又一阵嬉笑声中，天色完全暗下来了。

何遇将最后一件衣服理好放进柜子里，抱出被褥铺好了床。

她嘴唇嚅了一下，想抽根烟，没摸到打火机，反而一把抓到了桌子上的海碗。

离开炉火的馅饼儿冷得快，她饿了，准备揪一点儿，撕了两下没撕动，索性用牙咬，像她在塞内加尔拍过的那些进食的狮子一样，她当时跟领路的原住民说她有时候也这样吃东西。

这是实话，但这样吃饼完全是因为硬。

“我进来了哦。”话音才落，辛干就已经托着烛火走到了何遇面前，门没关，房子也太小。

何遇来不及放下饼，坐姿也很豪迈，她想这一幕从辛干的视角看上去肯定有些惊悚，但他却笑了。

辛干将烛火倾斜了一点儿，在距离何遇身前四十厘米左右的桌面上滴下一滴滚烫的蜡油，再将整支蜡烛粘在上面。

何遇轻轻戳了一下，很稳妥，连火光都没颤动。

她说：“你很聪明。”

“嘻嘻嘻。”辛干只是笑。

何遇放弃了跟那块馅饼较劲，好生放回了碗里，擦了一下手：“坐坐吗？”

“好呀。”

“我叫何遇。”

“我知道，三哥跟我说过。”

“三哥？”

“就是我们队长，给你拉铁门那个。”

“嗯，知道了。你们一共七个人？”

既然是三哥，那论理上应该有大哥、二哥的，何况这工作不算轻松，这围房子也并不算小，合该住更多的人。

辛干摇摇头，从土黄色的棉布夹袄里掏出一只带盖的小口径瓶子往何遇的碗里倒。

很快就闻到了奶味儿。

“羊奶，泡一会儿好吃，别告诉臭眼镜，嘻嘻嘻。”

何遇看辛干很小心地又将空瓶塞回了自己的夹袄里，知道这是他私下给自己加的，便说道：“谢谢。”

“你是女孩子嘛。”

羊奶沾湿了干硬的纯谷物馅饼，有极轻的渗入声。

辛干接着她之前的问题答：“我们队本来只有四个人，我、三哥、臭眼镜和张叔。”

“尤金呢？”

“哦，洋金是前年年底三哥从沙坑里捡来的，”他笑了起来，露出一口白牙，“他尾椎骨摔裂了又没地方去就留在这儿养伤，养着养着我们就五个人了，嘿嘿嘿。他干活，也照相，不过照相的时候老是往羊肚子底下钻，附近牧民的羊一见他就害怕。何遇姐，你也钻吗？那要选远一点儿的羊，这一片的那些羊现在会踢人了，可疼。”

何遇：“我不钻。”

“那就好。嘿，加你我们就六个人了。”

“我看这儿房子很多。”

“是，以前建的，那时候人多，我都见过，不过都干不久，太累了。”

“待遇怎么样？”

“够吃够喝。”

“不够娶老婆？”见辛干脸一红，何遇坦然地说，“这是正常需要，我随便问，你年纪还小。”

“我十九了！”

何遇瞧了瞧辛干的个头，看得出待遇是不大好。

“你能吃苦。”

“当然，我阿爸说我是浑善达克的儿子。”辛干愉快地拍了拍胸脯，何遇瞥见了他手上大大小小的茧子，听他又问道，“何遇姐你是哪儿人？”

“户口本上是北京。”

“我知道，毛主席的老乡。”

“他是湖南人。”

“哦，我还以为毛主席是北京人，三哥的爸爸以前总说工作做得好不好北京知道。”

浑善达克是京津冀的主要沙源之一，这话没错，可何遇的注意点却落在了别处：“他爸爸？”

“嗯，以前的队长。”

“生了三个？大哥、二哥、三哥？”

辛干听了直乐，用手捂嘴还透出了一长串“咯咯”声。

何遇觉得他一时半会儿止不住，起身从包里掏出装吸管的密封盒，取出一支探进碗里吸了一口，出乎意料地好喝。

辛干不笑了，坐在长凳上看何遇吃东西，前一秒手撕牙咬，后一秒又像小孩一样用吸管吸。

何遇不在意，喝完碗里的羊奶又用筷子挑起泡软的饼吃了。

她吞下最后一口时，辛干的脸从耳尖红到了脖根，饼是他烙的，吃光了是客人对他厨艺最好的认可。

何遇没发觉，用纸巾擦净了吸管。

“辛干，辛干。”

听到外面川昱叫了他几声，辛干立马从凳子上站起来：“何遇姐，我走了。”

何遇点头，他顺手将碗也收走了。

他走到门口像是想起了什么，敲了一下门板冲何遇用手指在空中划了三道，是个川字。

“有次张叔偷偷给三哥做媒，那个姑娘来队里见了他一面之后死活不肯走了。三哥听说这姑娘在旗上教书，就拿着队上新发的宣传册叫人给他念，念得人家姑娘嗓子冒烟了还指着自己的姓氏问她这字是不是念三，人家姑娘愣是水都没喝就走了，嘿嘿……”

辛干说完一溜烟儿似的窜出了房门。

何遇后知后觉地抿嘴笑了一下。

入夜又降温了，她紧了一下身上的冲锋衣，起身关门时，瞥见一轮透着寒光的月亮正挂在空中，川昱立在院子那一头站得笔直，低沉地冲辛干喊了一声：“过来！”

何遇觉得，他的声音像风息。

（三）

第二日。

太阳升起来了气温就跟着回升，但还是冷。

眼镜把两把铁锹绑上马背的时候，看到了马嘴里“呼哧”出的白气足有半丈长。

他一边系绳结，一边跟马说话，讲到“马各有命，你毕竟吃了我的草”这句时，马头一扭撞了他一下。

眼镜退了两步指着马训道：“尼尔，好啊，好啊，脾气见长。”

他刚说完，“咣当”一声，铁锹掉在了地上。

气温将铺地的石砖冻得比夏季更坚硬，这一声听起来像直接砸在一面铜锣上。

老张从屋里出来，放下手上的一把扳手后牵住马，看了一眼何遇住的屋子，跟眼镜说：“小声点儿。”

眼镜点头：“嘿，差点儿忘了这茬儿。”于是，麻利地将那两把铁锹绑好。

辛干从厨房探了个脑袋出来，大喊了一声：“开饭啦！”

眼镜上前一把捂住了他的嘴，辛干秒懂。就驻地这条件，何遇肯定不适应，不折腾几个小时困到极点铁定睡不着，今天主要安排尤金带她熟悉一下大致的环境，确实可以让她多睡一会儿。

可喊声已经飘得满院都是了。

川昱正从厨房后的马棚过来，见三个人面面相觑，一脸盗窃被抓的愧疚样，淡淡地说：“她来不是享福的，该怎么着就怎么着。”

“三哥，那现在……”辛干问道。

“早餐六点半、晚餐七点，来了队里就得守队里的规矩，谁都一样。昨天忘了告诉她，你今天去叫一次，把你的作息跟她讲清楚，早点儿适应对她有好处。”

眼镜咂了下嘴，撇过头跟辛干小声说：“要不你三哥怎么娶不到媳妇呢。”

辛干“嘿嘿嘿”低头笑了一阵，川昱说：“去叫吧，就说我说的。”

“好。”辛干抬起头，转身就大叫了一句，“何遇姐……”

近旁的眼镜被他这一声炸了耳，骂道：“小兔崽子，你故意的！在这儿叫什么，我……”

话没说完，眼镜也看到了。

川昱察觉到不对劲，朝铁门的方向扭过头去。

何遇正托着相机站在门边，她穿了一件白羽绒服，密长的毛绒领子包裹着一张精致的脸，几绺乌黑的头发从帽檐侧边溜出来，随意地散在肩上。

何遇的脸原本就生得很白皙，现在吹了风，冻出了点儿红晕反而更显晶莹清丽。

他们看她，何遇也看他们，距离不远，刚才川昱说的话她显然都听见了。

老张嘀咕了一句："走路没声音的。"

眼镜用胳膊肘碰了碰辛干，冲着川昱不可名状地笑。

何遇将羽绒服的大帽檐摘下来，说："这儿的景色比我想象中美很多。"

"那是，嘿，这儿都是沙子还不算好，再往北走一点儿能看到整片的草原，金黄金黄的，漂亮极了。"

"还有水泊，四面都是沙的水泊，何遇姐你见过吗？可好看了。"

"干胡杨也不错，都是在沙地里自然风干的，别的地儿很难见着。"

三个人你一言我一语地将这儿的景色给何遇做介绍。

她很认真地点头。

辛干领着大家往厨房里走。

尤金正在屋子里帮忙分舀奶茶，几个人刚进去就很快开始善意地打趣起了自己杯子里的肯定被他偷喝过，十来秒的工夫出现三四种语言。

川昱笑了一下擦手准备进去，何遇拦在了他跟前。

隔着一堵墙，屋里笑成一片，门外的两个人面对面站着。

顿了三秒，川昱说："相机放下，洗手吃饭。"

何遇说："早餐六点半、晚餐七点。"

“这是规矩，踩着了点儿才能吃上热乎东西。”川昱冷冷地回道。

“我记住了。”

他一脸冷淡：“那样最好。”

何遇不喜交际，也并不自恋地认为所有人都得喜欢自己，但川昱对她的态度着实有点儿令人不悦。

川昱侧了一点儿身子再次准备进门，这次何遇没拦，只说了一句：“实在不行，你也在我肩上抓一道呗。”

川昱往后撤了两步，走到何遇跟前抿了下唇，戏谑地勾了下嘴角，只是仅维持了一秒，又恢复了原样。

何遇问道：“你笑什么？”

川昱不承认：“我没笑。”

“你笑了，我看到了。”

“你眼花了。”

“我从不眼花。”

“人都会眼花。”

“但我不会。”

他耸耸肩：“有这个可能。”

川昱走进屋里，何遇立在门口吞了一口凉气，跟了进去。

刚才门口的对话并没有影响何遇的食欲，她跟队员们一同围在火炉边吃早餐。

吸管落在包里，她本身也还不渴，便没去取，只是小口小口地吞咽那些干烙的馅饼。

尤金坐在何遇旁边，以为她拘谨，吃几口便跟她说两句。

“何遇，今天我先带你到周围看一看，这儿跟一般的沙地不一样。”

她点头。

“午饭我们只能在路上解决吃点儿干粮，所以早上你多吃一些。你知道的，身体是拍摄的本钱。”

她点头。

“或许我们可以开你的车出去，如果你愿意的话。”

她点头。

眼镜听到这儿小声说：“何遇，你真温柔。”

“因为你还不了解我。”她如实说。

眼镜当何遇是谦虚，又补了一句：“声音也温柔。”

川昱坐在他边上不置可否，咀嚼着一块劲道的麦饼，满耳朵都是何遇那句“我弄死你”。

辛干听着眼镜的话点点头，闲聊天没事干，胳膊肘向川昱挪了两寸，问：“三哥，你说呢？”

老张莫名将头别了过去，怕也被问到似的。

何遇捏着一小撮饼看川昱。

川昱说：“我也不了解她。”

辛干马上说：“没事没事，何遇姐要在这儿住很久呢，我们可以一起烤肉吃。”

何遇移开眼神接了一句：“主要是烤肉吃？”

眼镜一秒爆笑：“哈哈哈，何遇已经了解你了。”

气氛慢慢活跃起来，饭桌上的话题从尤金摔裂的尾椎骨聊到羽绒服和棉服的保暖差异。何遇话不多，但被问到的时候会接两句，她初来时队员们的拘谨在一餐饭的工夫里就消失了，出门前眼镜还非要给她看自己在沙丘上拍的一张倒立照。

角度问题，初升的太阳像一个光球被他抵在脚尖上，何遇评价：

“挺好玩的。”

眼镜得意到不行，笑了好几声才匆匆爬上马背。

何遇站在门口看他们往沙地驰去，每隔几秒便端起相机拍一张，凭眼缘选合适的作为素材存下。

都是背影，远的、近的，她细细浏览着。

正看得认真，电话响了。

她接通。

“阿遇，今天晚上回家吗？我和爸爸刚看了你的摄影展，很棒。”

“我现在在内蒙，拍一组跟固沙队伍有关的公益照。”

“浑善达克？”

“是。”

“你是个热心肠的孩子，跟你爸爸一样喜欢做公益，他知道了一定高兴。”

“嗯，高兴是件好事。”

“我们很想你。阿遇，这次拍摄工作完成后回来住两天好吗？我们一家人去看芭蕾舞剧，你以前很喜欢的。”

“好。”

何遇咬了下嘴唇，不知道后续说点儿什么好，小拇指的指甲抠着手机边缘，心里有点儿慌。

听筒里面传来另一个声音：“苏教授，我重新调整了一下我的参考文献……”

何遇连忙说：“去忙吧，您放心，我在这边会好好照顾自己的，多保重，再见。”

“再见，阿遇，我们爱你。”

通话界面终于以另一端主动挂断电话而结束了，何遇盯着屏幕上“母亲”的备注愣了几秒，翻到“父亲”的备注号码礼貌地发了一条短信——“我在内蒙古一切都好，您放心，自己要多保重身体。”

信号不好，等了数十秒才传送过去，她有些紧张。

身后尤金拎着一瓶无盖的宁城老窖叫她：“何遇，我们出发了。”

她将手机放进兜里，应了一声：“好。”

没有具体的目的地，驻地外是平坦的沙地，道路四通八达，何遇选了一个与来路完全相反的方向开，驶出一个多个小时后遇到了一段长达四五公里的搓板路，两边都是细沙丘无法改道。当然，何遇也懒得这么做。

抓稳方向盘开了十来分钟，车内基本没什么大的颠荡，尤金抿了一口酒说：“你开车的技术很好。”

“我惜命。”

“嘿，我刚来的时候给固沙队干过两天司机，那时候队里的车还没完全报废，我们沿着这条路去桑根达来镇。哦，那天我可没喝酒，不过我的酒本来也掺了大半瓶水，完全不会醉。我们去桑根达来镇，过这段路时颠得很厉害，我直接将车扎进了沙丘里。当然我觉得主要是车的原因，那个老家伙已经太累了。然后嘛，我就从司机降职成了搬运工，不过很适合我，川昱队长真是个很严厉的人。”

“或许说他也是个不嫌自己命长的正常人。”何遇说道。

尤金被她的话逗得发笑，又嘬了一口掺水的酒。

透过透明的酒瓶，里面的液体随着车身晃荡着。何遇扫了一眼，她对水的恐惧不在于视觉而在于触觉，哪怕再温热的水流成股滑过皮肤时，也会让她觉得寒冷惊悚，所以即便是饮水她也用吸管，一点一点地喝，为此还有人给她写过一篇八卦文章——《嘬，何遇式作》。”

她不介意，反而觉得标题取得很妙。

“何遇。”尤金大喊一声。

“嗯？”

“小心！”

车左侧有一个与路面同色的物体窜过，尤金着急夺了一把方向盘，何遇赶紧踩了个急刹，可方向偏移，左侧的两只轮胎已经陷进了沙子里。

她被颠了一下，定睛看，车前站了只灰扑扑的兔子，它愣了一秒，跑了。

尤金赶紧说：“抱歉抱歉。”

何遇没作声，尝试只用右侧轮胎驱动来摆脱困境。

车子半挂在沙道上轰鸣了几声，左侧陷得太深，实在带不出来。

她索性挂上相机拉开了车门。

尤金很自责：“都怪我，车上有铁锹吗？”

她三两步跨上邻近的一个小沙丘，端着镜头远眺：“返程的时候再管它吧，这附近应该有片小草场，我们去看看。”

“何遇，这附近没有草场。”

“你觉得那只兔子是从上帝怀里跳出来的？”

（四）

固沙治理区。

维护好新的竖井后，四个人坐在一棵柽柳下休息。午餐时间早就过了，但直到这会儿他们才想起吃。

辛干从马背上解下两个保温袋，虽然裹得足够严实，但里面的东西还是冷了。

“三哥，你说何遇姐现在在哪儿？”

辛干说完将饼对掰了一下放进嘴里咬，“咯咯”的咀嚼声比耳朵边的风声还响。

川昱往旁边挪了一点儿给他挡住北边吹来的风，说：“不知道。”

“就你这个小鬼头老想着人家何遇，人家大你大半轮呢，队长跟何遇搞对象还差不多。”眼镜笑了笑。

川昱知道这是一句胡话，但还是警醒他：“别在何遇面前开这种玩笑。”

眼镜点头：“知道知道。”

辛干白了眼镜一眼，说：“什么搞对象哦！我们今天又毁了一条大水管，如果何遇姐在附近，也许她可以把我们载到镇上去。她有车，比马好使，可以装很多东西。”

眼镜说：“嗯，那倒是。不过拖水管不是什么干净活儿，人家怕是不肯。”

辛干边想边说：“不问问怎么知道，何遇姐跟我们一起吃饭就是我们队上的，那个……那个帮个忙应该……她人挺好的。”

眼镜反问：“比你阿姐还好？”

辛干有些急了：“死眼镜你又要说胡话了。”

“什么胡话嘛，上次我还听你乌尼姐说要给你介绍个小姑娘。嘿，辛干也十九了，借车和认识小姑娘哪个高兴？”

辛干又羞红了脸，叼着半块饼跟眼镜在沙地里打闹成一团。

川昱往旁边躲了躲，也逗他：“最好就认识个有车的小姑娘。”

“哈哈哈……”大家都笑了起来。

“三哥你也胡说。”

“辛干听到没有，这是队长的指示，上次李主任来队里也交代了，叫我们好好配合队长，哈哈哈。”眼镜更得意了。

两个人闹腾得更起劲儿了，大半日的劳作正好趁机松松筋骨。

川昱在一边笑，起身看了看，太阳开始西沉了。

“嗡嗡”两声，裤兜里的手机抖得腿痒。

川昱三两口将饼吃完，接通了问：“什么事？”

沙地里的两人停止了打闹，见川昱皱着眉，眼镜忙问：“怎么了？”

“尤金说何遇的车陷了，沙吃得深没挖出来，怕有麻烦，我去看看吧。”

两人点点头，一直沉默在侧的老张瞥了一眼手机上尤金发的定位说：“我跟你去，有两匹马也好拖一拖。那个方向离正蓝旗近，完事后我们去把新水管买了。”

川昱颔首，简单地交代了眼镜和辛干两句后，两人跨上马，一黑一棕，朝车子陷沙的位置奔去。

听尤金打完电话，剩下的事情便只有等。

何遇坐在沙丘上弯着腰看今天拍的照片，金黄色的草场、野兔、沙丘、涌动的云浪与无数风干了的小灌木……

每一张单拎出来都让人觉得赏心悦目，可她脸上依旧没什么笑容，对于她来说，这些太普通了。

尤金站在沙丘下，举起自己的相机喊：“何遇，看这里。”

她讨厌被拍，对外的社交账号上除了作品只有极少的几张自拍照。她索性用羽绒服包住大半张脸，猛然将头别向另一个方向。

有人来了。

她拨了拨风中乱摆的大毛领，远远地看到了两匹马。

“嘿！我们在这儿呢！”

何遇边喊着，边挥舞着双臂，遮脸的帽檐自然垂下来了。在困境中见到救星，她破天荒地露出了一张笑脸。

川昱盯看了一秒，老张喊了声“驾”，两人同时蹬了一下脚蹬，胯下的骏马嘶鸣了一声，以狂奔回应。

何遇抱着相机拍下了这一幕，沙尘飞扬的长空下两匹骏马飞驰，马背上的男人侧倾微微压低的身子，健硕的马腿与高弓的脊背，有一种粗犷的力量和扑面而来的驰骋感。

何遇将这张照片反复看了几遍，觉得还算顺眼，双目微闭惬意地往身后的沙丘上一倒。

她还没触地，就被一只强有力的手托住了后脑勺。

她睁开眼，看到川昱板着一张脸正低头看着她，说道：“过来帮忙。”

说完，他一撒手，她的脑袋便如榔头般锤在了沙丘上，不疼，但有几分滑稽。

拖车绳一头系车一头系马，尤金坐在驾驶位上只等老张发号。

何遇盖上镜头盖，从沙地上爬起来白了川昱一眼，说：“我不会骑马。”

“我骑，你去后面推车。”

不等她答应，川昱就侧步滑下了沙丘，三两步跑到车前跨上了自己的黑马。

何遇毫不顾忌形象地往地上啐了一口口水。

什么人啊！三男一女，给她派了最卖力气的活儿。

生气归生气，何遇还是绕到了车后。

她伸出两只手抵住后盖，低头屈膝，老张和川昱同时喊了一声“驾”，马蹄前迈，右前驱动，她的手臂上也显露了一段好看的肌肉线条。

可沙子太软，车胎花纹又完全被沙子填平，第一次拖车以打滑失败，拉了三四公分又很快陷回了原位。

川昱说：“停下。”

马蹄停止，汽车熄火，何遇也松手喘了一口气。

“直接拖拖不出来了，得把轮胎附近的沙子先清一清，最好找点儿石块把后面垫上。”

川昱很快给出了第二套方案，老张和尤金也点了点头。何遇还立在车尾平复呼吸，川昱骑在马上看了她一眼，还没开口，何遇觉得自己比他骑的那个玩意儿更像被他奴役的马匹。

“你去捡石头。”

果然。

她立在原地没动，吸了两口冷气用眼神问候他祖宗。

尤金从车上下来：“我去吧，我去吧。”

川昱没回答，径直下马给尤金扔了一把沙铲。

老张一声不响已经在前胎处开挖，何遇拍了拍手上的灰问：“他俩挖沙，我捡石头，你干啥？”

“我是队长。”

很流氓又很有说服力的一句话，何遇给了川昱一个白眼，找了个拉绳袋往旁边找石块去了。

两只轮胎陷得很深，沙铲进去既不能擦坏轮胎又要确保深度，要留神也很费臂力。

川昱让尤金去后胎挖沙，拉住了正挥铲的老张，说：“我来，你手上还有伤。”

老张没推辞，递出铲子坐在一边，撸起袖子看了看那道长长的疤：“你说说，摔了那么一下，皮肉都好了，骨头偏偏长得这么慢，邪乎不邪乎。”

“别太用劲儿，很快就养好了，开春后事情很多，你昨天晚上不该给她搬行李的。”

“嘿，一个女娃娃的东西，能有多重。”

“她不是女娃娃。”

“那你还逗她。”

“……”

“车子陷在单边，两匹马都拉不动，她推不推顶个什么用？捡石头也是，跟她说清楚就是了，何遇看着不像那种娇气的，你非得气她。”老张一边说，一边往远处看。

川昱清完一侧正好起身换边，见二十米开外的何遇三步一弯腰拾着石块，他说：“我看不惯她。”

“真是那样就好了。”

“别开这种玩笑。”

“玩笑？你去接人那天晚上，到底干什么了？”

“什么干什么？”

川昱想起了那个耳光，脸上没什么表情，依旧卖力挖沙。

老张看了看尤金，压低了声音说：“我昨天给何遇搬行李，她背包两边的水壶兜子是网纱的。”

“双肩背包不都是……”

“左边的那个网兜塞了根皮带，看着眼熟啊。”

没别的话了，老张在川昱肩上拍了两把，掸了掸屁股上的沙，教尤金落铲去了。

清完沙子垫上石块，马很快将车子拖了出来。川昱看了看太阳，要不了两个小时天就黑了。

他说：“我往镇上去一趟，老张你跟他们回去。”

老张说：“大水管一匹马载不动，我陪你去吧。”

“还有些别的零碎要买，水管我明天早上……”

“你，会开车吧？”何遇站在车尾问川昱，刚才垫完石块她又主动推车去了。

他点了点头，何遇又转头问尤金：“会骑马吗？”

“当然，我在这儿已经两年了，而且以前在路易斯安那，我跟我的哥哥也常去斯蒂芬叔叔家的农场骑……”

何遇无奈地抿了下嘴，逃难似的爬上了副驾驶，拍了拍方向盘。

川昱没动，尤金还在滔滔不绝地说着。

何遇喊川昱：“早餐六点半晚餐七点，你是队长，不会忘了吧？”

明明是催他快点儿上车好回来赶饭点，她不直接说，语气也拿捏得像真心请教。

尤金憋不住笑，知道何遇是在怄那句“我是队长”，偏还叫人挑不出错处，一个萝卜一个坑，他给她挖的坑，她都在心里记着，时机来了，她就会原模原样地用它填上。

老张推了他一把，低声道：“去吧，把水管拖回来。”

川昱咬了一下牙，爬上驾驶位。何遇没看他，脸色淡然，说：“出发。”

（五）

何遇话不多，川昱在一旁开车她就在副驾驶看风景，有时会端起相机冲着窗外“咔嚓”两下，更多的时候就只是安安静静地看。

出于义务，川昱会偶尔在何遇注视某一处时讲解两句，比如小地名、植物生长种类……都是很简短的介绍。何遇会点头回应，遇上景色稍好一些的地方会追问有没有蒙语名称，但很快，窗外如出一辙的沙峦、草坡引起了审美疲劳，何遇合上相机盖，将视线挪到了车内。

话题无从挑起，川昱沉默着，想着那根皮带，有些尴尬。

何遇眯了两分钟后被他操控方向盘的手臂勾起了兴趣。

川昱原本穿衣厚实抗风，但刚才挖沙时，便撸起了衣袖没放下，此时手臂搭在方向盘上，肌肉线条匀称流畅，很好看。

他注意到了何遇的目光，在方向盘上蹭了一下，不经意地翻下了一截衣袖，遮盖到了手腕。

何遇收回目光，听到川昱电话响了。

是手机系统自带铃声，异常洪亮。

川昱腾出一只手看了一眼拨号人，拿在手里没反应。

何遇不经意地扫了一眼：“女人？”

他没回答，停下车说：“我去接个电话。”

她说：“当然，命重要。”

他拿着手机下了车，三两步走到了路边。

开车打电话的确不安全，何遇在车上等着。

车窗合上了，隔音效果比汽车销售员描述的更好，她看到川昱侧身站着，像一棵白杨，一棵嘴唇开合、喉结起落的白杨。

她看过很相似的好身材，摄影圈无人不称道，大约一周前那个人还跟她说：“你属于我，我就属于你，只属于你。”

她觉得好笑，看到车窗外川昱也勾起了嘴角，或许电话里聊的是上好的情事吧，她这么想。

“咣”一声车门被重新拉开，这通电话并没有持续太久。

川昱脸上难得的轻松神色还没来得及换成面对她的严肃脸，何遇就问：“女朋友？”

他没说话，将手机揣进了兜里。

何遇没心思问第二次，对于川昱，她的想法只停留于做个视觉动物，拍一张满意的照片，就算不枉此行，够了。

“到了叫我。”她兴味索然地翻过身，开了一点儿窗缝再将座椅往后调了调，半坐半躺，养起了精神。

“317694793……”

川昱开着车，听到何遇口中嘀咕着一串数字。风从窗缝灌进来，将她的头发吹得张牙舞爪，他只瞄了一眼，确认她没在做什么疯事便挪开了目光。

好一会儿之后汽车停稳了，川昱推了她一下。

何遇揉了两下眼睛，坐起身看到一家门面小小的杂货店，右侧木制的立牌上写了九个字——乌尼与庆格尔泰的店。

何遇问道：“这是正蓝旗？”

“下属辖区那日图苏木范围，离驻地最近的小村镇，衣服、鞋、零食都有，东西还算齐全，你可以逛逛。”

说完这句话，川昱便下了车。

何遇将头伸出窗外，两条人字形的土面街道与她走过的太多地方雷同，她打算就坐在车上玩一会儿手机等川昱，突然，她听到车外一个小男孩极响亮地叫了一声：“阿布！”

是个坐在小推车里的男孩，不超过两岁，见着川昱一双小手伸得老长。

川昱已婚了吗？

她皱了下眉，只是惊讶，打开手机搜索引擎，想查一下内蒙境内的称呼语“阿布”是否跟自己想的一样。网速不行，转了两圈反而弹出一条内蒙古盗猎者公开晒“战利品”挑衅公安的陈旧新闻。

“庆格尔泰，又长高了。”川昱将孩子抱起来举过头顶放在肩上，嘴角一秒咧到了耳后。

一个女人连忙从铺子里出来，理了理自己的小辫子，笑眯眯地看着他。

川昱张嘴，何遇又瞅了一眼小卖铺的立牌。

“乌尼。”

何遇和川昱的声音合上，她猜对了。

乌尼倒了一碗水，热情地递到川昱嘴边。

川昱说：“不用，不用。”

她嘴一嘟，眉眼里带着笑。

川昱双手扶着肩上骑大马的快乐孩子，怕摔着他，犟不过，低头一口气喝干了。

乌尼又拿出帕子踮脚去擦孩子粉嫩的小手，抹了没两下帕子顺势滑到了川昱的额头上，自然妥帖。

“昱哥，你好久没来了，庆格很想你呢。”

“嗯，最近忙。”

“辛干呢？”

川昱往旁边撤了一步，用眼神谢绝了她的擦拭，将孩子从肩上抱到怀里：“他没来，人长得比之前更结实了，你放心。”

“跟着你我当然放心。”乌尼的眼睛笑得像两条自在的小弯船。

何遇觉得这个笑容很美，端起相机及时拍下。

两个大人没发现，反而是趴在川昱肩头的小孩儿被那点儿细碎的声音吸引了。

“闪闪，亮闪闪。”孩子指着车窗边的何遇呢喃。

见乌尼往外看，川昱扭头瞅了何遇一眼，介绍道：“这是队里新来的摄影师，我是搭她的车来的。”

乌尼像羊羔一般应着他的话，温柔地点了一下头。何遇从车里下来，说道：“你好，我叫何遇。”

“我叫乌尼。”

“你的笑容很温暖，我可以留下来吗？”

乌尼没明白什么意思，只是一边友善地冲何遇笑，一边打量她那两条修过的眉毛。

何遇举起相机给她看：“你的照片。”

乌尼依旧笑着，认为何遇的相机拍什么都跟自己不相干，看何遇一脸正经，反而进屋给她倒奶茶去了。

何遇觉得有些可惜，得不到同意的人物肖像不能留用。她打开取景器调出了刚才那张照片，盯着删除键迟疑了一会儿。

川昱说：“你存着吧，真能用上寄个样儿给她，她会很欢喜的。”

这句话说得平和善意，何遇勾了下嘴角，心想：对老婆孩子倒好。

川昱将庆格尔泰放回小推车里，从上衣口袋里摸出一张单子，一边报着水管、盐巴、棉袜子……之类的物件，一边熟练地在店里拣起了货。

何遇看了一下手机，小别离不容易，自己何苦当这个电灯泡，留下一句“我去逛逛”便朝着另一头的街道走了。

人字形相接的两条街，一边卖牛羊肉、小菜，一边卖衣服、杂货，白墙瓦房，间或有两个做成蒙古包形状的小餐馆，除了屋檐上那些色彩艳丽的彩缎，别无特色。

何遇从东边溜达到西边，又从西边溜达到另一条小街，来回两趟拍了几张市井生活照，所有消磨时间的办法都用完了。

她靠在路边的一根木栅栏上有一口没一口地抽烟，刷了一下微博，关于《野蛮生长》摄影展的消息依旧铺天盖地。

有思想、有深度、还原最真实的众生相、普世悲哀的希冀拥护者……评论区堆砌了各种好听又漂亮的话。

他们认可她，她识好歹，发自内心地高兴，但依旧不想回去，人一多，就一定会有关于她成长经历的问题抛出来。

洪水孤儿、教授养父母、驰名海外……她知道他们想从这些东西里挖掘些什么，可她实在不愿对着镜头装一个正能量的人生涅槃者。事实上，她知道自己从没因为什么社会大爱从过往的记忆里解脱，她清楚地记得被淹没的恐惧、孑然一人的绝望。至于灾难后的人生，自己的确好运，养父母给她最好的教育氛围与生活环境，她竭尽全力成为最优秀、最能使他们感到慰藉的人。

“肉干，肉干……”

一个小女孩的叫卖声吸引了她，何遇关上手机，见女孩漆黑的眼珠子正盯着她看。

何遇想起了队里的伙食，便问道：“怎么卖？”

“便宜卖。”

“耐放吗？”

“不沾水明年这个时候也不坏。”

“你这儿有多少？”

“嘿嘿嘿……”

小姑娘小辫儿一甩一甩地靠近何遇，用小拇指掀开篾篓上的盖布给她看。

还剩大半篓，二十五斤上下。

何遇拣起一块看了看，筋肉清晰，于是说：“全给我吧。”

“好呀，我给你算便宜点儿。”

“篓子卖吗？我没袋子。”

“送给你哦。”

何遇点头，跟着小姑娘到邻近的一家铺子称重。铺子里卖酒，散装瓶装都有，那些酒名她都没听说过，像是地方牌子。

何遇看见有一种酒的瓶身跟尤金早上手里握着的那只一模一样，于是问道：“那个多少钱？”

“四十一瓶，掺水二十五。”

店主一边帮小姑娘将篓子搬上秤，一边招呼她。

何遇笑了一下，掺水二十五，实在得不像话。

将肉干、酒水打包完，看一下时间已经过去了一个半小时，何遇眯了一下眼，以川昱的体格……好人做到底，她顺便给自己买了一只烤饼做晚饭。卖酒的老板热情，非让她尝尝散装的甜米酒，吃饱喝足下来又磨蹭了半个小时。

再怎么没见女人的川昱也该折腾够了，何遇清点了一遍买好的东西，酒铺老板主动提出给她送上车。

七点了，回到乌尼的杂货店前时天已经黑了。

隔着大老远，何遇就听到“今晚就在这儿住下”的挽留声。

何遇有意咳嗽了一声，算是打个招呼。

川昱坐在铺子外的一根木栅栏上，听到声音侧了一下头，看到何遇，起身走了过来。

何遇撇撇嘴，看来没那么能干。

两人还没说话，送货的酒铺老板指着那辆越野问：“姑娘，这辆车吗？”

川昱看到了小推车上的酒，问道：“你买的？”

“嗯，得在队上打扰一段时间，算入伙。”

川昱不做评价，越过何遇帮酒铺老板一起将东西搬上车。

何遇跟过去看了看，轮胎大小的两团水管捆缚在车顶，后排的座位下也被其他杂物塞得整齐满当，座位间隔处放上包好的肉干，踏脚的空当码两层酒箱……她自认作为一个心思还算细巧的女人都不能将东西归置得这么好。

川昱指了一下车门：“往旁边站一点儿，我关门。”

她老实地撤了一步。

乌尼站在杂货店门前的灯下一边哄孩子，一边不舍地往这边看，何遇问：“你多久过来一次？”

“不一定，看需要。”川昱关上车门，又拉了两次，检查是否关紧实。

何遇疾步走去了驾驶室，川昱看了一下时间，跟乌尼打了个招呼也钻到了车里。

入夜无风无雪，接近零度的气温却让一切莫名的静谧。

川昱坐在副驾驶，没有看何遇，只有要经过一道下坡或者前方需转弯时就低着嗓子提醒一句。

快到驻地了，前方是一条笔直的路，川昱说：“停车。”

“干什么？”

“停车。”

何遇当真停下了，撇过头看着川昱。

他皱着眉，似乎接下来要说的话早已盘算了八百年，镇定、沉稳、有点儿责备，眼神不像男人看女人，反而像一位严厉的父亲。

“在镇上你干什么去了？”

“逛逛。”

“一百多米的地方逛两个小时？”

他目不转睛地盯着她看，眼神很有压迫感。

何遇想起了川昱回答“看需要”时那一脸的无所谓，不客气地对上他的目光道：“你不高兴吗？”

川昱觉得莫名其妙，但也没跟她掰扯，冷着脸一字一句地说：“外出得有时间观念，今天第一回，你不认路，我等你，别有下次了，耽误事儿。”

何遇顿时无语，川昱一扭身从车座下抱了一捆东西开门下车了。

停车的地方离驻地小院不远，他迈开步子走得风风火火。

这下连回两句嘴的机会都没有，何遇感觉胸口平白闷了一口气。

“什么毛病！”何遇手往方向盘上一拍，盯着川昱的背影补了句脏话。

车开进院子里时队员们还在围着尤金扯笑话，说到何遇呛了川昱那句“你是队长”，四个人哈哈大笑。

何遇下了车，还没站稳，辛干和眼镜就立马围上了她。

辛干咧着笑问：“何遇姐，你真的跟三哥这么说吗？”

眼镜立马接：“何遇蛮温柔的，洋金的嘴骗人的鬼，信不得，信不得。”

尤金不服气，满脸期待地看着何遇。

她点了一下头，却问："川昱呢？"

老张刚要回答，辛干突然一下跳过去捂住了他的嘴："张叔，别说别说，这是惊喜。"

辛干扭头又问何遇："何遇姐，你看到我阿姐了吗？"

"乌尼？"

"对呀，还有小宝宝，可以抱，不爱哭的。"

"没抱。"她的眼睛依旧在院子里搜寻，总不能一声不响地受川昱的委屈。

"嘿，好可惜哦，我三个月没回去了，不知道尔泰长胖了一点儿没有？"

何遇没找到人，不过想起了那张拍乌尼的照片，当时庆格尔泰趴在川昱肩头，作为前景入镜了。

她说道："我好像拍到了他。"

"哇！你给宝宝照相了！真好，可以给我看看吗？"

何遇应了句"可以"，暂且忘了刚才的事取来了相机。

其他人也围了过来，取景器并不大，几个人凑得很近，只是都小心翼翼地避免挤着何遇和她的相机。

何遇翻出照片给他们看，辛干说："又长大了好多。"

"好像晒黑了一点儿。"

"健康嘛，老爷们儿太白了不耐看。"

几个人说说笑笑，眼里都有光。辛干喜欢这张照片，没找到合适的词来形容，便说："拍得真清楚啊。"

老张笑："又不是你的翻盖诺基亚。"

一堆人笑得更大声了，不知谁插了一句："何遇照得好，以后自己有了孩子，每年都可以自己给宝宝拍照。"

辛干顺嘴问：“何遇姐，你有没有男朋友呀？”

何遇关上取景器将相机重新收好，摇了一下头，逗他说：“你要给我介绍吗？”

辛干一下红了脸，不说话了。

尤金夸张地向后仰了一下身子：“哦，上帝，何遇都没男朋友，那我们四汪分队要变成五汪分队了。”

“五个单身狗？”何遇在心里数人头。

尤金一脸悲壮：“只有罗密欧张，十三年前于美丽的浑善达克水泊边遇到了正在割牧草的朱丽叶，哦，可遇不可求的爱情，什么时候天父才能为远在中国的我降下福祉。”

老张笑道：“你个洋金，上次尔泰追着叫你阿布时，你还对天发誓要终身不婚的，啧啧啧。”

何遇听着，长院尽头原本黑乎乎的那一间房亮起了灯。突然有光晃到了眼睛，令人不适应，何遇用手遮了一下，从指缝里看到光线中站了一个提着工具箱的高大人影。

眼镜低语了一声：“嘿，队长摸黑也能弄好，厉害了。”

第三章
你是讨厌我吗？

（一）

还是那口奶锅，迎着清晨的寒风升起云雾一般的热气。

辛干站在一旁用一把长柄木勺搅动着。

川昱撩帘走进来，眉毛上似乎沾了一层霜。

“又降温了，今天会下雪吧？”辛干问。

“有可能。”

“那我一会儿多做一些馅饼放着吧，省得晚上缸里的水冻住了还要砸。”

“嗯。”

“三哥，何遇姐买的东西怎么办？我看了，有好些呢。”

川昱折了一小把木柴，扔进炉灶里就地蹲下来烤火，枝条里带水分，一烧噼里啪啦响。

他想了一下说：“买了就吃，她也是一番好意，别浪费了就成。”

辛干点点头：“还有好多酒，比我们上次烤肉的时候喝的那个劲儿还大。”

“你喝了？”

“没有，洋金喝了，现在还没醒呢。”

川昱皱了下眉，这倒有点儿不好办了。辛干往奶茶里丢了一把枸杞又说：“何遇姐昨天晚上可高兴了。”

“哦。”

“有电亮亮堂堂的就是好，我给她送热水的时候她还夸你了。”

“夸我什么？”

川昱觉得这倒稀奇了。

“夸你……”

辛干话没说完，“吱呀”一声，门开了。

何遇扣着羽绒服帽子挪进来站在门边，双目清冷，鼻尖红红的。

川昱抬头，一看就是房里没空调冻的。

辛干眼睛一亮：“何遇姐，过来烤火呀，一会儿吃早餐了。”

“好。”她慢慢走到炉灶边，没找到合适的烤火位置。川昱将身子挪开一半，她搓了搓手，极力压抑着哆嗦挨着他蹲下。

川昱觉得何遇这会儿有点儿傻气，不叫她烤火就站在门边，不挪点儿位置给她就跟鸭崽子一般站着。

他开口说：“尤金喝醉了，不安全，今天你跟我们一起出去。”

何遇点头道：“正好，可以拍一些你们的工作照。”

川昱说：“好。”

炉灶边的位置本来就不宽敞，两个人蹲着，穿得又厚实，虽然说距离不算尴尬，但多少有点儿挤得慌。

川昱觉得身上暖和了不少准备起身，腿一动何遇就自觉地往边上缩了一点儿。

她没说话，但动作已经很明显了。

何遇身板本来就小，要是昨天那副刺头的样子倒还好收拾，眼下这样老老实实的，他反而不得不正视她是个姑娘。

川昱只好暂且打消了离开的打算，蹲在原位往炉灶里添柴火。

辛干问何遇房子里有电之后是不是舒服很多，何遇点头，一边对着火苗搓手，一边告诉他舒服得不得了。

辛干知道她在说反话，“咯咯”地笑个没完。

何遇往身边撇了一下头，说：“谢谢。”

川昱回：“之前没有电线。”

他说话的时候两只眼睛盯着火，何遇又闻到了旅馆里那股淡淡的香味。

像落雪的松针，很特殊。

她嗅着那个味道鼻翼轻抽了两下。

川昱说：“打底的燃料是干牛粪，蒙藏这边都差不多。”

何遇点头：“我烧过。”

锅里的奶茶滚了两次，配上何遇买的肉干显得丰盛了不少。

没有过多的客套话，一堆人围着矮桌和炉火吃得津津有味，何遇早上不吃荤腥，照旧只嚼那些饼。

老张瞥见了，给川昱使眼色，他却问何遇：“你能骑马吗？”

“能骑骆驼。”

“那不一样。”

眼镜喝了一口奶茶后说：“那一会儿我载你呀，我骑马的技术特好。”

其他三个人都抬头看着眼镜不说话，连嘴里的咀嚼都停了一下。何遇立即参透了这句话里的水分含量，摇了摇头问：“你们没车？”

川昱答：“有点儿问题，刹车和油门都不好使。”

何遇咽了一口口水："那叫报废。"

她面色冷静坦然，不论叫谁看来都只是在陈述一个事实而非针对，可这话一出眼镜和老张都笑了。

川昱不接话，何遇也没在意这种小玩笑，从兜里摸出钥匙说："开我的吧，只要我在这儿。"

想开吗？都想；开吗？都不说话。

沙地作业的区域没有什么正经路，高坡低槽坚石流沙，什么状况都可能碰到。虽然何遇的车性能一绝，但就是这样反而害怕给她剐着蹭着。

川昱将钥匙推回给何遇："辛干骑马带你，他在马背上长大，摔不着。"

辛干连忙点点头，其余两人也点头认可了这个方案。

何遇没说话，大致猜到了他们的顾虑，放下饭碗走出了房门。

四个人以为她回房取相机，不一会儿却听到外面极锐利的金属刮蹭声。

川昱最先反应过来，起身往外跑。

眼镜一看川昱的神色大概也猜到了，饭碗都来不及放下就痛心疾首地喊了一句："要命哦！"

已经晚了。

四个人赶到院子里时，何遇正盘腿坐在车前盖上，一头乌黑的头发散着，手里握着那支刻刀形状的发簪，她神态自若，车头银灰色的面板却被刮刻了一行清晰的数字——317694793129472。

川昱记得，她昏沉时念叨过。

何遇起身从车上跳下来，长发一绾，簪子又利落地插回了发髻里。她仰着头极自在地笑，像沐浴了三千年圣光的雪山。

眼镜只差心碎地流泪了，何遇却将钥匙抛给他说：“希望你开车的技术比骑马好。”

眼镜搓着那把钥匙悲喜交加，何遇啊何遇，开了你的车我们就是亲兄弟了，两百万的车说剐就剐，太任性、太爷们儿了。

这话他自然没出口，作业的工具要装车，何遇也回房取相机去了。

RF15-35mm，何遇最喜欢的广角镜头，沙地中央的风景会更加开阔，很适合。

挑选好配件后，何遇又看了看脚上的鞋，从背包里拎出了两双靴子。

长齿系带的款式，鞋帮一高一矮，她正犹豫着，突然听到川昱站在门边说：“穿高筒的，不容易进沙。”

何遇弯腰换鞋，川昱进门坐在了长凳上，她仰头，看到他上身直挺，后腰和大腿、大腿和小腿成直角，两只手自然地放在膝盖上，像一尊军人坐姿标准像。

她笑了一下，又听到那些镜头的话了——“别放过他。”

川昱说：“你不应该划坏自己的车。”

“你心疼？”

“确实可惜。”

“迟早会刮坏的，我平时去的地方不见得比这儿路况好，之前开去青海还被石头砸凹过后车厢。”

“那不一样。”

“怎么不一样？”何遇换好了鞋，跟川昱坐在了同一条长凳上，歪着脑袋看他。

她没化妆，只简单地描了眉毛，眼里带着欣赏猎物的眼神，叫川昱又想起了那天在旅馆里的那种感觉，猜不透，但危险。

川昱沉默了一会儿，起身走到门边，门半开半合，屋内的人做什么屋外的人都可以看见。

他说："你的东西你用坏是应该的，可是不必为了我们而故意糟蹋，你是客人。"

何遇也起身，立在门板后纠正："不是'我们'，是'我'。"

她稍后又补充了一句："我对马过敏，说出去都没人信。"

川昱的脸色沉了一下。

门外的辛干只能看到他一个人，于是大声喊："三哥，何遇姐好了吗？"

川昱没回答。

何遇折回桌边背上相机包大大方方地从他身边走了出去，大声说道："那些铁锹不用放外面，省得掉，座椅底下很宽敞。"

辛干答道："那个什么，铲子都挺脏的。"

何遇淡淡地说："原本也没有做卧铺使用的打算。"

"哈哈哈哈哈……"

一群人被何遇一本正经的冷笑话逗乐了，纷纷把系在车顶的工具往座椅下搬。

何遇也帮忙，川昱只远远地看着。

这个女人，刚才是在调戏自己吗？

（二）

初冬放在浑善达克已经完全是冬天的景象，播草籽、植树、灌溉都是春夏的事，如今主要做一些打井和巡检测量类的准备维护工作，极费体力。

车子停在草场边缘，可以看到远处有一个小小的水泊。

何遇下车，惊喜地说：“竟然还有成丛的灌木。”

川昱将昨天新买的水管搬下车，说道：“有水的地方就有，这儿零零散散的小水泊多，没划禁牧区之前，羊会把水泊附近的草都啃光，连根刨的那种。植被恢复不过来，土地里的水分存不住就会化沙，不然别说灌木，靠近水源一点儿的地方你还能看到树。”

“所以要固沙造林？”

他摇头：“治沙只能减缓沙漠的扩张，不能通过植树造林改造它。万物讲求平衡，在沙漠地区浇水施肥种再多的树，它终究会枯，会死，会回归到原来的状态，甚至更差。我们在这边主要用草方格和飞播种植骆驼刺和芨芨草这些，它们耗水小、易存活，原本就长在这儿，封育一段时间后就能自己生长。简单说，一切不能主要靠雨水存活的植物在这儿都活不了，主要是把沙漠的原种植物有计划地使用来固定沙漠。”

何遇回头，看着他张开双臂紧拥着那卷水管，笑了一下。

川昱眉毛微蹙。

她说：“第一次听你说这么多话。”

眼镜也笑道：“队长这辈子算是入赘浑善达克了，嘿，固沙就是调教小媳妇嘛，哈哈哈……”

其他人也笑，扛着各式工具往先前的打井地点走。

何遇觉得这个比喻极妙，形象又有情味。

水泊附近封育的草地绵延数公里，只有几处草稀裸露的小沙皮。

何遇拍了一下风景照后开始拍人像。

辛干测量沙壤水分时，俊黑的小脸严肃地挤成一团；清理竖井内堵塞的沙土的眼镜，半个身子都扎进去了；老张沉闷，固定灌溉水管时手却比螺丝刀还灵巧……

在边山远水待久了，一看到镜头他们都有些闪避。

何遇拿捏得好分寸，刻意拉开一段距离拍摄，静止、走立、劳动、喘气……

她的目光很快被川昱吸引了过去。

日出升温，劳作又带动了体热，他脱去了外套只留一件长袖衫，聚精会神地盯着标记点，弓着脊背铺设开春灌溉用的管道时，在金黄的草场上，像极了猎鹰飞扑而下擒食的那一刻。

何遇将镜头瞄准川昱，迟迟没有按下拍摄键。

角度不满意，她又抱着相机换了一个方向。光线不够理想，她在调整曝光度时，他却因为铺设进度拐了一个弯，她不愿叫停他摆拍什么，只好再找合适的角度。

前进后撤左转右行，川昱趁换手的工夫瞥了何遇一眼，她已经挪到了一处草稀的小沙圈里，半张脸掩在相机后，等着抓拍。

他在地上摸了一块小石子儿抛向她，落在她靴子边，何遇纹丝未动，说："你干你的，别管我。"

川昱舔了一下有些发干的嘴唇，极轻地笑了一下，照旧向后撤步排水管。

何遇按下快门后，身子突然晃了一下，下一秒，在水井附近忙活的三个人就听到"噗"一声，紧接着就是何遇问候谁的祖宗。

一行人赶紧循着声音围过去看，川昱也放下了手上的水管。

沙壤细软，坑也不深，只是何遇抱着相机背部朝下，窝缩在里面的姿势实在太滑稽，像只翻了壳的乌龟，暴躁且无助。

她咬牙挣扎了几下，衣服穿得厚实屁股愣是卡在了沙坑里。

跑到她跟前的三个人不敢笑，脸憋得铁青。

川昱拍了拍手上的灰沙站在边上瞄着何遇，伸出手说："别动，我拉你，走路要注意，这样下漏的沙坑在这块很常见的。”

其他三个人愈发憋不住了，扭头的扭头，咬唇的咬唇，川昱的神色却如常淡定。

何遇去拉川昱的手，快要碰上时问：“你一开始就知道我身后这块是塌陷的对不对？”

川昱侧头看了一下其他人，说道：“隔你那么远，我上哪儿知道去？”

“你看着我说。”

川昱淡淡地看了她一眼，嘴角微微动了一下，问：“上不上来？”

何遇板着脸没好气，用腿蹬了两下之后反而身子又往坑里滑了一点儿。眼镜忍不住了，在一旁“呼哧呼哧”地抽气，比直接笑还让人恼火。

“你知道，你往我靴子旁边扔了一块石头。”何遇没好气地说。

川昱看着她，嘴角翘了一下，仅一秒又恢复了原样。

这个小动作叫何遇觉得更加丢脸，像奓毛的小动物一般死死地瞪着他。

辛干往自己腿上掐了两把止住了笑，连忙上去调解：“何遇姐，我拉你吧，其他的等你起来再说。”

川昱若无其事地缩回了手。

何遇气得不行，偏偏卡在坑里有什么举动都搞笑。她握住辛干的手，顺着他的拉力往外缩。

辛干人瘦，何遇又因为前面几下的挣扎卡得紧，艰难地往上拉出一段距离后沙地打滑，辛干开始有点儿供不上力。

其余两人赶紧上去援手，眼看何遇的屁股就要重新掉回沙坑里了，川昱一把揪住了她的衣领把她提出了沙坑。

像一只猎鹰叼住了一只落单的小鸡崽儿。

何遇还没说话，川昱解下腰上系着的外套替她拍了拍身上的沙：“我倒是想不管，成吗？”

说完他背过身接着去干刚才的活儿。

何遇死死地盯着他的背影，一言不发，过了半分钟后突然咧嘴冷笑了一下。

辛干想去安慰她，被眼镜一把拽住了胳膊，神秘兮兮地说：“上次有个女的这样笑，我们村死了好几口，真的。”

辛干冲他翻了个白眼，再看过去时，何遇已经抱着相机追兔子去了。

午休的时候，草场上起了风，所幸是开车来的，用餐可以在车厢里完成，否则不等食物入口，一张嘴风便让整个口腔寒透。

辛干爬进车里，从保温袋中取出食物，还有余温。

“吃饭了！”他喊道。

老张和眼镜一边搓手取暖，一边爬上车。川昱站在草场中央望了望，风将干枯的碎草屑卷起，穿过平谷，“呼呼”响动。

辛干没见着何遇，便冲川昱喊：“三哥，何遇姐哪儿去了？”

川昱答：“走远了吧，我去找找。”

他说着，紧了紧身上的外套，举目四望，回想起何遇方才在坑里的那个滑稽模样，“啧”了一声后，朝着视线中北面唯一凸起的小坡走去。

不该招惹她的。

“何遇。

“何遇。”

靠近草坡了，他便隔几步叫上一声，低低沉沉的声音，夹在风里像一支长调。

川昱往坡面最高的位置上走，猜到了何遇必然在另一面的某处。

“何遇。”

他又叫了一声，开始怀疑她是不是听到了故意不答应。

他正从鼻翼间哼一口气，山坡背面有个声音传来：“站哪儿，别动。”

是何遇，声音听起来有点儿慌张。

荒郊野岭的没厕所，或许她正方便吧，川昱止住步子隔衣蹭了一下自己的肩膀，她之前在旅馆挠的，结痂了长肉有点儿痒。

何遇喊道：“你把眼睛闭上。”

川昱冷冷地说：“我没兴趣。”

“强奸犯也这么说。”

川昱低低地呢喃了一句“有病”，还是背身闭上了眼睛。

好一会儿，他听到了鞋底带起细沙的走动声，稍微有点儿不耐烦地问：“好了没？”

没有回答，风又大了点儿，脚步声反而消失了。

他说：“我睁眼了。”

“好。”

眼睛迎风打开了一条缝，就有人从身后推了他一把，力道不大，草坡下又是柔软的沙，他踉跄了两步，摔在了一个沙坑里。

四十公分深的一个凹洞，外表干燥内里阴沉，是新刨的。

川昱手肘一撑胳膊上的肌肉一鼓，轻易起身。

何遇站在高处，连手都保留着方才推他的姿势。

川昱咬了下嘴唇，盯着她看了两秒，若无其事地弯腰掸走身上的沙尘：“行吧，咱俩两清了。”

何遇从坡上冲下来，转眼到了川昱跟前，一七三的身高依旧矮他半个头，她盯着他看，他也淡定地回看。

何遇问：“你讨厌女人？”

川昱答道：“喜欢得紧。”

“那就是讨厌我。”

“我可没说。”

“你……”

“你是不是一直觉得我还记着旅馆那事儿？”

何遇反问：“难道不是吗？”

他针对她，又恨得不真切，像是有什么硌硬着，冷冷的，她感觉得到。

川昱撇嘴笑着，点了点头，一把揽住她的腰，凑在她面前有些发狠地说：“我现在，一点儿感觉都没有。”

何遇被这乍然的一拥吓着了，不由得抖了一下，起势挣扎。

川昱却顷刻撒了手，何遇没站稳摔在了自己挖的沙坑里，坑口宽敞，翻身就能爬起。可她没立即起来，而是红着眼睛朝他掷了一把沙：“我弄死你！”

第一次有男人揽着她的腰说那种话，她咽不下这口气。

沙土颗粒细小，川昱下意识地用胳膊挡了一下眼睛。

何遇逮着这个机会爬起，一把掐住川昱的脖子，他借势向后倒去，两人一同扑进了沙里。

她被震了一下撒了手，再想有所行动时却被川昱翻身一把攥住了两只手。

利落精准，几乎与旅馆里擒住她的动作一模一样，只是现在她卧在沙上，比那天黑灯瞎火更难堪几分。

川昱半蹲着俯视她。

何遇觉得受辱将头偏过去，他非伸手去扶正她的头，说道：“我错了，那天不是有意的，行不行？”

他的语气平平稳稳的，听着倒真心，可这个动作实在欠扁，何遇不松口。

川昱又说：“你说你何必跟我怄气呢？我就一大老粗，在这儿干活别说女人，母兔子都见得稀，我不知道怎么跟你们城里的女孩子相处，做得不对的，您多包涵，漂漂亮亮来，潇潇洒洒走，咱不折腾了行不行？”

他说话时眉毛舒展，一双黑色的眼睛直勾勾地盯着她看，像一张绝佳的特写。何遇听了一耳朵顺耳的话，说：“松手。”

川昱松开了，伸手去拉她起来，她没接。

他说：“走吧，吃饭了。”

何遇一骨碌自己从地上爬起来，抬手查看相机有没有磕着碰着。川昱下意识地往旁边挪了一步，像是防备着她什么。

何遇觉得好笑，一个大男人，怕什么怕。

她举起相机想拍下他脸上的紧张，却从取景器里看到几个黑黑的影子。

“川昱，那是什么？”

他侧身朝她指的方向看，远处的沙丘上一行人极其缓慢地挪动着：“背包客吧……”

何遇调整了一下焦距，看清楚了。

“好像，有个女人受伤了。”

（三）

话音刚落，川昱便飞箭一般地跑了过去。

何遇往地上干啐了一口，也跟了过去。

“黑影”一行五人，四男一女，都穿了统一的蓝黑色扛风防寒服。受伤的女人走在正中，由一个留络腮胡子的男人和一个小平头搀着。

看样子她的伤在腿上，症状不轻，川昱才凑近就闻到了风里的血腥味儿。

这时，走在队伍最前面的一个墨镜男看见了川昱，一抬手叫停了队伍。

川昱看对方脸上颇有戒备，便放慢了步子喊：“我是这边的固沙员，你们有人受伤了，需要帮助吗？”

几个人轻言轻语地嘀咕了两句，为首的墨镜男答：“不用不用，只是一点儿划伤而已。”

“海哥……”

受伤的女人喊了一声，墨镜男回头看了她一眼，神色不清。

川昱说：“晚一点儿可能会下雪，伤口没处理好再引起冻伤怕是走不了路啊。”

何遇跟在身后，心想：人家不需要你还上赶着去。

那几个人再次嘀咕了两句，被叫海哥的男人才换上熟络的脸说：“那麻烦了，谢谢哈。”

川昱走过去，扶伤员的两人将女人放下，而后与另外一个戴着防晒面罩的男人退到了一边。

川昱看了他们一眼，都三十来岁的样子，背着旅行包，于是随口问了一句：“你们这是来这边旅游的？”

海哥走过来蹲在川昱身边有些尴尬地说：“来赔钱的，你说说，今年入秋带了四拨徒步出了三拨事，不是摔伤就是被蛇咬，我霉气不霉气？”

海哥顿了顿，又瞄了一眼一旁站着的三个人后，低声跟川昱说：“讲句没良心的，得亏摔的是我自家妹子，就让他们帮着搀搀还嫌拖慢了进度呢。这要真出点儿什么事，我这土导游的招牌怕也是砸了。”

浑善达克零散分布有小水泊，算是沙漠地区中的徒步胜地，只是四男一女的搭配确实有点儿奇怪。

川昱收回目光去看女人流血的位置，伤在膝盖偏上一点儿，扎了一道布条，已经浸湿了。

川昱手指碰上，听到女人轻哼了一声，便放慢动作，小声问：“你跟他们一起的？”

女人点点头，扣在脑袋上的防晒帽掉了，抖落出一头酒红色的大波浪，眼睛里倒确实没有受胁迫受欺负的样儿。

川昱从腰包里取出小刀划破她膝盖那段的裤子，两道长长的伤痕露了出来，一深一浅，右边的那道伤口有些外翻，已经开始发炎肿胀了。

从皮肤外侧的破口看像是两枚紧凑的尖细石头，于是他说：“这地方不好走，每年总能捡着几个徒步受伤的，出门得带上应急药，不然沙子一进伤口就感染了。”

海哥还没说话，受伤的女人看着川昱嘴一嘟，楚楚可怜道：“就是啊，我哥这人抠得要死，多亏了你啊，小哥哥。”

何遇立在不远处咽了一下口水，海哥看了她一眼，目光停留在她胸口的相机上，问道：“那位同志……”

川昱抬头，指着何遇说：“多亏了她，她看到了你们有伤员，我们才过来的。”

海哥笑着冲何遇点点头：“谢谢啊，谢谢。”

何遇只说：“是碰巧，你们出现在我取景范围里了。”

“是巧，这边风景好，很多摄影师过来拍照。狼啊、跳鼠啊……城里见不着，对了，之前我听人说这玩意儿连天上飞鹰口里叼的小虫儿都能拍清楚，真的吗？”

何遇点头：“真的。”

“嘿，”海哥起了兴致，“大妹子，能借我瞧一眼吗？开开眼。”

何遇皱了下眉：“你妹妹的腿伤处理完之后也得去医院。”

牛头不对马嘴的一句话算是拒绝，海哥有些尴尬。

川昱说：“我们其他的几个队员就在附近，需要的话一会儿可以帮忙送你们一程。”

海哥说了一句“不用”，便没有再提借相机瞧的事儿，他笑了笑识趣地去看女人的伤去了。

川昱知道这伤只要处理好别感染就没什么大碍，因此也没多讲客气。他将小刀擦干净了收进腰包，又从里面摸出了一小把棉棒，屏气凝神地替她清理起了伤口中的沙尘。

偶尔女人会小声吸一口气，川昱便解释：“不挑干净会化脓。”

他的语气一本正经，倒引得女人脸上逐渐有了笑意。

何遇立在一边看着，川昱觉得自己后脊梁骨冒冷气。

眼瞧着只剩最后的包扎工作了，海哥从背包里揪出两瓶饮料，递给川昱一瓶，说道：“兄弟，喝点儿，喝点儿。”

川昱有点儿渴，随手接过打开喝了一口。

海哥也给何遇递了一瓶，何遇想起自己的吸管还在车里，说：“不用了。”

“这客气什么，要不是你们，我稀里糊涂地混走，我妹子的伤就耽误了。”

他又往何遇手上推，何遇依旧说不用，他以为她客气，索性打开了。

何遇看着敞开的瓶口退了两步，海哥追着给，一晃荡，饮料洒了出来。

挂脖子上的相机镜头保护盖没合上，她下意识地用手遮了一下。

“我说了不用！”液体沾上手背的同时何遇身子一颤，烫手般甩了几下后怒视着海哥吼了一声。

她的音量大，所有人都被吓到了，何遇停顿了两秒后微抖下巴做了个深呼吸走了。

海哥最先发声，豪爽地笑了笑：“这姑娘说一不二，挺够劲，兄弟有眼光。”

川昱还在盯着何遇的背影看，女人接茬了：“海哥你也是，姑娘喝水的瓶盖是随便哪个男人都能拧的吗？是吧，小哥哥？”

川昱没接茬也没解释，取出一卷干净纱布交给她说：“缠好就没事了，你们出沙地之后去医院看一下吧。”

他起身远远地跟上何遇，背后海哥还跟那女人调笑：“都怪你，受个伤跟人家男人犯什么花痴，得罪人了不是？”

“哪里就一定是她男人了？”

声音越来越小，川昱回到作业点的时候，何遇已经坐在了车里的中间排，两只手抓着一块肉干，每次咬下小小的一块，表情淡淡的，像是什么都没发生，只是溜达了一圈自己回来的。

驾驶位上的眼镜笑川昱：“队长你真行，找人找去了北京，再晚来一会儿我们就要打电话给你，要你直播爬长城了。”

川昱站在车门边作势去敲他的脑瓜，见他缩了脖子便收手，坐到了副驾驶："遇到个女的受伤了，耽搁了一会儿。"

"女的欸。"眼镜笑了笑，用胳膊肘碰了碰老张。

老张只说："是该考虑了。"

川昱听着他们的闲话，扭身从何遇身旁的保温袋里揪了一张饼往嘴里塞，刚才的饮料太甜腻了，喝不惯。

"我可没这本事，人家组队来徒步旅行的，何遇也看到了。"

他将眼神递向何遇，其他人也看她，何遇慢慢吞下嘴里的食物，说："挺漂亮的。"

"嘿嘿嘿"，几个人笑成一团，非求着何遇详细地描述一下。

川昱说："别由着他们瞎闹。"

何遇说："酒红色大波浪，一米六五的样子，肤色偏深，不过眼睛挺大的，还有两个酒窝，说话嘛，也是一般男人喜欢的类型……"

难得何遇说这么多，几个人听着八卦也津津有味，川昱坐在前排，直着身子没回头，只从后视镜里看到何遇的嘴唇一张一合的。

她刚才站的位置明明离他们有十米左右，眼下说起那个女伤员却能描述得这么细，他们的追问都是玩笑，但川昱总觉得，何遇的回答，都是说给他听的。

这女人邪性得很，看着一副冷冷淡淡的样儿，眉梢眼角却都是钩子，顺毛捋下去着了她的道，逆毛薅上来又被她钳得死死的。

眼镜用手攀上川昱的脖子，依旧将头扭向后排问："嘿嘿嘿，我喜欢嗓门大一点儿的，听得清楚。何遇啊，那个妹子说了些什么吗？有没有夸我们队长高大威猛、英俊潇洒什么的？"

何遇低了一下头，后视镜中出现了一个高挺精致的小鼻子，白白的，润玉一般。

川昱多看了两眼，风从未关紧的车窗缝里灌了进来，他往外探了探，转眼的工夫天就阴沉了下来。

“别扯了，跟我出去收拾一下，怕是要下雪了，我们早点儿回去。”

何遇觉得川昱是在转移话题，三个人却立马下了车，匆匆跟着川昱奔向竖井的位置收工具。何遇也开了车门，隔着一段相当长的距离，奔跑中的川昱突然扭头看了她一眼，她收回刚踏出的一只脚，又坐回了车里。

沙铲、没用完的水管、铁丝……四个人配合默契地各司其职整理这些工具，还没来得及装袋，天边阴沉的云朵变成了一股急驰的风流。

碎石子儿、沙砾、干草梗……吹在身上痒痒的，而后开始下起了混雨的雪粒子。这边“加快进度”的呼声还没说完，沙铲铲面和脑袋顶上又立马响起了“乒乒乓乓”的撞击声，开始下成块的冰雹了。

“竟然是真的。”

何遇呢喃了一句，她惊诧于川昱的判断力，更从未见过如此急速转变的天气。她端起相机，拍下了四人急速有序整理作业工具的场面。

车外的亮度还在下降，四人拖着工具钻回车里的时候，原本一望无际的草场已经变成了一片混沌。

冰雹依旧在四周砸得“咚咚”作响，能见度持续降低。

川昱换到司机位后特地叮嘱何遇：“系好安全带，回去的路可能有点儿不好开。”

她点头，听着车顶上的冰雹声有点儿吵。

辛干攥了一下她的衣角说：“何遇姐别怕，不会有事的。”

这是一句实话，待在车里要比他们以前骑马安全得多。何遇被车顶上“咣当咣当”的声音折腾得够呛，他们脸上却难得的坦然。

冰雹连续砸了十来分钟后，天空开始飘起了大簇大簇的雪花，轻盈洁白，视觉上十分震撼。

川昱开车很稳，只是车轮碾过成片铺地的冰雹时难免打滑，体感的车速比显示器上的数值更大。

何遇紧紧地攥着胸前的安全带，看车窗外昏沉的天光逐渐在雪层的作用下变成一种诡异的亮白。

川昱说：“别盯着雪地看。”

她收回目光，发现川昱的身子在驾驶位上坐得直挺挺的，没撇头也没看后视镜。

何遇好奇川昱是怎么知道自己盯着雪地看的。

见她纳闷，辛干以为她是不解雪地的事，绘声绘色地跟她讲有一年驻地救了一个得雪盲症的蒙古族阿婆的事。

何遇听着，余光总忍不住往车窗边乱瞟。

川昱看到了她在后排偷偷摸摸的小动作，觉得好笑，就这么好奇吗？他偏不愿意让她知道，一个拐歪，顺势将驾驶台上横放的那枚金属打火机拨到了最里层。

往驻地方向开了二十来分钟，来时的那条小马路已经完全被雪盖住了。透过挡风玻璃往外看，清一色的白，连小沙丘之间的起伏都逐渐模糊。

川昱说：“回不去了。”

然后队里其他三人莫名其妙地同时笑了起来。

何遇向车窗上哈了一口气，问：“那个地方有多远？”

川昱转身看了她一眼，她在凝着白汽的地方随手写了几个数字，还说道：“希望能洗个热水澡。”

眼镜比了个大拇指：“何遇，聪明啊，你怎么猜到我们有好地方去的？”

她将写好的数字擦掉转向车内，川昱及时移开了目光。

“要是没有，暴雪天被困在雪地里身边的几个男人笑成这样，我就应该跳车逃命了。”

眼镜边笑边点头：“对，哈哈哈，不过我们是好人。”

何遇点头，确实是。

其他人都跟着笑，辛干却极其认真地分析：“那是要跑的，不过现在这样的情况逃跑肯定会被捉回来，三哥在雪地里跑得可快了，能撵上兔子。”

川昱：“……”

眼镜：“……”

老张：“……”

辛干仍然没有意识到何遇是特指男女那方面的事，依旧绘声绘色地向何遇描述川昱在雪地里逮东西如何利落。

三个男人不好开口，何遇却也没有打断辛干。

她想象着自己从车里踉踉跄跄地往外跑，川昱在后面坏笑着满沙漠捉她，觉得那也不失为一种情趣，嘴角勾了一下。

川昱似乎看透了她脑袋里的想法，提高了两个分贝盖住辛干的声音跟何遇讲：“倒回去开一会儿有户人家，以前也是我们队上的，我们可以去那儿歇脚过夜，有浴室，你可以洗热水澡。”

何遇说：“好。”

川昱生怕辛干嘴里又蹦出什么胡话，重新握上方向盘后顺势开了车载音乐。随机播放的是贰佰的一首歌，何遇不知道歌名，但唱到那句“他不会像大部分的男人一样过着平庸的生活”时，她在后视镜里看到川昱的脸，跟一贯的认真严肃不同，他变得有些拘谨。

何遇突然很惬意，对着窗外一簇砸在车窗玻璃上的雪花说："抓到你了。"

（四）

老队员的家安在作业点的南边，沿着车辙原路返回又开了十来里后，路边出现了两间独立的平房。

立在茫茫的雪色里，倒像是末日世界最后一处人类的痕迹。

何遇坐在车里拍了一张，而后跟着固沙队的人掩紧衣领帽子走了进去。

"嘶嘶"的马鸣声从屋后传来，她抻着脖子去看，却只见到一个穿着军绿色棉大衣的男人站在门口张望。

老张喊："恩和大哥！"

门口的男人反应过来了，以同样高亢的男音回应："是你们啊！快进来，快进来！瞧着黑溜溜一串儿人我还纳闷呢！嘿！快进来烤火哦！"

走进平房里，何遇立即感受到一阵热浪。

门外冰天雪地，门里的炉灶却被添得比春天还暖和。

几个人熟络地各自找了安身的位置，川昱坐在一条长凳上，没看到何遇，往队伍最后瞅了瞅，发现她一个人蹲在炉火边搓手。

挨了冻后，人倒怪老实的，他正这样想，老恩和对准他的肩膀就捶了一拳："川子，结实了不少啊！人看着比你爸那会儿还精神哟！"

川昱收回目光："不精神不行，队里人手少，事情还得做好。"

"嗯，是这话！叔要是身份证上能降个五岁，也不用在这儿窝囊。当年打井铺、设草方格，我那个动作！嗨，李主任非叫我退休，那小子坏得很。”

老张在一边打哈哈：“人家李主任是为了你好，在队里干了一辈子，上了年纪该回家享享福了。”

老恩和不服气地指了指老张，头上的那顶翻耳军帽往下掉了一点儿，他扶了一下，忘记了之前在谈什么了，于是笑着指了指其他几个：“最小的辛干我记得年初也满十九了吧，你们一个个都大小伙子的，抓紧时间搞对象，早点找个媳妇生一窝小的养在队上，那多喜人哟！川子，你可是队长，得起好这个带头作用。”

川昱不说话，咧嘴笑了几下，看到何遇拨着火钳整张脸都快要凑到柴堆里去了。

他咳嗽了一声，老恩和才注意到炉火边还蹲了一个。

老恩和眼神不好，身子往前弓成了虾样儿地瞧了瞧，问道：“这是……”

“你好，我是何遇。”何遇仰起头自我介绍。

川昱一开始就想给恩和大叔介绍她的，只是何遇坐得太偏，老恩和的嘴又一直没停过。眼下这个时候也不算晚，于是他补充：“何遇是摄影师，来浑善达克做拍摄工作的，现在住在我们队上。”

何遇觉得川昱是将自己晾凉了又来暖一把，故意在他介绍的时候用火钳将炉灶里的炭火撩得老高。

火焰快要燃上她的眉了，她才慌忙躲了一下，川昱嫌她作，看笑话似的勾了下嘴角。

很小的一声哼笑，但何遇还是听到了，她瞪了他一眼。老恩和的眼神在两人之间转了一个圈，最终停在何遇身前挂着的相机上。

老恩和说：“欢迎欢迎，我还在固沙队干的时候倒是也来过一次报道固沙工作的记者，摄影师还是第一遭呢，你拍的照片可以给我看看吗？”老恩和拣了条小凳坐在何遇对面，一听说看相片，辛干和眼镜也围了过去。

老恩和一辈子都在沙地上，何遇觉得他或许能给自己提供一些启发，她说：“好。”

何遇将背带从脖子上取下来，川昱挽起袖子说：“叔，我去做饭吧。”

老恩和点了点头，老张也跟着川昱去了。

平房内面积有限，厨房设在紧邻屋后的空地上，顶上用尼龙绳倒拉着一块塑料篷布，通风散热遮雨挡雪。

眼下积雪多了点儿，篷布往下沉得厉害，灶台被遮住了一大半。

川昱想找个趁手的东西挑一挑，老张从一旁的枯杨树上折了一小截叼在嘴里问：“又想那事啊？”

川昱没说话。

老张给他递了个扫把：“苏珍来队里采访的那会儿倒确实跟何遇差不多大，恩和大哥上了年纪了，看到有点儿像的人就会回忆起从前的事情来。你要是想她，就打个电话吧。毕竟是你妈，没准儿……”

“当年都没留下，现在还有什么好说的。”川昱接过扫把，神色坦然，“这儿太苦，她在大城市里生活惯了，不属于这儿，原本就该走。”

老张听得出川昱话里的意思，还想安慰他几句，这时屋子里传来老恩和的笑声，川昱推了老张一下，说：“去吧，地方本来就不宽敞，这儿有我就行了。”

老张走了，川昱猫着腰钻进了篷布底下，瞄准承重最大的中央位置用扫把把儿一顶，积压的雪层便簌簌地从边缘往下掉。

川昱从篷布底下跑出来，未落尽的几方小雪块砸在了他头上，绵绵软软的，一碰到他的脑袋便散开了。

雪块落在他的鼻子和眉骨上，还有几片借风钻进了他领口里，他立马原地跳了两下。

透过玻璃，何遇看到了川昱独自一人滑稽地皱着眉喘冷气，像个奓毛的大男孩。她咧开嘴笑他，川昱一回头刚好对上了那个微笑，温柔、明媚，带着一点儿她特有的坏劲儿，像一朵朝阳的罂粟花。

他停止了动作，任凭雪花划过自己的脊梁融在最炽热的那几寸皮肤上。或许很多年前，父亲就是这样爱上一个注定留不住的女人的。

何遇还看着他，川昱直接背过身，提起扫把绕到透过窗户看不到的一边去了。

一直到晚餐上桌时，外面的雪还在下。川昱简单地热了点烙饼、羊肉汤，一群人围着内室的炉火吃饭。

老恩和给何遇讲自己以前徒手斗野狼的危险经历，刚说到“那狼扑跳起来足足有五六米高”时，眼镜“扑哧”一声笑了：“叔，上次你跟洋金讲的版本明明才三四米高啊，这才过了小半年，这狼就长了二三米，喂的啥饲料这么好使？”

一群人跟着笑，老恩和“啧啧”了两声，一巴掌呼上了眼镜的后脑勺：“你小子，叫你热点儿酒这么多话，晚上安排你跟大黑一屋。”

眼镜立马沉了脸，配合着做出一副委屈样儿。

何遇问辛干：“大黑是谁？”

辛干用手蹭了两下鼻子：“恩和大叔家养的公马，专门用来配种的。”

话音刚落，眼镜提着酒壶就朝辛干扑了过来，老恩和怕他洒了不够喝，连忙喊：“酒酒酒。”

两人的笑闹只好暂时作罢，眼镜爬起来给大家添酒。

热过的烧锅酒一倒出香味四散，何遇也在空气中嗅了嗅。

老恩和很热情，亲自从柜子里摸了一只土陶碟给何遇用：“何遇你也尝尝，我小女儿酿的，喝了睡觉不冻脚。”

她点头，盯着手上的小碟看了几秒。

土陶碟粗犷，边缘有一圈划刀式样的凹槽，乍看上去有点儿像陈旧的使用痕迹，但那层蜜色的清釉又让它别具一种古朴清亮的风味。

她刚想拍下来，眼镜已经为她斟满了酒。

广口碟中的酒液轻微震荡着似乎立刻就要漫到她手上，何遇开始有些紧张。

“尝尝，尝尝。”

老恩和热情地催促着。

盛情难却，何遇用另一只手从一旁的背包里摸出了吸管，留意着碗口边缘的酒液，很小口地嘬着。

辛干见过几次了仍然盯着她看，何遇这才发现周围的人全都一脸讶异。老恩和有些不好意思，说：“这碗边有点儿粗糙，我给你拿个一次性杯子吧。”

他不知道，何遇一直这样喝东西的。在大咖云集的晚宴、在国际摄影节颁奖会……用再高级再精致玲珑的杯具都一样，叼着吸管，目空一切，她不在乎那些说她“作”“装模作样”的名媛或记者，可眼前这张质朴尴尬的脸让她很在意。

何遇张了张口，解释的话还没来得及说，手上扶着的吸管突然不见了。

“叮咚”很清脆的一声，吸管顺着门帘的侧缝被准确无误地抛了出去，老恩和很惭愧，一把拽住川昱：“你这小子，这是干什么！”

川昱端着自己的陶碗灌了一口酒，盯着何遇却像是跟自己发狠似的说：“她来这儿不是待一天两天就走，该适应的东西越早越好。”

何遇看到了川昱眼里的不在意和冷酷，顾着老恩和的面子没有暴发，脸色沉沉地推了他一把跑出去了。

眼镜也觉得纳闷，队里空房多，前前后后也接纳过不少投宿者，有说话爱秀英文的上海姑娘、嗲声嗲气的台湾背包客、有大小姐脾气的小情侣……她们住的时间有长有短，川昱从不跟她们计较，甚至多次在自己被气得跳脚时，川昱还劝道：“你一个大男人跟人家小姑娘较什么劲儿？出门在外不容易，忍忍得了。”

“这……不太合适吧。”老张有些担心。

辛干索性爬起来了，想追出门去，还是顾及着队伍上的纪律先跟川昱请示：“三哥，我去劝劝何遇姐吧，外面下着大雪呢，她这样跑出去不摔着也肯定会冻出毛病的。”

他用眼神往炕边瞟，刚才开饭时何遇觉得屋子里炉火太热把羽绒服脱掉了。

所有人都闷着气担心着，虽然川昱的话不错，可对何遇的方式确实有点儿太粗暴了。

川昱的脸色也是乌云密布的，他很清楚，自己方才火大的根本原因就不是那根带着嫌弃嫌疑的吸管，而是意识到自己已经对何遇动了心思。

炭火平白“噼啪”空炸了几声，川昱看到脱下的白色羽绒服被映成了一种诡异的红色。他沉默了两秒，什么都没说抱起何遇的衣服追出去了。

辛干准备跟着，老恩和一把拽住了他的衣领。老张叹息一声和老恩和交换了一个眼神，跟辛干说：“让你三哥去吧。”

何遇并没有负气跑远，而是弯着身子在雪地里压抑、专注地摸寻，像病人找救命药一样。

吸管通体都是玻璃材质，掷入雪中后再经风雪一盖，无影无踪了。

何遇衣裳单薄，一边喘着粗气，一边用手拨弄那些雪块。她无暇生气，更没留心扑在身上的寒风，对于后续饮水的顾虑逐渐在脑子里换成了水流成股涌入喉管的恐惧。

没有、没有……尽管她已经翻摸了相当宽的一片雪地也依旧没有找到那根吸管。

川昱从她身后跑过来，看到她蜷缩着身体，十根手指冻得通红。他难以在内疚和心疼之间找到自己情绪的平衡点，几乎是一把将她从雪地上拽起来说：“你不要命了？”

他板着脸替她披上衣服，何遇一把甩开了他的手，愤怒地回顶：“川昱，找到之后我一定弄死你！”

雪花洋洋洒洒地落在两人中间，何遇连打川昱两拳的兴致都没有，就又蹲在了雪地里摸索。

何遇猛然抖了一下，刚披好的衣服掉在一边。川昱顾不上她的怒火，直接从身后掐住她的腰扛到自己背上将她往屋里拎。

“川昱，你放开我！

“我咬死你！

“你神经病吧！”

她用尽全身力气捶打他的脊背，可川昱依旧沉着脸色走得稳稳当当。

看着两人这个进屋的架势谁都不敢搭腔，川昱也直接无视了他们，径直扛着何遇推开了一间卧室，照着被褥堆上丢了过去。

“咔吧”一声，他带上门挂上了锁。

“什么时候不撒疯找死了什么时候放你！”

这动静一出，堂屋里的队员们一个个瞠目结舌。何遇根本不愿听清川昱说什么，像一头暴怒的狮子一般在屋里发狠骂道：“川昱，你给我等着，我出来一定杀了你！”

川昱没回应，走回餐桌边坐下，低着嗓子问老恩和：“叔，那间屋里烧了炉子吧？”

老恩和还有些愣，只回道：“烧了烧了，都暖和的。”

川昱点头，再没说话。

一屋子人都静悄悄的，只有内室里何遇依旧在问候川昱的祖宗。眼瞧着气氛越来越不对劲，辛干才小声地跟川昱说：“三哥，何遇姐她……用她自己的杯子喝水也是插吸管的……我……我见过好几次了。”

又是两分钟静默，门外的雪越下越大了，川昱突然端起桌面上何遇剩下的那半碗烧锅酒一饮而尽，撸起袖子，走出门去。

第四章
我抓住你了，你放心

（一）

“有没有？”

“没有。”

“你那边呢？”

“也没见着。”

“欸！”

“找到了？”

“嗨，一根干树枝，真是叫鬼摸了头。”

“啥意思？”

“没影儿了呗。”眼镜取下鼻梁上架着的眼镜，翻开外套在打底衫上擦去镜片表面的白雾后又重新戴上。

川昱依旧一声不响地在那块雪地里摸找，跟他们出来帮忙时看到的神态几乎没什么变化。

眼镜感觉到雪水已经开始慢慢向皮靴里渗了，左脚踩一下右脚大脚趾，已经感觉不到痛。他哈了口气，向辛干朝着川昱的方向撇嘴，辛干皱着眉心摇了摇头。

早在他们出来之前，川昱就找了很久了，再这样下去，再健壮的身体都扛不住的。

辛干不敢劝川昱，团了个雪丸子丢了一下最年长的老张。三人对了个眼神，老张停止动作清嗓般咳嗽了几下。

“哎，那个……”

川昱突然抬起头说：“你们都进去烤火，我再找两圈。”

“不是，队长……”

“放心吧，我有分寸的，人多了反而不好，一脚踩破了就没用了。”

雪盖得越来越厚，丝毫没有停的意思，来时刚平脚踝，现在已经淹到了小腿中部。

这样的“分寸”，即便出自川昱口中也多少降了几分可信度。

三个人想不到什么合适的话来劝川昱，但谁都没有动。

这时，老恩和从里屋撩开了棉门帘吆喝了一声：“川子，这会儿……有点儿不对劲吧？”

屋外的四个人愣了一秒，川昱最先反应过来往里屋跑。

都忙着去找吸管了，不知什么时候起，关何遇的那间卧室已经静谧无声了。

川昱走到门口，贴着耳朵听了听。

老恩和问：“怎么样？”

川昱摇了摇头。

辛干很小声地说：“是不是睡着了？”

川昱没接话，放低了声音叫：“何遇。”

屋里没有回应，他想，何遇不至于为了跟他赌气顶着大雪跳窗逃走，何况那样他们在外面也能见着。但依照她的性子，没欺负回去之前倒头睡觉的概率也不大，眼下这样安安静静的，不是出什么意外了，就一定是想到了什么主意骗他进去，然后伺机暴扣一顿。虽然后者可能性较大，但他必须进去确认。

“何遇，我进来了。”他又补了一句，从炉火边找了点儿吃的一起端给她，心想：吸管没找着，道个歉吧。

眼镜帮忙下了那把锁，川昱先是用脚抵开了一点儿门缝，屋内壁炉里的火烧得哔哩啪啦的，简单的家具上都映着一层温暖的光。

辛干探出脑袋往屋里轻细地叫了一声：“何遇姐。”

川昱将他往后拽了一把，怕误伤。

但等了两秒，门缝里并没有跳出一个气鼓鼓的何遇。

眼镜说：“嘿，没事。”

川昱反而有一丝担心，推门走了进去。

辛干又准备跟着，“吱呀”一声，门从里面关上了。

“三哥不会跟何遇姐打起来吧？”辛干问。

“怎么会，队长这是去给人赔不是的，肯定拣好听的话说。”眼镜答道。

“哦，那我帮他参谋参谋，说得不好吵架了我就赶紧帮忙劝劝。”辛干说完就将耳朵贴在门上。

眼镜反手一捞，说：“屁股还没干就听墙脚，不嫌臊得慌？”

几个人走开各自去堂屋烘鞋子烤袜子去了。

辛干担心两人合不来，过几秒就往那间房探探头，眼镜去拨他的脑袋，嘴角抿着笑。

一来二去，辛干也懂了。

“哦！你是说三哥和何遇姐在搞对象！”他虎头虎脑地嘟囔。

眼镜“扑哧”一下笑出了声：“行啊，长大了，长大了。”

老张咳嗽了一声，沉着眸色说：“没影儿的事你们可别乱说，我们没什么，何遇可是个姑娘。”

眼镜朝辛干挤了挤眼睛，那扇关着的门却突然“哐当”一声猛地开了。

辛干惊呼：“三哥，你们这么快啊！”

眼镜爆笑了一声，辛干连忙补充：“我说的是道歉快！”

川昱没心思搭理他们胡闹，神色紧张地说明情况：“何遇像是发烧了，头烫得很厉害。”

简短的一句话让屋里所有人都一下警觉了起来。

眼镜和辛干率先冲进了房间里，只见何遇昏躺在床上，额头附近的头发湿漉漉地粘了一大块。

“量过体温了吗？车上行李包里有酒精，可以先抹额头上降降温。”眼镜说完就拔腿往停车的地方跑了。

辛干不知道自己能帮上什么忙，用手碰了一下何遇滚烫的额头后急得跳脚。

老恩和翻箱倒柜在一个陈旧的布包里摸出了一支体温计，川昱接过，擦了擦后塞进了何遇嘴里。

昏睡中的何遇感觉到异样皱了下眉，刚塞进去的体温计从口中掉下，与枕头和被面架成了一个三角，何遇的身子自然地往侧边翻滚。

川昱眼疾手快，赶在她压上体温计前揽住了她。

没了清醒时的清冷与戾气，他这才觉得她的身子柔软娇细，只要一只手臂就可以轻松控制住，他索性将她侧抱在怀里。

辛干将体温计捡起甩了甩又擦了擦，川昱小心地将其塞回她嘴里。

“咳咳咳……”何遇闭着眼咳嗽了两声，眉心紧皱，看上去很难受。

她意识不清，含不好体温计，川昱只能维持着侧抱的姿势，用另一只手捏着体温计另一端。

“杀了你。”她迷糊地在他怀里喃喃。

川昱低头盯着体温计上的刻度回答：“嗯，给你杀。”

玻璃层内的水银线一直停在了三十九度二。

眼镜和辛干坐在床边用棉棒小心地往何遇额头上擦酒精，老张看着外面昏黑的天气连着叹了好几声。

川昱说：“恐怕只是物理降温起不了什么作用。”

老张点了点头，拉过川昱的衣角：“何遇终归跟普通游客不一样，除了提供方便，我们还担着一份责任的，她要是真烧坏了脑袋……”

“我带她去看医生。”川昱说道。

老张愣了一下，虽然眼下的问题有些棘手，但这个天气外出显然不是多聪明的选择。

“天黑了，雪又下得大，路都看不出你这不是带她去找死吗？”

川昱没反驳老张的话，而是转身问老恩和：“叔，能不能把大黑借我？”

老恩和点了点头。

老张拦川昱，瞥了一眼里屋极力压着嗓子说：“你小子疯了！”

“没疯，大黑跟车不一样，附近的路都在它脑子里，摸黑也不会走错。”

“这不是马识不识路的问题！外面风雪那么大，气温又低……”

“我害她这样的！”川昱音量大了几分，脸上的表情却镇定庄严。

老张再也找不出什么话来阻止，叹了一口气说：“当心。”

川昱点头：“一定。”

老恩和牵出马上了鞍，川昱从房间里将何遇抱了出来，她意识不清，指望她配合地坐稳马背是不可能的，为防止她半路颠下去，他只好用布带将她捆在自己身前。

风雪太大，老恩和又特意找了件宽厚的风毛大衣给川昱。大黑的马蹄上裹了两层自制的防冻护具，把一个拳头大小的手电筒系在了马脖子上。

川昱仔细地扣好了大衣的四个扣子，第五个纽扣的位置刚好露出何遇的头，他的下巴抵着她的脑袋，温温暖暖的，又不至于叫她透不过气来。

老恩和抚着马头叫了几声伙计，大黑甩了甩尾巴。川昱攥紧缰绳喊了一声“驾”，两人一马飞快地消失在了平房前的雪地里。

（二）

“快跑！快跑！”

女孩在睡梦中听到一个男人急迫的喊声，还来不及睁眼，身体便被重重地投掷了出去。落地时屁股撞在了一块石头上，她疼得不行，这肯定是做了一个噩梦。

她想揉一揉，却感觉到莫名的寒冷，有什么缠住了她，脚踝、腰……上升的速度令人诧异，她脑袋里“嗡”的一下，是水！

一睁眼，周遭熟悉的石板小院已经泡在了浑浊的水中，混凝土砌起的墙围裂开了两个菜碗大小的洞口，泥浆一般的黄水正不断灌入。

她终于感觉到惊恐，对着窗口还在努力往外爬的男人大喊：“爸！”

“别管我！快——”

男人撕心裂肺的喊声还没在空气中拼凑完整，“哗”的一声巨响，一波山城高的黄浪便将连同女孩与房屋在内的数百米地方吞噬殆尽。

泥浆从眼睛、鼻孔、半窒息的咽喉灌入，浑水中卷带的石块与树枝像刀刃一般割刺着她的身体，除了嘈杂的“轰轰”声，什么都听不见。

一切发生得太快了，她纯粹依靠人类求生的本能在急浪中扑腾。

没有光，眼前除了乍现的几个黑影别无他物，刺痛感让她睁不开眼睛。

鼻孔中灌入的泥浆让她一下下张口却又一下下感觉到咽喉带来的涌灌式冲击。

没有力气了，身体很快在狂暴的洪水冲卷中不可控制地翻转下沉，没有拉拽物、没有落脚点、没有呼号、没有希望……甚至连所谓绝望的意识都在淹没的窒息中无力地丧失。

“我抓住你了，你放心。”

突然，一股巨大的拉力将她从水的囚笼中拖了出来，她依旧看不到、依旧呼吸不畅，但喉管里那股浓烈致呕的水土腥味让她知道自己还活着。

她在一片黑暗中惊慌地四处乱拽，唯恐失去最后这一点点生存的希望。

“嘶”的一声，川昱咬了咬下嘴唇。

隔着一层里衫，何遇的指甲紧紧地抓在了他的腰上。

似乎到现在为止，她每一次接触自己的身体都会给他带来某种疼痛，刺激的、突然的，以至于他莫名其妙对所有细节都记忆犹新。

川昱拽着缰绳，低头感觉到何遇的眉头又皱紧了几分。

雪没停，风也刮得更猛烈了。迎面扑来的雪花在她脸上化成了大大小小的水珠，她鼻腔的轻哼中有惊恐，有深坠梦魇的虚空感。

川昱不能腾开手去替她抚净，只好用侧脸在她眼角的位置蹭了蹭。

水珠在男人与女人的肌肤间洇开，被体温蒸腾。马背上的人颠簸了两下，何遇的睫毛突然剧烈地抖了起来，川昱贴耳跟她说："我抓住你了，你放心。"

黑色的骏马迎风在雪中奔腾，何遇艰难地睁了睁眼睛，仅凭一点儿暗光看到了川昱下巴上浅浅的胡楂。

整齐、坚硬，是成熟男人该有的模样。

她突然感觉到了一点儿心安，听着耳边他胸腔内剧烈的心跳声又陷入了昏睡中。

我抓住你了，你放心。

他说的，她听见了。

当何遇脑海中再次想起这句话的时候，她已经躺在了一张缠着五色彩绸的软垫木板床上。

何遇抽了抽鼻子，闻到了在旅馆初见川昱时那种难以具体描述的淡香。

"川昱！"她喊着他的名字从床上坐起来。

五米外，一个胡子与头发同样花白的老头儿回头看了她一眼，半个身子隐在门廊阴凉处，半个身子晒在阳光里，"吧嗒吧嗒"继续抽着水烟袋。

何遇下意识地抚了一下额，看见床边的小火炉上放着一只陶罐，"咕噜咕噜"地响着，不断有墨绿色的药汁从罐口溢出来。

她嗅了两下，觉得这个味道跟川昱身上的又不太像了。

见何遇醒了，老人将烟秆别进裤带从一边的柜子里拿了一个东西向她走来。

“喏，看着点儿时间，含五分钟我看看。”

他动作极熟练，将体温计放在何遇嘴里后，又回到了原来的位置抽水烟。

何遇从嘴里拿出来看了一眼，是一根体温计。

“含着！”老人斜眼善意地斥了她一声，何遇立马又将体温计放回了自己嘴里。

她一边回想昨晚的事情，一边打量这个房间：是间临街开的小药铺，有两张板床和几把靠背椅，剩下的便是一个放西药的玻璃货柜和一筛一筛向上架放的草药，没见着川昱。

“康巴大叔，那姑娘怎么样了？”

屋外看不见的一处有个女声传来，带着蒙古族发音惯用的鼻腔。

何遇不方便开口便抻长脖子去看，老人头也没回地指了她一下，她以为是叫她别乱动，将脖子缩了回去。

进来的女人穿了一件月白色的袍子，头发用一把篦子绾在一边，有点儿清宫二把头的意思。

“是我，乌尼。”她指了指自己，将一只不锈钢手提钵钵拿给何遇看。

是来给她送饭的。

何遇点头致谢，也指了指自己嘴里的体温计。

何遇记得乌尼，准确来说，是记得她在镜头中温暖柔情的笑容。

乌尼“嘻”了一声，说：“知道知道。”于是拎着食盒掐表在旁边等。

可才过了两分钟，她就坐不住了，自己寻了簸箕出来扫起了小药铺的地。

老人将晒暖的那半个身子转过来跟乌尼聊天："你男人走了？"

"大叔你莫乱讲哦。"乌尼握着笤帚看了何遇一眼，扭头时脸上带一点儿娇羞。

老人吐着烟圈"咳咳咳"几声，何遇分不清他是在咳还是在笑。

乌尼冲她淡淡地笑了一下，接着说："早就走了，把人家姑娘坑成这样，还有胆子留？队里都是糙老爷们儿不讲究惯了，这会儿，就该回去干活，不会说话就当牛，才算给人家赔礼道歉哦。"

乌尼的话听来是责备，字里行间却小心地维护着川昱。

何遇没接话，脑袋里在想女人提起喜欢的男人和男人提起喜欢的女人具体有哪些不一样。还没等她想清楚，墙上的挂钟指向了二十七分，五分钟到了，她将体温计拿出来。

刚要看，乌尼揭开了食盒塞到何遇手里换走了那根体温计："康巴大叔，你来看看哦！"

"一口、一口、再抽一口。"老人叼着烟管不舍地抽了两口。乌尼转过头小声跟何遇说："你吃饭。"

昨晚没吃东西，何遇确实有些饿了。圆钵里面盛的是各色糙米熬的粥，加了两种叫不出名字的药材和几片干百合。

何遇舀了一口。

乌尼问道："好吃啵？"

她点头："能开店了。"

这话逗得乌尼捂着嘴直笑，厨艺上的认可仿佛给了她极大的骄傲。在将体温计递给终于放下烟袋的康巴医生时，她还有些遗憾地说："本来连昱哥的份也做了的。"

"他骑马回去了？"

"嗯，看着你打完针就走喽，天还没完全亮呢。"乌尼将头凑过去看那根体温计，康巴医生眯着眼说：“三十六度三。”

“那就好。”她点了一下头，从袍子夹层里摸出一个绣花的小方包。

何遇赶紧说：“医药费我自己付。”

乌尼只是笑，已经数好钱放进了一旁的空药筛中：“你哪里有钱哦。”

何遇在身上一摸，还真是，没穿外套的她别说钱，连手机都没有。

她觉得有几分尴尬，乌尼却只担心圆钵中的粥够不够何遇吃。撇头瞧见圆钵已经见底了，她连忙说：“他们得好一会儿才能来接你呢，去我铺子里歇一歇吧。昨天刚进了几件水果，新疆拉过来的蜜瓜和葡萄，你喜不喜欢？可甜了，你跟庆格尔泰一道吃？”

何遇还没说好，她却十分热情地拉起了何遇的胳膊。

何遇不适应这样亲昵的动作，说道：“我已经退烧了。”

“客气什么哦，我答应了昱哥，要好好照顾你的。”

乌尼的眼睛眯着弯弯一笑，何遇知道，是因为她又提了一句昱哥。

从药铺走回乌尼的杂货店，脚下的沙土路干干的，全然看不出前一天晚上降过逼停越野车的暴风雪。

乌尼切了一只哈密瓜招待何遇，不到半刻钟的工夫又温柔地叮嘱了她两遍别吹风，还给她找了件棉布外套穿上，之后才安心地去做自己的小买卖。

何遇没带相机，坐在偏左侧的门槛上看着小推车里的孩子用两只手比了个取景的方格。

小家伙用两个才长好的牙齿刨了一点儿蜜瓜瓤冲何遇“咯咯”笑。

她逗他，模仿快门的声音说：“咔嚓。”

“嘎查——”小家伙这样模仿。

何遇觉得有意思，全然不顾形象地跨到庆格尔泰的小推车旁，又说道：“咔嚓。”

“噶乍——”

“咔——”

“噶——”

“咔——嚓——”

“噶嚓。”

“咔——”

“咔——”

“咔嚓。”

“噶——咔嚓。”

何遇笑了，温柔地抚了一下庆格尔泰的脑袋，随意摇晃手中的蜜瓜皮又开始教引着他说别的话。

这边她正童心大起，外面一辆雪白色的商务车停在了路中央。

“什么呀？都到这儿了你才说我们都得住帐篷？”

“菲菲姐，这些事来之前跟您的经纪人都确认过了的呀，拍摄场地在沙漠中央，那块基本就是无人区了，实在没有旅馆。”

“没有旅馆民居总有吧，不然带的那点儿水我洗脸擦手都不够的呀。还有，遇到野狼怎么办，蛇还会往帐篷里爬呢。”

“就是，就是。”

……

何遇侧了一下头，看到几个穿 Versace 冬装外套的年轻女郎从车上下来了，估计是过来拍实景封面的杂志模特，顶着几张让人脸盲的漂亮脸蛋。

乌尼听到动静从柜台挪到门口。

一个女模特发现小杂货店的招牌，冲乌尼咧了一个看似明媚的笑，问道："老板，你这儿有湿巾卖吗？要不含乙醇的那种，不然我会长痘。"

酒精就说酒精，非要说乙醇，何遇不禁翻了个白眼。乌尼却热情地招呼道："有呢有呢，还有无酒精成分的卸妆巾呢，里面有茶树和牛油果精华的，好使得不得了。"

乌尼的见识显然超过了模特的原有构想，但这种扫兴只在她脸上停留了一秒，立马又被购物的兴头压了下去。

几个人吵吵嚷嚷地走进小店里，一面搜寻着自己需要的物品，一面交头接耳互相嘀咕要看清有没有过期，乌尼只当没听见，一一给她们拿货。

对于自己店里的商品，大到生产厂家小到成分添加剂，哪怕是一块钱一小包的蛇油护手霜乌尼都清清楚楚。

何遇偶尔听见一两句，由衷地佩服乌尼。推车里的庆格尔泰却似乎被这些尖尖细细的嗓音吵到了，一双小手不停地向何遇张开。

是想要抱的意思，她见他这样对川昱做过。

何遇盯着小家伙愣了两秒，他露出两个小牙，歪着脑袋说："咔嚓。"

何遇笑了，正巧坐久了屁股有些发麻，索性抱起庆格尔泰到外面溜达一圈晒晒太阳。

她站起来刚迈过门槛，商务车里一道目光惊诧地落在了她身上。

"你是……何遇！"

一个穿着白色休闲套装的女人探出头跟何遇说话，语气拿捏得一如他乡遇故知。

何遇盯着她看了几秒，不需要依靠任何衣饰就让人留意到她眉梢眼角的性感，的确比刚才那些模特有特点许多，但何遇确信她们没见过。

“我是林夏亦，一年前邀请过您参加我导演的《天生有范儿》的人文纪录片拍摄，可惜当时何老师您的档期太满……”她一边寒暄着提醒何遇，一边解了安全带下车。

不感兴趣的合作邀约向来由助理打发，何遇生性冷淡又不认识她，一时没给什么反应。

林夏亦觉得有些尴尬，脸上的笑容越来越僵，刚才跟女模特解释住宿问题的男摄影打量了何遇一眼，压低声音跟她讲：“林姐，认错人了吧？她……怎会是何遇，有点像而已啦。你看，她连相机都没带。”

说到最后一句时，林夏亦也开始有些犹豫。

社交软件上，何遇的每一张照片都能让女人嫉妒得牙痒痒，一件最普通的 T 恤，一件简单的棉麻大褂，她都能穿搭出扑面而来的时尚感，可眼前这个女人……

何遇满不在乎地紧了一把身上的棉布花袄，怕庆格尔泰摔着将他环抱式箍着，没梳头，没化妆，除开那张天然傲慢的脸，的确与她一贯的形象相去甚远。

她无心搭理他们，索性就装作不是自己。

林夏亦还是看了何遇好几眼，撇过头对跟组的男摄影说：“我去找菲菲她们回来，你跟她沟通一下看能不能拍几张照，选一张最像何遇的发给驰溪，什么也别说，其他的……后期用在我们的杂志上，会有帮助的。”

林夏亦说完就往杂货店走去了，男摄影点点头朝何遇走过来。

"不好意思，刚才我的朋友认错人了。"

何遇说："没事。"转身往长街上大步走去。

男摄影掏出一张名片给何遇，说："我是摄影师二扬，专门拍时装杂志封面的。"

"时装杂志？"

何遇单纯好奇哪一本杂志会挑这些网红脸做模特，男摄影却以为她是不明白什么叫时装杂志。

他眯了一下眼，在脑海中组织解释的语言。

何遇没兴趣了，扭头看到长街对面辛干骑着一匹枣红色的高马朝这边走来。

庆格尔泰开始冲自己的小舅"哇哇哇"地叫嚷。

何遇说："借过。"

男摄影当她要走，立马跟她说："我能给你拍张照片吗？可以支付你一些报酬，就是钱。"

何遇没说话，他依旧在跟前挡着道。

玩心起来了，何遇索性回答他："好呀，你给我一万块吧。"

男摄影显然没料到她会报出这个价，掏了一下耳朵问："不好意思，多少？"

何遇眉心一皱，极其认真地跟他说："我是我男人花一万块钱买来的，你想照了我的相拿到别的地方给很多男人看，不够这个钱他会叫上他的几个兄弟打死你的，就跟上次来旅游的那两个瘫子一样。"

她将这话说得习以为常，听得男摄影连忙朝四周看了看。

辛干在靠近两人说话的地方下了马，跟庆格尔泰闹着玩故意撇嘴一脸严肃地逗他。何遇问："你三哥呢？"

辛干还没回答，男摄影瞥了辛干一眼收回名片匆忙走了。

辛干莫名其妙地望了望仓皇开溜的男摄影说：“三哥说他来你一准儿生气，嘿嘿，何遇姐，他知道错了。”

庆格尔泰扑腾着往辛干身上爬，何遇索性将小家伙递给他，自己去牵马。

何遇的手搭在了马颈那块紧实的肌肉上，哼笑了一声：“他还知道让你代劳说？”

“这个……”辛干抱着小外甥，半天没找到为川昱开脱的话。

（三）

“何遇姐，这个给你。”

告别了乌尼后，两人往驻地赶。骑到了半路，辛干突然想起了什么，停住了马，从兜里摸出了一根麦秸似的空心草秆，说道：“以后你就用这个喝水吧，长在水泊边自然冻干的，没污染。”

何遇接过看了看，土黄色、手掌长的一截，又直又亮，将其凑到鼻子边闻了闻，还带着一股舒心的草木味道。

“你找的？”

她扭开了矿泉水将草秆探进瓶口去喝。

辛干看着她吸了两三口才挠着脑袋小声说：“三哥摘的。”

何遇捏着草秆在水里搅了搅，悠然地说：“一根草秆儿就把我打发了？把我往屋子里扔的时候跟在沙地里扬水管似的。”

“不，扬水管，得往沙子里扔，还得埋上，也不往床上。”

“什么？”何遇没听清，辛干却连忙摆了摆手：“不不不，我说不是一根，三哥给你摘了一大把放你房里呢。三哥说你使一次丢一根都行，管够！”

何遇咬了一下那根草秆，脑补川昱板着一张脸，叉腰跟她说“管够”的豪横场面，优哉游哉地用腿靠了靠马肚子：“他知道什么。”

辛干单纯地说句公正话：“三哥知道的可多了。”

“比如母猪的杂交配种技术？”

辛干被这样蔫儿坏的话吓得不轻，憋红了脸急忙解释：“不是不是呀。”

他脑子已经被母猪的杂交配种技术搅昏了头，两瓣嘴颤颤的没个结果。

何遇看辛干急得不行，收敛了神色回到正经话题上：“好了，不说这个了，我问你一件事。”

辛干松了一口气：“嘿，姐你说。”

“川昱……他一直在这里吗？”

辛干连忙扭头警惕地朝四周看了看，两三秒后才反应过来何遇说的“这里”是指固沙队作业的整个浑善达克。

他咧嘴一笑：“哈哈，我还以为何遇姐你看到沙地里的婆婆鬼了呢。”

“婆婆鬼？”

“嗯，以前我阿布说，人大病初愈的时候，还有一半的魂在鬼门关晃荡，这时候身体虚能看到脏东西，沙地里的婆婆鬼就会变成他们相熟的人的样子在他们眼前晃。你要是真的跟着他去，婆婆鬼就会拿着你的命号自己去投胎，你就得留下来当婆婆鬼了。”

何遇皱了下眉，仰头看到天边浮了几道虹光：“不如变成落单半裸的型男靓女，骗人跟着走的成功率会比变熟悉的人大。”

辛干“嘻嘻嘻”地笑了两声，想起了话题扯上封建迷信前何遇的问题，于是回答：“三哥毕业之后就一直在这里了，前年李主任请他去当区域指导员他都没去。”

“毕业？从哪里？”

“从上海呀，”他想说得更详细一点儿，可又不太清楚那些长长的学校名称，于是只得又重复了一次，“从上海。”

“大学毕业后子承父业……”

辛干摇了摇头：“博士、博士毕业。”

何遇一愣，想起了川昱那句“我就一大老粗，不知道怎么跟你们城里女孩子相处”的鬼话，他果然是在忽悠着自己好玩呢。

“啧。”她咂巴了一声，“固沙员门槛这么高的吗？”

前方已经可以隐约见着一点儿驻地房顶的样子了，辛干觉得何遇已经没生气了，心里很高兴，便乐呵呵地跟她闲聊：“没有啦，是三哥自己喜欢学东西，听说他上学的时候还去过四川研究什么呢。嘿，我猜是研究大熊猫，电视上看四川有好多大熊猫。何遇姐，你见过大熊猫没有？”

何遇听到“四川”两个字，猛然又想起了马背上川昱对自己说过的那句话。辛干当她是没有见过大熊猫，便接着说：“臭眼镜说三哥是去研究川妹子了，所以手上才被挠了那么老长的印子，嘿嘿嘿，就他嘴不正经……”

辛干的话匣子打开了就收不住，只是后面的内容何遇都没有太留神听。

马蹄落在驻地门口的时候，辛干还问她：“何遇姐，下次我带你一起去吃好吗？”

何遇胡乱地点了一下头，径直下马朝着川昱的房间走去，她需要求证，川昱有没有可能就是救自己的那个人。

还没进门，脚步匆忙的何遇就被隔壁窜过来的尤金挡住了去路。

他宿醉才醒，两只眼睛下都是发青的乌色，搭配那一头乱发，看上去有些可怜。

何遇说：“有事一会儿说。”

她叫了川昱的名字，尤金却突然抱住她：“哦！我真是摄影界的罪人、不忠诚的骑士。何遇，你可以原谅我吗？”

老张：“……”

辛干：“……”

眼镜：“……”

何遇：“滚。”

“何遇，我非常后悔，我知道酒是狄俄尼索斯献给世人的麻醉剂，但我还是一口一口地掉进了他的圈套。真是个奇怪的想法，就像风车下面长出了一排白色的小南瓜。何遇，你知道我在说什么吧？我应该保持清醒带你好好了解浑善达克的，你接受了我的邀请，我却喝醉了。这是不对的，听说你还因此发烧生病了。哦，上帝啊，我简直……”

表达悔恨的尤金就像一只巨大的山地熊一般，隔着一拳的距离空揽着何遇，围观的三个人见惯了他的戏剧式发言都站在一旁看西洋景。

何遇明白尤金只是热情过头，但这丝毫没改变她生无可恋的表情：“撒手。”

“哦，何遇，答应我，不要因为我的失误而改变你对这片土地的热忱，我应该为我们的友谊做些什么？说吧，何遇，我该怎么弥补自己的失职？”他两只眼睛直勾勾地看着何遇，两只碧蓝色的眼睛里竟然还不争气地泛起眼泪来了。

眼镜在一旁起哄：“光说可不算，洋金转头就不认账了，何遇，有什么要求得叫他写下来。”

老张也乐呵呵地点头说："是是是。"

何遇急着找人又实在没心思哄眼前这个像是从莎士比亚戏剧里窜出来的国际友人，便直接扯着嗓子喊："川昱！你出来！"

她声音大了点儿，带着半分宿醉、鼻涕眼泪放肆流的尤金反而被吓镇定了，撒了手扶着额头说："川昱队长半个小时前就出去了，哦，何遇，你找他吗？真不凑巧。"

何遇将头扭向另一边，辛干连忙摇了摇头表示自己不知道。

眼镜说："是，队长出去了。"

"去哪儿了？"

"这个，他没说。"

老张也点头应了一句："没说。"

何遇没再追问，尤金却不知道哪根筋儿没搭对突然又来了精神："啊！不如这样吧！何遇，我带你去看一个好东西！你的悲伤我该用快乐来补偿，这样上帝才会重新赐福于我的。"

何遇摆摆手："不用，我不怪你。"

尤金不罢休，听了她亲口说的"不怪你"，补偿她的愿望反而更加殷切了："不会很远的，何遇，给我这个机会吧？我应该是你忠诚的朋友与可靠的搭档，可是我竟然……"

"去去去！现在就去！"眼瞧着尤金式反省又开始了，何遇只想立即叫停耳边这种无休止的"嗡嗡"声。

院子里的另外三个人对了个眼神，想着既能让耳根子清静，又能让骑了许久马的何遇松泛松泛筋骨，纷纷点头支持了何遇的决定。

尤金开心到不行，亲自帮何遇取来了她的相机引着她出了门。

一路往北慢走了半个小时，天边的晚霞由错落的斑斓变成了满铺的云锦，霞光下路的尽头可以看到一户牧民的深米色篷布，何遇逐渐觉得在这样的景色中散步也还惬意舒适。

她嗅着风，不知是不是错觉，总感到有雪的味道，于是问：“说吧，带我去看什么好东西？”

尤金突然得意到不行说起了母语：“It's a secret.（这是一个秘密。）”

何遇随便接了一句：“你的秘密不会是带我去看羊吧？”

尤金眼睛一瞪，脚一跺，脑门上的一撮头发猛颤着配合说：“Oh my god！（哦，天哪！）何遇，你真是个天才！用你们中国的话来说，这是不是叫心有灵犀！”

高八度的嗓音依旧没抵得过何遇已经翻上天的白眼，她连忙转过身往回走，却被兴致勃勃的尤金硬拉着走向了不远处的那顶蒙古包。

“我不感兴趣。”

“不，何遇，不是一般的羊……”

“除非它长着狗头，那我管你叫猎奇新闻的记者。”

“不，你来看看，我刚给主人发了消息现在时间正好……”

半推半拉间，何遇进了主棚边上一个木栏围着的牲畜圈，里面主人家正围着一只卧地的灰色母羊，见尤金领着人进来了，也只是熟人般地点了个头。

原来是母羊产崽，这样的场面何遇早年拍过太多，她敬畏生命，但实在不新鲜，何况早上吃的苦药现在嘴里还有味道，一会儿真闻了血腥味极容易在主人家面前失礼干呕。

她呼了一口气，刚想跟尤金说明情况，女主人却对着牲畜圈侧边的干草堆喊：“医生，塔娜它的肚子又开始动了。”

何遇无意识地往那边瞥了一眼，只见川昱半挽着袖子露着两截强有力的小臂答：“我来了。”

第五章 她吻在了他唇上

（一）

不能在帐篷中生产，血腥味会持久不散，但在牲畜圈中，这种天气就格外需要注意保暖。

男主人在地面铺上了厚实的干草，川昱小心地将母羊抬抱到临时搭建的产房位置上。母羊“呼哧”着白气发出“咩咩”的叫声，女主人以同样紧张的神色顺抚着它隆起的肚子，生产在即母羊却迟迟不见发力。

何遇看了一会儿，给尤金使了个眼色。

“What？（什么？）”他没看懂。

何遇只好拉住他，将他引到了生产位后面的木栏边。

尤金后知后觉，问：“是不是羊粪的味道让你觉得不舒服？那我们出去吧。”

何遇看了他一眼：“就站这儿。”

两人站的位置正对川昱的背脊，既看不到羊崽诞生的温馨场面，又不能避开那股羊膻味儿，尤金不明白何遇的脑回路，但想着自己醉酒的事，只好果断配合她。

“咩……咩……”

又是几声呻叫，母羊前蹄一抻，一股呛鼻的血腥味从母羊分娩处随着一摊混沌的体液散出，何遇肠胃里那阵没消散的药味被勾了出来，她捂嘴不适地干呕了一声。

尤金见她这样，内疚又多了一分，连忙问：“何遇，你没事吧？”

“没事，站这儿别动。”

川昱侧了一下头，听到了何遇说话的声音却没真的去看她。

第一只羊崽很快随着胎衣滑出，川昱立马接住，掏出了小羊崽嘴、鼻、耳中的粘膜，第二只、第三只……一共五只小羊崽，前四只的脐带都是自然扯断的，第五只小家伙却连带着长长的一根出来。川昱挑了块干布包住它，它扑腾着四条小腿蹬了他一脚。

女主人说：“是个调皮的家伙。”

川昱点头，左手掐住脐带根部，把脐带中的血液向外排挤，右手握住火灼消毒后的剪子“咔嚓”一声，脐带在距羔羊腹部 4 厘米处被整齐剪断，而后他才将五只羊崽挨个捧到母羊嘴边让它舔毛。

川昱的动作熟练利落，透着一股子与他健硕身躯不搭的温柔细致，然而这一切站在身后的何遇和尤金都看不见，但仅从他脊背与臂膀肌肉的紧弛，何遇断定这是一次完美的接生。

男女主人围着母羊高兴地唤着“塔娜”的名字致谢，川昱随手取下那副沾满羊液的乳胶手套起了身。

手套是短口款，为了不在小羊身上留下味道才戴的，此时他手臂上沾满浓稠的液体。

何遇看着川昱，他也看着何遇，尤金抻长了脖子去瞄那些小羊崽，嘴里轻叹着没拍下那一幕的可惜。

她还看着，川昱便主动挪开了目光。

“你还会给羊接生？”何遇惊奇地问。

他点头：“马也行。”

何遇仰头勾了一点儿嘴角，带着一点儿不知道哪里生出来的骄傲，没维持两秒，又是一阵干呕。

川昱咬了下嘴唇上的干皮，顾忌着手上的污渍用胳膊肘夹起了旁边的一个薄铝皮仓篓朝她走了过去。

“起开。”

“哦。”她当真给他让了个地方。

川昱放下仓篓后抛下一句话便往侧门去了，说道：“傻不傻，发现了风口不知道找东西挡。”

尤金恍然大悟，合着何遇刚才是拉他一起给母羊挡风啊。

“你真是个细致温柔的人，何遇，我刚开始还以为你是受不了……欸，何遇，你去干吗？你不看小羊吗？”

尤金朝着侧门伸着手，何遇却迈着步子跟在川昱后头走了。

蒙古包里用彩钢板分隔出来的洗浴室相对狭小，川昱正弯腰洗手，一旁的布门帘里探进了何遇的脑袋。

小巧的脑袋，配着她随意披散的头发显得毛茸茸的。

她问：“生下来的羊崽都能活吗？”

他蹙了下眉，觉得她就像从门帘里生出来的羊崽，还是连着脐带逼他动手修理的那只，可爱是可爱，但比别的都坏一点儿。

她问话的样子太乖，反而让川昱轻易察觉她另有目的，但他还是点头回答何遇：“可以，晚一点儿给母羊和着温水吃一点儿麸皮和食盐，再剪去母羊乳房周围的长毛，然后清洗，擦干，挤出羊奶来帮助羊羔吃到初乳就没什么好担心的了。”

何遇说“哦”，走进来站在他旁边。

川昱打了肥皂在搓小臂上沾染的血渍，发黄的泡沫逐渐密密鼓鼓地往他挽在手肘处的袖子上爬。两只手都不方便了，他只好屈肘在自己腰上蹭袖子，衣服厚实叠得太紧，蹭不上去。

何遇在一边看着，瞟着他。他莫名觉得她是愿意帮他的，不过刻意在等他开口，像某种只有她自己懂的军事战略，带一点儿作。

川昱直接冲掉了另一只手上的泡沫，准备去挽袖子时，何遇开口说：“还没搓干净，味道沾在衣服上带回队里去你想熏谁？”

她语气平淡，但川昱还是看到了她计划败落般地抿嘴的小动作，心里莫名有种得胜的舒服。

“帮个忙。”

她说：“好吧。”然后又得意起来了。

袖子被挽到了更高的位置，露出了四道抓痕，看得出来是许多年前留下的疤，但如今还这么鲜明，可见当时入皮入肉之深，他一定为了这几道口子吃了不少苦头吧。

何遇没有立刻松手让他冲洗，而是将自己的手放到他的手臂上，一道、两道、三道……她慢条斯理地贴上了那几道抓伤。

轻微的凹凸感，区别于一般的皮肤，有种格外的性感，然后，她笑了一声。

川昱知道何遇想说什么，于是往旁边撤了一步，斥她：“有病。”

何遇一点儿都不生气，搓了搓从他手臂上粘过来的肥皂泡，小声说：“这是我挠的。”

“不是。”

“‘我抓住你了，你放心’，这句话是你昨天晚上跟我说的。”

“不记得了。”川昱一脸镇定，又走回水龙头前准备去冲洗。

何遇一下关掉了水龙头，挤到他与水池间窄窄的间隙里，两个人的小腿几乎贴着。

“这话你以前也跟我说过，是不是？”

“我以前没见过你。”川昱向后迈了一步，离她半米远。

“四川凉山，当时我13岁，是你把我从洪水里拽出来的对不对？你去过四川，我知道。”

“你不是北京人吗？”狭窄的洗浴室，她几乎将他逼到了角落里，川昱半仰着头不看她，像是不愿搭理她的胡闹。

“当时我什么也看不见，害怕得用尽了全力去拽那只手，就是那时候挠伤了你，对不对？川昱，你救了我。”

川昱低头，盯着何遇看了两秒。

从在宝拉格旅馆见到何遇时，就觉得她有两分眼熟，只是当时自己救下的那个女孩瘦小单薄，扑腾在泥洪里像一只被人丢弃的塑料袋似的，没想到……

“是不是？”何遇又问，一双眼睛里写满了那种吞人入骨的渴望，像极了他当年拉起她那刻，她发疯般将指甲扎进他的皮肉里的恐慌。他以为，自己再也不会见到那样拼命攥住一点儿希望的眼神了。

川昱又打开了水龙头说：“不是，我去四川除了吃火锅没干过别的，至于手上的疤，前两年别人挠的，当时我们……”

何遇面无表情地看着他。

川昱很轻佻地笑了一下：“想知道详情你自己上网找部小电影看看，过程都差不多，挠背挠手，挠哪儿的都有。”

他将手臂放在流水下冲洗干净，带血腥的沫子在水槽里打了两个旋儿流了出去。

川昱看了一眼何遇的手，拧了一把毛巾丢给她：“擦擦吧，你看你要不要给小羊照几张相，这会儿它的毛快干了正是可爱的时候，你……”

脖子上的衣领一紧，何遇踮脚吻在了川昱的唇上。

跟常年生活在这儿被冻得干裂起皮的嘴不同，她的唇瓣水润且温暖，像一个汁水饱满的小水饺，轻易便可以尝到江南春季里什锦菜的味道。

川昱意识到了这种享受夹杂的危险性，想撇过头去尽快结束这个动作。就在这时候，何遇拽着他衣领的手圈在了他的脖子上，川昱感觉到自己的嘴唇被她不重不轻地咬了一口。

“何遇，你来看看这个，实在是……”

尤金端着相机撩开了门帘，抬眼看到水池边的两个人吻得火热。

“Oh，I'm sorry.（哦，对不起。）”

门帘被快速放下，川昱反手解开她环绕在自己脖颈上的手从她的贴附中抽身。

“何遇……”他气息明显不稳。

她笑了一下：“那就是你。”

再没有别的话，何遇心满意足地踱着步子出了洗浴间。

川昱深吸了一口气，无意识地用食指指节擦了一下自己的嘴唇，湿湿的，出血了，被她咬破了一点儿皮。

母羊舔净了小羊崽儿身上残留的水汽，羊毛逐渐从羊羔粉嫩的皮肤上竖了起来，女主人移了一只炉子放在牲畜圈中没有铺干草的一角，五个小家伙很快便成了一群颤颤悠悠移动的白团子。

川昱从洗浴间里撩帘出来的时候，何遇正伸手去抱其中一只小羊，女主人捧了另外一只递给何遇：“有点儿怕生的，你追不着，这个给你抱哦。”

何遇应了，正要去接，原来被她瞄准的那只却像是捍卫领地一般，迈着还有些踉跄的步子奔向她。

“咩——”小家伙用毛茸茸的小脑袋撞了一下何遇的手。

照拂母羊的男主人忙说：“吉祥。”

一屋子人都跟着复述，尤金告诉何遇，初生羊羔发出的第一声代表畜牧神赐下的福祉。

五福临门，有儿有女。

何遇转手摸了一下小羊的脑袋，将它抱到自己怀里也说了一声“吉祥”。川昱瞥了一眼，正是拖着长长的脐带还要拿小腿蹬他的那只小家伙。

果然，物以类聚，人……和羊以群分。

“住下歇歇吧，我去煮奶茶，今天真是辛苦你了。”男主人热情地招呼川昱。

他将目光从小羊羔上收回来，一脸镇静地回答：“不用了，只是顺手的事，队里还有事情，我先回去了。”

说完这句又留神跟男主人交代了几句给母羊喂食喂水的话，看何遇跟尤金都乐呵呵地在给小羊拍照，川昱独自一个人出去了。

尤金放下相机的时候才注意到川昱已经走到了圈门边，他用胳膊肘碰了何遇一下，问道：“我们要不要一起回去？”

何遇架着小羊的两只前蹄跟它脑门对脑门蹭了一下，一边逗它，一边回答：“急什么，又跑不了。”

“咩——”小羊也回应她。

（二）

“洋金，你瞎说的吧？”眼镜扶了扶耳边的眼镜，惊讶得连嚼在嘴里的干乳片都忘了咽。

尤金煞有介事地举起右手："上帝的孩子必须诚实，谎言是撒旦迷惑众生的武器。我发誓，我看到了他们接吻。"

老张牛饮了一口水，问："你昨天喝了多少酒？"

尤金想了想："一瓶半。"

眼镜将嘴里的食物咽下，用指头戳了两下桌子跟他算："一瓶宁城老窖小二斤，你喝了一瓶半，黄毛耗子都能看成大尾巴狼了。"

辛干和老张跟着哄笑，灶台里的炉火燃得噼里啪啦响。

眼镜催辛干："不听洋金扯了，快去烧饭吧，何遇才退了烧，炖菜里别放辣子了。"

辛干应了声"好"，起身从蹲坐闲聊的小桌子边往灶台走。

尤金反应过来一把拉住他，面朝老张和眼镜说："我睡了一天，那酒早就醒了。我的天，你们感觉不到他们俩之间有些不对劲吗？Is love，很微妙。"

想到在恩和大叔房子里何遇那句"等我出来我一定杀了你"，辛干咽了一口口水摇了摇头。

老张不说话。

眼镜眯着眼睛嘀咕了一句："这事儿吧……"

川昱一回驻地就钻进了自己房间里，不知道干什么；何遇看着心情倒是不错，可也没说两句就抱着相机回房筛选照片去了。

"是有点儿怪，不过亲嘴那不瞎扯吗？张叔，你跟婶子搞对象那会儿亲完嘴各自关自个儿禁闭吗？"眼镜问得认真，只是这话听着不大正经，老张一掌拍在他背上，分不清是恼还是不好意思，忙说："关我啥事，莫瞎讲，莫瞎讲。"

其余三个人哄堂大笑，老张说了两句压不住，索性提溜着一张干乳片出去了。

辛干将饭锅里倒上水起哄："张叔准是去找棍子打你了。"

眼镜"嘿嘿嘿"笑了一阵，当真听到厨房外响起了动静。

先是远远的一阵"轰轰"声，而后有车鸣喇叭、推铁门，再之后便是男男女女叽里呱啦的说话声。

三个人都钻出去看，川昱也从房里出来了。

从一台加长的纯白色的商务车上下来一群穿着羽绒服下面还露着长腿的姑娘。

辛干瞥了一眼后不好意思再看，小声嘀咕："她们不冷吗？"

这边没人回答，那边从车里下来的一个男人已经跟川昱说上了话："你好，我是二扬，我们是来这边拍摄杂志封面的，队伍里的女孩子比较多住不惯营帐，同志你看方不方便租几间空房给我们？"

川昱看了看他们的车，几个打扮时尚的姑娘小声交谈说："那个男的还挺帅的，是队长吧？"

"什么队长呀？"

"你没听夏亦姐说嘛，这一排平房是固沙队的宿舍。"

"哦哦哦。"

"哎，你们觉不觉得那个男的有点儿像驰溪呀？"

"瞎说，想驰溪想疯了吧。"

"真可惜，还以为他会来呢。"

……

几个人七嘴八舌的，还坐在车里的林夏亦向她们摆了摆手示意安静。

几个人互相对了个眼色便开始打量起这一围平房，看上去比她们中任何一个人年纪都大。

川昱的眼神还盯在他们的车上扫，二扬当他在等待报价，连忙说："三四间就行，房租我们可以按照你们旗上的旅馆标间算，我们住五天，就算一周吧，您看怎么样？拜托了。"

队伍经费紧张，一听到房租按旅馆标间算，厨房门口站着的三个人，连同尤金都两眼放光。

眼镜算了算："标间最低得一百二十块，住四间、算七天……"

辛干说："三千三百六十块。"

老张吸了口凉气："好家伙，新车的发动机能升升级了。"

"发动机"一出几个人更加兴奋了，眼镜耐不住性子已经走到了川昱边上："队长，好买卖啊。"

眼镜的声音不大，但二扬离得近还是听到了，花个二三千就能摆平这群姑奶奶住帐篷时的抱怨，对他来说也是赚大发了。

租房的事情十拿九稳了，二扬冲车里的林夏亦和另一位男摄影招了招手。

林夏亦是首席女模，也同时挂着视觉总监的头衔，算半个头儿。

人还没下车，川昱问："谁告诉你这儿有空房的？"

"这个……"

"那些空房的电路都老化了，用电不安全，出了事儿我们担不起责任，不能住人，你们走吧。"

眼镜有些急，但一听到电路问题却没什么好说的。毕竟跟人比起来，发动机和钱都是小事。

"没事没事，我们可以不用房间里的线路，原来准备搭帐篷就备好了电线和照明灯的，租了房子我们能自己拉线。瞧，车上连发电机都带着呢。"

眼镜重新振奋了精神，嘿，还省了电费，又是几十块流水。

这回连辛干和老张也将目光投向了川昱，可他依旧说：“队里都是老爷们儿，你们女人多不方便，上别处问问吧。”

说完，川昱就转身进了自己的房间。

二扬实在想不通这种条件下他还能有理由拒绝，愣愣地站了一会儿，准备将原话转达给林夏亦。推荐地方的时候，她神态笃定，想来不是有把握就是还有别的备选方案。

还没迈步，二扬却先被眼镜一把抓住了手臂：“兄弟，别急别急，我们队长这是失眠精神不稳，你坐下喝碗水，我去跟他好好唠唠。房子嘛，准保租给你们，不过那个……那个自己发电也……也不减钱啊。”

说着，眼镜冲辛干摆了摆手，示意自己稳住金主，要辛干去赶紧劝队长智商上线。

尤金的一双碧眼引起了模特们的注意，一会儿工夫已经跟她们扎堆聊起了香奈儿的宣传广告与卡梅隆·迪亚兹的美腿。

何遇删选完最后一张照片后取下了耳机，听到院子里似乎有女人的谈笑声这才出去。

“林姐，是那个……”

二扬最先看到了何遇，林夏亦和另一名男摄影也从车里出来了。

眼镜看他们齐刷刷地盯着何遇，又都带着相机，便清了清嗓子介绍：“这是著名摄影师何遇，你们应该认识吧，她也住在我们队上。怎么说呢，就是因为这块儿地气好景色美。那何遇住这儿可常说，自己最近拍东西的灵感‘噌噌噌’地往外冒……”

何遇一下就看明白了是怎么回事，由着眼镜半真半假地打广告，只轻声问老张：“叔，川昱呢？”

老张指了指边上的那间房，她刚迈开步子，便被做川昱工作失败从房里出来的辛干撞了一下。

“嘶……”何遇吃痛地皱眉。

辛干赶紧扶住她：“啊！何遇姐你没事吧！对不起哦，我……我没留神。”

何遇揉了揉自己的肩膀，见他嘟囔着，于是问：“怎么了？”

辛干看了看川昱的房门又看了看何遇，眼珠子一转，拉着何遇的一点儿衣角说：“姐，你过来一下，我想求你一件事行吗？”

何遇跟着辛干往院子另一边挪步，林夏亦盯着她看了几秒向眼镜打听：“同志，她在这儿住多久了？”

“何遇啊，好几天了，跟我们处得好得不得了，连身体不舒服都是我们队长亲自送、队员亲自接的。女孩子住在这儿比在外面扎营住帐篷安全得多，你们哪，就放一百二十个……”

林夏亦低眉看着何遇的背影，咬了一下牙，站在一旁的男摄影拿着手机说：“林姐，驰溪改主意了，他的经纪人说他愿意调整档期接受我们杂志的拍摄邀请。”

（三）

“他说女的爱洗澡，水费划不来。”

“还有呢？”

辛干咬了咬下嘴唇，不确定该不该原模原样地模仿。何遇还在等着，他只好沉着一点儿嗓子学腔说：“走走走，出去。”

何遇眯眼，辛干慌忙解释：“三哥就是这么说的，说完‘走走走’后就把我推出来了。”

何遇说：“明白了。”

辛干点点头，小声嘀咕：“如果可以把房子租给他们住，我们就可以买一台更好的发动机了。何遇姐，到时候补贴下来买了新车给你第一个开着玩。”

“贿赂我帮你去谈判？”

辛干很腼腆地笑了一下：“我们这一伙里你看着最机灵了。”

听到“这一伙”这个词，何遇乐了。

她瞅了川昱的窗户一眼，脑补自己透过那些明纸，对上他老干部一般正经到发窘的神色，竟然会不好意思跟人讲价？被自己吻了后在人前脸上都不见一点儿波澜，还以为他脸皮早已八尺八寸厚了呢。

她饶有兴味地笑了一下，问辛干：“水费多少钱一吨？”

“一块九毛八。”

何遇将视线从窗户挪到辛干脸上，这个价码的水费，又能划不来多少。

辛干以为她没听清楚，又提高音量复述了一遍：“一块九毛八。”

前一秒还在跟尤金说笑的几个女模特撇过头来看，辛干“唰”一下脸红了。

何遇没多想，拍了拍他的肩膀，语气平静地冲二扬说：“你们要租房吗？”

二扬点点头，何遇指了指院子最里头的一围：“跟我来吧，先给你看看这边的情况。”

二扬站在原处没动，辛干冲眼镜眨了眨眼，眼镜忙说：“嗯嗯嗯，她管事，队长下线了我们这儿何遇做主，你跟她谈吧。”

老张站在一边满脑子都是发动机的事，听到动静平白点了两下头。

见队里的人都认可，二扬看了林夏亦一眼后动身跟上了何遇。

“何老师，白天的事儿，不好意思哈，没想到真的是您。哦，对了，我们拍摄的时候驰溪也会过来，听说你们是老朋友了，欢迎您明天来指点我们。”二扬想到了小杂货店前的事情跟她搭话，即便何遇出了名的“目中无人”，但就为着这个出了名，跟她结交也能沾沾光。

“床、桌子、凳子、衣柜，每两个房间共用一个浴室，没有淋浴，天色不沉的话水龙头往左扳有热水，院子那边有额外的公共卫生间。”何遇领着二扬走到一个房间前，推开门，简练地介绍了一下房间的设备，语气平静清冷，如同一个语音的说明书阅读系统。

二扬尴尬地笑了笑，不再尝试跟她闲聊。

“可以的，比外面扎帐篷好多了。”

何遇点头：“要几间？”

“有的话当然一人一间最好。”

何遇侧了一点儿身子看了那辆车一眼，五女二男。

二扬后知后觉，说：“七间，驰溪应该不会……”

何遇懒得听下文，由东向西点着空房间告诉他：“包水费一间两百五，租单数按双数算，不然浴室连在一起转给别人很麻烦。”

“这儿……还能租给别人？”二扬想起了沿路过来看到的那些干草垛和沙丘。

何遇摆了摆手：“不能，但是你没得选。”

这样吃定的表情反而叫二扬无法反驳，按理说两百五的价格离他们外拍的差旅预算费用还有很大的差距，只是这个条件……

“冬天里那些野生动物很喜欢往暖和的地方窜，你知道吧？”

二扬看了那几个模特一眼，随便一只跳鼠都能把她们吓到误工一天，更别提什么五花八门的精神损失费了，他想了想：“行，不过两百五，二百五，这个数字……”

何遇眨了一下眼表示理解：“那就二百六。”

二扬一愣，总觉得跟她议价之后的自己更像个二百五。

“先结账后住宿，固沙队一到工作时间就是全员出动，没人守着办理退房手续。”她掏出手机算了算，将得数展示给二扬看。

他愣了一下：“这是……五天？”

何遇点头：“我们又不是诈骗犯，明码实价租房，没有五天算一周的道理。”

辛干和眼镜站在不远处看着何遇那一脸正气的表情狂咽口水。

眼镜说：“这业务水平真不赖，我们得想个办法让队长成为何遇的男人。”

“瞎说什么。”回过神的老张在他头上敲了一下，眼镜没反驳。辛干拉了拉老张的衣角说：“叔，你看。”

二扬数好现金放在何遇手里，她点了点数。最后一张人民币被拨动的时候，何遇念了一句：“没错，一万零四百块。”

眼镜：“……”

辛干：“……”

老张：“按理来说，到了年纪搞对象也是应该。”

何遇将钱原封不动地交到辛干手里，他掂了掂，重复了一遍：“何遇姐，买了新车给你第一个开着玩。”

何遇笑了一下：“算了吧，你们已经贿赂过我了。”

三个人没细想，还以为她说的是这段日子在队里吃的饭，于是都说：“应该的，应该的。”

何遇抿了抿嘴，回味起了洗浴房里的那个吻，这下可不算她白占川昱便宜了。

商务车上的人开始卸行李收拾，队员们兜了巨款主动帮他们收拾房间。院子里忙忙碌碌的，何遇嫌吵，伸了个懒腰准备回房补个觉。

林夏亦平白笑了一下，看着川昱的房间拿出手机给他发了条信息：“怎么，连租个房子给我住都不愿意？”

看辛干着急忙慌地来屋子里给自己做工作的架势，川昱就知道即便自己不同意，这伙人最终也八成会住在队里。

经费实在紧张，队员们的决定他完全理解，只是没想到，这件事会由何遇出面。

“川昱。”

天色稍微暗一些的时候，他的房门被推开了一条缝。

川昱抬眸，扫了一眼那双银白色的细高跟，他认得，便没再往上看她的脸。

林夏亦有些不满意，但语气带着一点儿上海调调，听起来依旧柔柔的：“怎么给你发信息也不回吗？”

川昱沉默了一会儿，抬头发现她羽绒服下穿了一件贴身的挂脖式裙子。

“我没看手机。”他回完这句话后转身去看钉在墙面上的防治作业图。

林夏亦知道这个动作代表“你走吧”，可她没走。

门外两个模特因为不能洗淋浴的事情抱怨了两句，顺着那道门缝从院子传到了川昱屋里，他这才将身子又转回去，看了看倚在门边的林夏亦说：“没事出去，有事进来。”

林夏亦无声地笑了一下，往前走了两步，顺手带上了门。

川昱屋子里烧了炉子，她将厚实的外套脱下，没找到地方挂，抖顺了摆在凳子上。

他依旧没什么话，林夏亦便指着自己的鞋子说：“你挑东西的眼光倒好，都多少年了，还没坏，前天穿着去参加别人的生日会，竟然还有朋友问我是哪个设计师的作品。”

“你朋友眼拙。”川昱随口应了一句，脸上的表情淡淡的，好像只是在陈述一个事实。

林夏亦往他身边坐了一点儿：“你还跟以前一样。”

“所以我们以前分手了，现在最好也维持现状。”

“川昱。”林夏亦叫了他的名字，开始有一些生气了。不用因为是前女友而热忱相待，但好歹也要顾及她是一个女孩，一见面就说出这种话，冷漠得有些侮辱她。

林夏亦侧着头，眼睛僵硬地眨了两下。

川昱叹了口气，起身从一旁的立柜上倒了一碗水递给她：“你要是没什么事，就出去，让人看到，名声不好。”

林夏亦不接，他端了两秒后放在了一边的桌子上。

“咚”，碗底放在桌面上发出了声响。

她回过头，川昱又背过身去看墙上那张地图去了。

从前交往的时候他就是这样，她闹脾气，他就由着她闹，既不哄，也不训。但好在无论自己闹得多任性，只要安静了去找他，他就肯原谅。生日也好，其他纪念日也罢，川昱从来不会安排什么惊喜活动给她，但只要她告诉他什么东西想要、什么地方想去，再贵再远他都会想办法帮她得到。

所以在川昱论文答辩前夕，当她要求他留在上海发展的提议被他拒绝的时候，林夏亦毫无顾忌地提了分手。

她以为他会顺从，至少胁迫未成两人还可以再和好。

可当时川昱只留下一句“你想好了的话，可以”，便回了浑善达克。一别四年，他愣是没给她打过一个电话。

“川昱，”林夏亦从长凳上站了起来，放轻步子走到川昱的身后，双手环住他的腰，“你是我父亲最得意的学生，你跟我回去，什么都会有的。”

“你把我当小白脸？”

“我……”

“我们已经分手了，每个人有每个人的路。”

“那你为什么还单着？”

他往后撤了一步跟她分隔开，转过身后背贴着墙：“老婆不好找呗，这儿你也看到了，母兔子都没几只。”

林夏亦收回手，看了他一会儿仰起脖子生出了一种骄傲：“你在等我。”

川昱戏谑地笑了一声：“别，这儿都是老爷们儿，嘴上不带把门的，开不起这种玩笑。”

林夏亦因他这一笑慌了神，院子里二扬找不见她喊了两声。

“林姐，驰溪的经纪人找你。

“林姐。”

川昱走到长凳边拿起了外套递给林夏亦：“你从后门走。”

林夏亦顺势握住他的手：“我住左起第二间，一个人，你一定会来找我的。”

川昱盯着她看了两秒，模样跟她追求自己的时候没什么两样，甚至因为妆容的精致而更见气质，可现在，他已经对这些不感兴趣了，脚一侧抵开了偏门：“帮我跟林老师问好。”

林夏亦撒手，一边穿外套，一边往门外走。川昱跟在她身后，准备锁门，一抬头，看到了何遇。

她不近不远地站在屋后打电话，视线与他相接。

只维持了一秒，她看向了别处，勾起嘴角继续谈着什么，就像刚才短暂的对视只是一种错觉。

“行啊。”何遇跟电话那头的人这么说。

（四）

次日早上六点半，摄影小队的车早早驶离了固沙队的宿舍赶往沙地中央。

眼镜听到大铁门“咣当”了一声，爬起床从屋里探出头，川昱的手一把拽在了他的肩膀上。

“开会。”

眼镜用袖子擦了擦眼镜片的雾气，看到川昱往院子尽头瞥了一眼。

眼镜当他是在看摄影队的那些人，于是说：“都走了，刚才还听到开铁门的声儿呢。”

川昱说：“哦。”

他的视线在围房尽头那团迷蒙的晨雾上停留了两秒。

老张从厨房旁的杂货间探出头：“队长，找到了。”

川昱点头，跟眼镜一起进了房间。

辛干已经在等着了，立在桌边，手上提着一只铜烧壶，打了个哈欠，冻红的瘦脸颊上两只眼睛神采奕奕的。

川昱将桌子上叠放的四个陶碗摆开，辛干手上的烧壶一倾，米黄色的奶茶涌了出来。

眼镜瞥了一眼老张手上的东西，是去年春节为了烤肉扎的铁架子，于是搭上川昱的肩膀问：“商量什么好事儿，这么隆重，准备跟何遇求婚吗？”

川昱瞄了眼镜一下，反手钳住了他搭肩的手臂，用力夹了一下。

眼镜痛清醒了，“哎哟，哎哟”地叫了两声后忙说：“不胡说了，不胡说了。”

川昱松开他的手，辛干笑着说：“该。”

眼镜反手又搭上辛干的肩膀：“小崽子，是不是又想打架了？”

老张干咳了两声，放下烤肉架子，眼镜也撒手不闹了，四个人一人端一只碗坐在桌子边谈事情。

起得太早没时间烧炉子，四个人坐着有三个人在抖脚，川昱长话短说：“一个月就休两天假，我的意思是趁着空当领着何遇四处看看。尤金来的时间短，对沙地的情况没我们熟悉，可何遇要是了解不清，这趟就算是浪费了。”

“是是是，洋金这个家伙整天醉醺醺的，别把何遇带着去扒羊肚子踢成个二级残废就阿弥陀佛了。”

眼镜说完，其他两个人跟着咧起了笑，算是对这条一致认可了。

川昱接着说：“带何遇转沙地不用所有人都去，剩下的人就去镇上买点儿新鲜的菜和肉，她来了这些天，净跟着我们啃饼了。”

说到这儿，辛干有点儿脸红：“何遇姐看着是瘦了。”

川昱拍了拍他的肩：“你做得好，不过她吃惯了正经饭菜，这两天得闲给她开个小灶，我们也跟着改善改善伙食，烤烤肉什么的。”

辛干点头如捣蒜，就差举起手来对天起誓了：“我肯定去市场配了最香的料烤，保证何遇姐吃了喜欢。”

川昱说：“好。”

眼镜自告奋勇地说：“那我去买肉，镇上的屠夫我熟，杀杀价，再拣两个骨头棒子回来给何遇炖个汤，昨天多亏了她。”

川昱也点头，老张却看着他不动了。

一个买肉一个配香料，四个人转眼就只剩下了俩。烤肉架在杂物间里摆了大半年起了锈，得有人专门清理它。

老张笑：“队长，你是知道我的，我这人嘴笨，你看陪何遇这事儿……”

川昱缓过神来，辛干和眼镜都看着他。

“合适合适，队长你对这块儿了解得最清楚了。”

“合适，三哥嘴利落。”

川昱还没想好，事儿就基本上定下了。他微微皱了皱眉，总想起昨天傍晚门缝里那短暂的一秒对视来。

见他没说话，老张嘬了一口奶茶讲：“这个安排挺好。”

“嗯，蛮好的，蛮好的。”辛干和眼镜也搭腔。

原本倒没什么，三人这一接话，倒搞得像他一早就盘算好了自己单独领何遇出去似的。

川昱想说点儿什么，嘴还没张，另外的三个人已经开始有一搭没一搭地琢磨起烤肉的蘸酱了。

“弄点儿孜然，烤着香，外面的大酒店里都有这道招牌菜，孜然牛肉，晓得吧？”

“行，辣椒面和芝麻也来点儿，再弄点儿花椒油，蘸着吃。”

“那个辣椒何遇能吃？”

“能吧，上次跟何遇姐聊天的时候……”

很快，烧壶里的奶茶喝到了底，眼镜也和辛干列好了单子准备去镇上采买了。

老张看了看烤肉架上的铁锈，跟川昱说：“叫一下何遇吧，你们早去早回，我们大伙儿好好撮一顿。哪天要是她回去了，也总能想起一顿好饭来不是？”

川昱默然，知道老张这话是在提醒他。

何遇不是这里的人，就算偶尔玩笑两句，也终归不是一条道上的。

川昱明白老张的意思，他也不想耽搁何遇，静静地喝完碗里最后一口奶茶吸了口气：“我去叫她。”

他走到院子里，地上结着一层霜，鼻子里呼出的热气能用眼睛看到。

门锁着，川昱抬手准备敲，却突然停住了。

昨天何遇亲眼见着林夏亦抱着外套从自己房里出来，她会怎么想？他不知道。

明明也没有什么，川昱抿了下嘴，那种含着水饺一般的温软感又浮了出来，要命，被她亲了一口倒像是中了蛊，这个女人，邪门。

见川昱停在空中的手抬了半天，辛干等不及了，他想在出发前问一问何遇有什么想吃好一并买了带回来，于是站在大铁门边喊：“何遇姐。”

他的声音洪亮，在四围的长房里还听出了回音。

这倒省得自己叫何遇了，川昱收回了手，想着等她闻声出来直接将今天休息的事告诉她。

他脑子里组织了两句“今天休息换我配合你工作”“晚上队里烤肉”的话，等了小半分钟也没听到屋子里有动静。

辛干说：“三哥你近，再叫何遇姐一声吧。”

川昱说：“早餐六点半，她又不是不知道。”

辛干小声嘀咕：“这又是怎么了？”

眼镜撇撇嘴：“恋爱中的男人精神不正常才正常，你没听过你婶子讲，张叔追她那会儿凉拖配棉袜？”

川昱无声地盯了他一眼，眼镜轻拍了两下自己的嘴，笑嘻嘻地转身挪到门外去了。

川昱敲门喊："何遇。"

停了一会儿，还没动静。

老张嘀咕一句："该不会是又烧起来了吧？这天冷，病情反复怕也是有。"

川昱觉得有理，琢磨了一下，加重力气又叩了两下门："何遇，我进来了。"

他作势推门，却听到围房大铁门边的眼镜"哎哟"了一声。

川昱耳清目明，见来人不是何遇，反而更加担心，一头扎进她屋里寻她去了。

老张看不见门里的情况便将头扭向了眼镜，只见地上跌了两个人，除了眼镜还有刚来的另一个男摄影。昨天二扬跟队长说话的时候打了照面，老张记得。

见着是租房的主顾，眼镜爬起来之后扶了那人一把："兄弟你这是干啥呀？差点儿没让你给我撞出个脑震荡。"

男摄影拍了拍裤腿上的灰，说道："我们落了个道具，那边正等着用呢，对不起、对不起。"

眼镜说"没事"，给他让了一条道进院里取东西。

放道具的房间就在何遇房间边上，他往那个方向跑，看到川昱在隔壁叫着何遇的名字找人，停脚站住了。

"同志，你找何遇？"

川昱没见着人，皱着眉走到门口问："她在哪儿？"

"不知道，早上我们的车走的时候，驰溪把她接走了，去哪儿就不清楚了。驰溪听说她在这儿，昨天凌晨就到了镇上。他名气大，拍摄也自由，今天上午说是有事我们也管不着。哦，对了，还有你们队里那个洋人，一起走的。"

“驰溪？”

“嗯，你们不知道啊？就是——”话没说完，催问道具的电话响了，男摄影顾不上回答川昱的问题，疾步跑去取了东西又匆匆跑出了院子。

川昱还没说什么，眼镜就好奇地拿出手机搜了起来。

“嘿，敢在太岁头上抢何遇，也不撒泡尿照照，咱们……”

沙地中网速不快，驰溪的资料转了好几圈才出来，一张半身写真出现在简介最上端。眼镜抿了下嘴，递给就近的辛干看：“别说，这小子长得还真帅。”

辛干问道：“是何遇姐的朋友吗？”

眼镜摇头，拿着手机逐条逐条地往下扒，川昱和老张走过去顺带扫了两眼，一条标着惊叹号的旧新闻窜了出来。

眼镜定神读完，看了一眼川昱，神色有些尴尬：“队长，这上面说驰溪是……男……男朋友。”

川昱没说话。

辛干仔细瞧了瞧驰溪的照片，觉得他白嫩嫩的不爷们儿不配何遇，脸上毫不遮掩地露出嫌弃的表情：“洋金也去了呀，哪有搞对象是三个人的，何遇姐以前也说了她单身咧。”

眼镜想起了“五汪分队”那茬儿，拍了一下自己的后脑勺：“对对对，网上的东西信不得，我长个火疖子一搜都能给我诊断出两种脑膜炎，何况这种……辛干说得对，哪有搞对象三个人的嘛。我看就是老朋友打个照面，兴许何遇马上就回来了。”

正说着，围房外隐约传来了一阵脚步声。

川昱最先探头，却看到尤金提着一个半空的高级洋酒瓶踉踉跄跄地扒住了铁门：“干杯，为了……为了爱情。”

第六章
你喜欢我

（一）

“阿嚏——”

何遇打了个喷嚏，是雾化的水汽窜进了她的鼻腔里。

驰溪隔着一道磨砂玻璃的浴室门，声线性感地发问：“一个人洗多没意思，要不，我进去陪你？”

她没理，看着云雾状的水幕从头顶暖黄色的顶灯边往下沉，滋润、温暖。抹在锁骨处的沐浴露像蜂蜜，在水汽蒸腾中融化，覆盖她的躯体，然后又挟带着身体上的尘垢被拭掉，由着新的一波水汽洁净残留。

驻地的浴室里没淋浴，好在浑善达克的十月已入冬，不然这几天的奔波，整个人都会发臭。

驰溪为浴室内的这种静默发笑，光着一双比女子还白皙的长腿坐在门边的沙发上，端着一杯酒，每个动作都拗出一种时尚杂志封面感，乐此不疲。

突然，他发现邻近的墙角有一处有些掉漆，这才松了那股子劲儿，幽幽说道：“真不明白你，有时间不来上海找我，来这种穷乡僻壤有什么意思？”

“你来之前，这里很安稳。”隔着一道玻璃门，何遇的声音更加清冷。

“安稳？”驰溪却莫名感到兴奋，他喜欢何遇，哪怕她像刀剑和毒药一样，带着力量和明明白白的害处，“你可不是一个喜欢安稳的人，我们怎么认识的你忘了？”

他将双腿交叠，靠着沙发换了个慵懒妖娆的姿势。

何遇没说话，驰溪半仰着头回味：“你说说，人家喜欢制服诱惑什么的，也不过是在网上或者情趣店里买一套给伴侣换上，你呢？直接潜入市消防大队的男更衣室，何遇，你是我见过的玩得最野的。”

“我是去找人。”

“当然，我从来没怀疑过你上那儿是为了偷消防员的内衣裤。”

何遇拨了一下头发，将干净的衣物换上。

透过磨砂的浴室门，驰溪隐约看到了她的身形，前凸后翘、匀称有致。

他伸手，触着玻璃从影子的脖颈抚到腰线处，勾了下嘴角：“要不是我，你可要出大名了。”

“咔嗒”，门开启了一条缝。

驰溪往一边挪了一步，看着她。

何遇随手扎了个马尾，将换下的衣服丢向了垃圾桶，扫了一眼他那饶有兴味的眼神，无谓地笑了一下。

“你让我出的名还不够大？”

驰溪勾了下嘴，当天他作为明星公益消防宣传员破例去队里换装，外套刚脱下，更衣室的壁柜里突然窜出一个女人来，头发凌乱，手上攥着一件橙红色的消防外套，看着贴队员编码的位置，嘟囔着什么。

驰溪犹豫了三秒，当她是狗仔队，随手拿了一件衣服遮身，何遇却转而睁大眼睛直勾勾地盯上了他。“咣当”，外面的人听到动静进来了。

他以为她会赶紧找地方躲藏的，何遇却直接拎着衣服交到第一个进来的人手里说：“抱歉，大门不让进，我爬窗子进来的。”

“何遇，你知道你当时像什么吗？”驰溪放下酒杯，将室内的空调又调高了两度。

何遇没接话，径自去够自己的外套。驰溪给她倒了一杯酒，插上吸管，连语速也放慢了：“开的 27 度，你不用急着穿外套的。”

何遇接过，吸了一小口，他的手已经搭在了她肩头上。她的打底衫是一件挂脖的吊带裙，驰溪嗅了她一下，手指灵活地挪到了那个细黑的纽扣位置，说道：“像个美丽的疯女人。”

“你喜欢疯的？所以你说我是你女朋友？”她又吸了一口，神色淡然。

驰溪的手指在那个纽扣处磨蹭了几下，说道：“不，我喜欢美丽的。”

她笑了一声，闻到一股豆制品的香味混着甜腻的奶腥味，便问道：“我让你带的东西带了没有？”

虽然驰溪有些不舍，还是松了手，转过身去行李箱拿出了一个绒布袋。

何遇跟过去，透过窗缝瞥见了对面的招牌——甜蜜蜜纯羊奶豆腐。

“哪，跟你平时用的大小一样。”

驰溪递给她，何遇拆开来看了看型号。

川昱给自己摘的草秆饮水的确不错，但如果用来喝汤，稍微有点儿底料就会附着在草芯上堵得严严实实的。

她抽出一根吸管，试吸了一口杯里的酒。

液体流过，透明的管身显出几朵炸开的金色烟火。

驰溪笑着问道：“漂亮吗？”

“一般的高硼硅玻璃就行。”

“这我可不管，为了它我费了不少工夫呢，怎么报答我？”

“请你吃饭？”

“那多没意思。”

他顺手解开了自己睡袍的系带，紧实的腹肌沾上了浴室腾出的热气，配一条深色四角裤，格外性感。

何遇毫不避讳地将手伸进他半遮半掩的浴袍里，在他腰上掐了一把：“驰溪，想勾引我就不能换个新招？”

他被她那一下抚得口干舌燥：“我们出去找个消防员更衣室？你可以用口红在我胸肌上写你所记的那些没来由的数字。”

何遇缩回手，穿上了外套，将取下来的雾化喷头和吸管装进口袋里：“31 是上海市的代号。”

“什么？”

“没什么。”

317694793129472，何遇当时溜进消防员更衣室找的就是这串编码。从洪流中被救后醒来，她的送医信息上只留了一串数字。护士说人太多了没注意，或许是救你的人留下的，好几支消防队伍从外地赶过来没日没夜地搜救受难者。何遇告诉她消防员编码是十六位数字，这个只有十五位。护士忙着给邻床的一个小孩换药，打发她说或许着急回去救人写漏了，身上还有伤要她好好休息。

驰溪对这些不感兴趣，拉上那道能看到对面招牌的窗帘缝，往何遇身边靠：“我这都送上门了，不跟我做点儿什么？不给面子吧？”

他咬了下唇，一双人畜无害的眼睛有种单纯的迷惑性，这个眼神，曾经让他在一众时装模特里颠倒众生。

门外走廊里来回打转的经纪人叩了一下门：“下个月给你接的电影就要开机了，你可别在这之前被爆出什么……”

驰溪说：“我以为他们看上的就是我的绯闻。”

何遇觉得他就像一只包裹着漂亮皮囊的狐狸精，手指点了点示意他将身上的浴袍全脱掉：“怎么会？我当然要好好报答你了。”

“三哥，你头上，绿的。”辛干指了指川昱的脑袋，上面正耷拉着一个浅绿色的塑料袋。

扶尤金进房的时候，他的身子在墙上撞了一下，壁钩上不少空塑料袋掉了下来，好巧不巧，这个浅绿色的落在了川昱的脑袋上。

川昱薅了一把，连着其他的废袋子将其捏成一团丢进篓子。

塑料袋“吱吱”压缩又在川昱离手后迅速膨胀，本就半满的垃圾篓兜不住，那只绿色的又漏了出来。

辛干弯腰去拾，抬起头时，川昱已经走出去了。

他追上，拎着那只没来得及丢的绿色塑料袋问：“三哥，我们还烤不烤肉呀？”

老张和眼镜在院子边站着，偷摸地朝他狂摇手，辛干没注意，仰着脸等川昱回答。

“烤啊，她不在我们自个儿吃。”

辛干点头：“好，也许烤好了何遇姐就回来了呢。”

川昱脸上神色如常，只是说话有点儿烦躁：“你提她干吗？”

“三哥你先提她的，你说她不在，我们……”辛干很认真地回忆，川昱没听完便撞了一下他的肩膀。

辛干自己揉了一把，看到川昱已经朝着屋后的马棚走了。

“三哥。”

“你们准备别的，我去镇上买肉和调料。”

“哦。”

（二）

太阳西沉早，放在浑善达克的十月里，不到六点钟天就黑了。

烧烤架上的整扇羊排刷了两遍混着香油的老抽，蜜金色的油脂被烤出来，滴落在烧烤铁架下方通红的炭火上，“哔哔啵啵”地响着。

眼镜凑近闻了一下，夸川昱道：“队长这肉挑得好，有肥有瘦，烤着香。”

川昱坐在火堆的最边缘，嘴里叼着草秆，手上磨着一把刀，没说话，倒是别处响起一声高八度的赞扬。

“哦，真香！我的老天，我是睡了大半年吗，还是谁点燃了安徒生的神秘火柴。这条羊腿，一看就很适合我的胃。”

尤金酒醒了，捧着一块泡湿的毛巾一边擦脸，一边走向院子中央临时围架起的火堆。

辛干咬唇拧开了一只装孜然的玻璃罐，一边往肉块上淋撒，一边笑：“三哥，你去了好久哦，洋金都起来了。”

尤金脸色一沉，故作生气：“辛，你们原来是想让我错过这次烤肉吗？这不对，我们除了友谊，还是异父异母的亲兄弟。”

辛干笑，觉得他说“异父异母”的发音反而像“姨夫姨母”。

眼镜也拿这个取笑尤金：“我姨夫姨母又凶又抠门，你是他们的亲兄弟啊？那我们一准儿不对付，啧啧啧。”

尤金不管，知道他们是跟自己逗趣，一屁股坐在烧烤架旁边死活不动了。

几个人笑了一阵，开始聊别的。

“洋金，今天早上……”眼镜想问何遇的事，看了川昱一眼，抱了把柴火挪到尤金身边才接着说，“你不是跟何遇一道儿出去的吗？怎么就你一个人回来了？”

“一道儿？”

“就是一起。”辛干给他解释。

尤金拍了一下自己的脑门儿，重复了两遍“一道儿”后才回答：“哦，是的，早上我碰到了何遇和一位金先生，金先生介绍自己是驰溪的助理，我拜托何遇带我一起去的。我想见一见驰溪，因为我看过很多关于他的报道，有一篇文章形容他‘体态极富生命力，高度契合米开朗基罗的雕塑作品《大卫》，生命的活力，最理想化的男性美，每个摄影师都会为之疯狂的人体模特’，所以，我必须去。你们知道的，我也是一个摄影师。”

“米开朗什么……”辛干没听懂，只是觉得一个男人说这么多话去夸另一个男人有点儿怪怪的。

眼镜一听尤金说自己也是摄影师就乐，往火堆中添了一把柴继续打听下文：“那你怎么这么快就回来了？不给驰溪照几张相吗？”

尤金正沉浸于表达的欢乐之中，一听到“回来”这两个字，皱了下眉头：“我没有见到他，到了旅馆之后，金先生将我拦在了外面，真可惜，驰溪只愿意见何遇。不过她说会帮我安排的，我一边喝酒一边在外面等，后来……我想不起来了，哦，我的酒呢？”他抓了一下头顶乱糟糟的头发。

辛干往羊排上撒了一把白芝麻，由着尤金满院子找酒。

尤金的话交代完了，肉也烤好了。川昱用一张旧皮子拭了拭，那柄巴掌长的弯尖刀已经被磨得光亮。

“噌”，刀刃擦过皮面发出了极凛冽的一声。

“三哥，可以开饭了。”辛干叫道，下意识地望了一眼大铁门，静静的，没人推它。

老张和眼镜去搬厨房里的矮桌，尤金闪进储物间里又摸了两瓶酒，川昱冲辛干点了一下头，洗净刀刃后双手持刀对准中间的骨隙扬手扎了进去。

“咔嚓——”

清脆且沉实的一声，极有力量。

羊排的表层被烤得发焦，里层的羊肉却还极嫩，这一刀下去汁水便顺着刀口流了出来。

“真香呀。”

“对啊，比年节那次烤得还好。”

“够味儿，够味儿。”

几个人你一言我一语，川昱分肉，辛干递盘，转眼一扇一米长的羊排就塞满了六只宽口海碗。

“给摄影组的人留两盘，住这儿的都是客，我们几个吃这三盘差不多了。”川昱往回收刀，刃尖上的一滴羊汤掉进炭火里腾起了一簇烟花似的光苗。他看了一眼，火尾爬上他的手腕，没烧着什么又迅速熄了，温温的，真实又虚幻。

尤金数了数：“那这儿还有一盘，嘿，这盘不错，切得小好下口。”

川昱嘴唇动了一下，辛干赶在尤金伸手前将那只海碗端抱起来：

“这碗是三哥给何遇姐留的！女孩子嘴巴小吃这个。”

老张和眼镜一脸懂行地看了川昱一眼，这时，站在门口的何遇夹着一根抽得只剩半寸的女士香烟问：“正饿着呢，什么是给我留的？”

辛干一见着何遇高兴坏了，忙将怀里那碗割得细长的羊肉给她瞧。

何遇捻熄了烟深嗅了一下，目光落在川昱持刀的右手上，说道：“真香。”

“是很香，我放了孜然、八角粉还有……”

辛干乐呵呵地跟她介绍，川昱察觉了她的目光，冷声说：“洗手，吃饭。”

何遇很是纯良地点点头，背着手走到厨房寻储水缸子去了。

晚餐在院里吃，厨房的灯关了，里面陈设简单，这几日的进出下来她也早就熟悉了。她肚子有些饿，没开灯，弯腰摸了瓜瓢舀水蘸湿了抹布擦手。

“你干什么了？”

是川昱的声音，就在自己身后。

何遇答：“我洗手，你不认得？”

川昱的脸僵了一下：“不是说现在。”

“那你问什么时候？昨天晚上吗？昨天晚上我在打电话，就站在你屋后，你没看到？”她很自然地挑起这个话题，又堂而皇之地装失忆。

川昱抿了下嘴唇，走到她旁边，浇水洗刀。

安静了两秒，何遇突然一副恍然大悟的模样：“哦，你是问今天早上吧？”

他洗完刀，然后用那张旧皮子将刀擦干揣进了兜里，看着何遇。

光线昏沉，但他的眼睛漆黑明亮，何遇觉得这种注视非但不惊悚反而很有挑逗性。尽管她一脸坦然，但还是口喉干燥，声音有点儿嘶哑：“见了个朋友，喝了点儿东西，其他的……跟你在房里见老朋友应该差不多。”

“不想说没人逼你。”他给出了回复，说不上凶却也听得出情绪。

何遇说：“那我再想想。”

川昱没应也没走，像是在等着她。黑暗中何遇往他身边靠了一点儿，才洗过的头发被从窗缝透进的风刮蹭在他的脸颊上，乱、痒。

她没有真的想交代什么，反而更像一个设伏的猎手。

鼻翼间属于女性的轻细呼吸可以分明听到，她的心思却不知道已经想到什么上面去了。

川昱自知没资格质问何遇，只以旁观者的身份说了她几句：“你们是什么关系都好，可现在你住在这儿，就不许搞那些乱七八糟的事情。真有什么，回北京没人管你。”

何遇轻笑了一声，发现他有走的意向，身子一侧挡住了他。

川昱：“让开，出去吃饭。”

她不让，个头跟川昱比不算高，却伸手将他拦得紧紧的：“川昱，你生气了。”

川昱看着她，问询的眼神鸡贼得很，像那只蹬他的羊羔。

“你自作多情。”

“你自己闻。”何遇说，“院里明明在烤肉，你身上却沾了一股奶豆腐的甜腥味，你找到了我跟驰溪待的那个旅馆，守了很久。”

川昱觉得好笑，自证问心无愧似的靠近她：“我去镇上买了趟东西，路过。”

何遇回答：“肉和香料在另一条街，不用经过那儿，地方小，卖奶豆腐的就那一家，我记得。”

这下川昱没话说了，拨了一下她的手：“你不饿我饿。”

何遇踮脚，顺手将胳膊环成一个圈，套在他脖子上。

川昱脸色一沉，生怕这一幕被门外的其他队员看到了。

何遇很满意他的反应，仰着头蹭了一下他的下巴：“川昱，你喜欢我，你想要我。”

她的语气不带一丝情色，落在这昏暗的房间里却又让每一寸空气都暧昧不已。

他低头，看到她略高的颧骨上浮着一抹坏女人的得意笑容，半晌，她羽扇似的睫毛颤了颤，似乎整个人又纯情温柔了起来。

“昨天晚上从我房里出来的人你也看到了，我不缺女人，凭什么要去喜欢你？”他语气冷静，话里的拒绝加了几分挑衅。

可何遇没生气，反而勾着嘴角将他的脖子搂得更紧了两分：“你当我见驰溪是为了报复昨晚的事？川昱，你可真够不要脸的。”

川昱眯起眼，笃定她就是跟自己较劲。

“我可没那么傻，她出来的时候的确衣衫不整，可脸色未免也太难看了点儿，如果不是送上门了被拒绝，那就只能是你那儿不行了。”她用指尖抚了一下他的耳骨，一字一顿，“川昱，你……我有信心。”

川昱身子一僵，从未想过何遇会将这样的话赤裸裸地宣之于口，可他无法像拒绝林夏亦一样拒绝她，因为何遇说得对，他的确想要。

川昱不语，何遇得胜似的笑了一声，她已经得到自己想要的答案了。

何遇撒开手，一脸冷静地跟他说：“草苇的秆子喝汤老堵，我找驰溪给我带了新的吸管。当然，作为报答我给他拍了一组写真。川昱，下次你再敢丢我，我一定要了你的命。另外，队里的卫生间真的不考虑装个淋浴吗？又不是没有废水管，抠死你得了。”

她眸色清冷，三两句听似讥诮的话便将川昱紧张的事交代得清清楚楚——她只是借地洗了个澡，取了几根吸管，这会儿才回来是因为报答驰溪帮他拍了照。

川昱听明白了，可嘴上不愿意接她的茬儿。

何遇摸了一下自己的肚子，饿了，叫他：“走吧，再不出去就只能舔盘子了。”

川昱还是没说话，透过昏沉的光线打量她。

何遇就是这种女人：心里揣着一个答案，偏要使坏逼着你就犯，可只要她尝到了一点儿甜头，不等你说穿，又立马若无其事起来。你憋着，她却痛快了，前番种种，反倒成了你自作多情。

但川昱知道，在她没有百分之百确定对方非她不可之前，这样的试探还会再有的。他不能这样由着何遇来，或许说，他不能这样由着自己对她痴心妄想。

何遇顺手在头上绑了个马尾，或许是为了吃烤肉时不至于沾着油腥被糊一脸头发。

她脑袋微前倾，脖颈上那根细细的系带从她羽绒服里露出来了，院子里橙黄色的灯光从厨房门透过来，刚好有一缕照在了上面。

何遇准备往门口走，川昱突然勾了她一把：“怎么，给你亲过搂过，我就不值钱了？”

（三）

何遇感受到自己腰部有一股牵引力，下一秒，便被带进了一个结实的怀抱。

她背对着川昱，依旧可以感受到他强有力的呼吸。

他单手揽着她，像控着一个取悦人的小玩意儿。

何遇不喜欢这个姿势，说：“你干什么？”

“你不是说了吗？我喜欢你，我想要你。”川昱没撒手，将她的腰身环得更紧些。

两个人之间的距离被压缩到最小，隔着衣服，何遇的腰椎被什么顶了两下。

“川昱！”她侧过头瞪着他，淡淡的眼神里透着一股凶狠劲儿。

“我不至于这么下流，那是你自己的手机。”

何遇看不到他的脸，但她知道川昱说话时一定带着招摇的笑。

不是男人与女人之间平等缱绻的欢愉，而是一种男性依靠力量征服与操纵的得意。她讨厌这一点，因为这种境况里，她可以被任意一个稍有姿色的女人代替。

她想挣脱，用双手去掰他的手臂。

川昱决心治她，顺着她的力道松开一点儿，又立马往回收紧将她的手也箍在了一起，她像一条被钳住的小蛇，仅能凭借扭动来表示自己的不满。

“怎么，不舒服？兜里的手机太硌了？”他将声音压低，像某种偷欢者的密语，“这样，我帮你拿出来。”

手机兜在打底的裙装口袋里，被外衣罩着，而那件羽绒外衣早已在第一次被环住时就扭扯进了两人身体的夹缝里，如今更像是一块紧缠的绸布，十分贴身。

何遇偏头狠撞了一下他的脑袋：“你敢！”

声音像被撕了一道口子，有种急躁。

川昱轻笑了一声："嗓子都哑了，看来真是硌得很难受了。"

说着，他将另一只手顺着她腰部的衣缝伸了进去。

何遇的脊背原本就与川昱的腹部紧贴着，他的手每往里挪动一寸，她都能隔着那层裙布感觉得清清楚楚，指节、手腕……比直接抚在她身上更加添火浇油。

"我说，你能不能别扭了，我就帮你取个手机，你这个蹭法儿……不太好吧？"

话是这么说，但他的手指却故意在口袋边缘来回抚动，痒，甚至是挤压得有些疼，她愈发不能不动声色地承受。

"刺啦"一声，他索性失误般地将手从她裙装侧边的拉链位置滑进了衣服里，依旧是手背，但男人的肌肤粗糙，像一把沙，硬灌进了蚌壳里。

何遇身子一颤，倒吸了一口凉气。

即便由于工作、由于绯闻、由于驰溪一般勾引或求欢的举动，自己接触过许许多多半裸乃至全裸的男人，但从来没有一个真的碰过她的身体，像川昱这样势汹汹。

何遇咬牙切齿地骂："我弄死你！"

"好啊！你弄死我啊！"他故意顶她的话，反手在她温暖光洁的腰上掐了一把。

她吃痛，却死死地咬着牙不愿意出声。

不想叫他心中的胜利感再多一分，也不想叫别人进来看到自己工具一般被他操纵。

川昱将她往自己怀里又箍紧了几分，她抬腿往后踢他、侧头撞他，像个疯女人，但都没有成功。

闹了好一阵，何遇不动了。

他没有下一步动作，听着她气息平稳后，便将隔衣放在她腰上的手完全抽了出来：“知道错了没有？”

她不出声。

川昱等了一会儿，沉着嗓子跟她说：“你不会留在这里，我也不会离开这里，以后少来招惹我，听明白了？”

“因为你妈？”

他咬了下唇，没心思问她听谁嚼的舌根，撒开手，看着她外套被他搂得歪七扭八的，顾忌队员们平日就爱瞎想，又粗鲁地拽了一把帮她扯正：“这跟你没关系。”

川昱往门外走，何遇在他身后冷冷地笑了一声。

“孬。”

他假装没听到，何遇又淡然地讲：“除非死了，我喜欢的，一定要弄到手。”

川昱顿了一步，院子里突然喊起来了。

“快、快来人帮帮忙！”

“好多血，怎么办，怎么办啊？”

“帮帮忙，有人受伤了。”

听到男男女女的人声，川昱立即推门跑了出去。

摄影组的那辆白色商务车斜斜地停在门口，两个男摄影背着相机用一块毯子抬着一个人，几个女模特花容失色，朝着眼镜他们惊叫。

川昱上前查看，队里其他人也跟着去帮忙搭把手。

受伤的是林夏亦，被院子里的灯一打脸色都白了。

辛干眼尖，揪住毯子的一角跟川昱说：“三哥，伤在脚上。”

院子中央只挂了一盏暖黄的白炽灯，尽管现在太阳没有完全西沉，照明情况也不算太好。

川昱简单地在林夏亦腿上抹了一下，看不清伤口的具体形状却沾了一手的血，黏黏腻腻的，开始有些凝结了。

“怎么回事儿？”他问那两个男摄影。

先前回来拿道具的那个小伙子吓坏了，还是二扬回答：“本来静照拍得好好的，林姐说感觉不对，要试试奔跑截图。谁知道她才跑出没几步，就……那一片都是沙，谁知道下面会有东西？”

被沙里隐匿的尖石刺伤也算常见，川昱大致了解了情况，看了看自己手上沾的血，意识到眼下林夏亦出血的状况很可能已经超出了简单的划伤。

“你们有车有人，不送医院是疯了吗？”

川昱语气严肃，单纯因为林夏亦是一个伤员，不送医送这儿相当于延误治疗。

这一声将摄影组那几个吵吵嚷嚷的人吓得够呛，何遇也听到了，从厨房出来站在一旁。

二扬看着川昱的表情有些发怵，支支吾吾地说：“是……是准备送去镇上就医的，可林姐、林姐叫着你的名字说……”

“崽子！”川昱气极了，顾不上给不给面子骂了二扬一句。

队员们抬着林夏亦同样觉得不可思议，受伤了不送医找他们队长做什么？找死吗？搞笑的是这么多人竟然还真按她说的抬回来了。

“脑子被马踢了？她失血不清楚叫你们去死你们去不去？”连一向沉默寡言的老张都压不住火，人命关天，哪能由着一个伤糊涂的人任性。

两个男摄影不说话了，当时确实也是脑子发热犯蠢了。

教训他们对林夏亦的伤没有半点儿好处，川昱咬了咬牙，只好说道：“抬到我房里去，我先给她止血清理伤口。”

一堆人急吼吼地抬着林夏亦直奔川昱的房间，他转过身，见何遇靠在厨房门口，玩着手机咀嚼着一小块烤熟的羊肉，像一只没有感情的小兽。

（四）

“那个女的怎么这样？这边有人受伤了，她不知道吗？”

“就是，就算不熟也该过来看一眼吧。”

“怎么不熟，之前在买湿巾的那个地方我还看到夏亦姐跟她说话呢。”

“你们不知道啊，她就是何遇。”

“《野蛮生长》那个何遇？”

“对啊，听二扬说，驰溪临时改主意过来就是为了见她，网上不是说她跟驰溪有一腿吗？真是搞不懂她有什么好的，也没多漂亮。”

“你酸什么，人家有名玩得野呗，正经女人谁会跟去消防队更衣室勾引驰溪啊，我还听说……”

川昱用剪子绞开林夏亦带血的裤腿，听到门边那几个模样差异不大的女模特在絮絮叨叨八卦着。

“听说”后的语句里不时冒出几个连他作为男人都深觉污秽的词钻进他的耳朵。

“哎，过来搭把手。”川昱冲她们喊道。

站在一旁的二扬和另一个男摄影急忙凑了上去：“同志，你说你说，需要我们做什么？”

川昱摆了摆手：“男人手太重了，这事儿最好女人来。”

他将目光投向门口的那几个网红脸，二扬也只好说：“你们帮帮忙。”

没有推辞的理由，几个人慢慢从门口挪了进来。

川昱将割开的裤脚割成了几块小片，说道："你们一人扯一片，我帮她清理伤口，没上药包好之前别撒手，不然脏裤子碰到伤口不利于恢复。"

裤脚被血泡过，又沾着沙土灰尘，黏黏腻腻不说，还带着一股血腥味，几个人靠近的动作顿时就变慢了。

川昱说："来啊，我要清洗伤口了。"

听了他的催促，几个人不得已一人轻拉了一片裤料，精致的嵌着各色闪片与雕刻着细小花纹的美甲捏在脏裤脚上，格外违和。

川昱轻哼了一声，伤口附近的裤料被拉开，的确让他清理伤口的工作顺手很多。

眼镜从屋外找了两瓶凝血消毒的药剂过来，看到这个阵仗便问："队长，你咋不干脆把伤口附近的裤腿剪了呢？这样好包扎啊。"

川昱头也不抬地回："不用，她们扯着一样的，反正是一伙儿人，心善多照应嘛。"

几个闭气忍着血腥味的女模特互换了一个眼神，顾及着"心善"的高帽子和这儿是川昱的地盘，没一个敢吭声。

清理完血渍之后，伤口的形状清晰了许多，川昱细细看了看，问二扬："你们今天在哪儿拍摄？"

"离这里二十来公里的样子，有个小水泊，有些地方有草。"

"具体？"

沙地不比城市，没有地标建筑街道划分，二扬说不上来，只好打开相机取景器凑到川昱跟前给他看场片儿："这个地方，你能认出来吗？"

川昱停下手上的动作扫了一眼："知道了。"

眼镜凑上前去瞧，二扬已经摁熄了显示屏，于是他转头问川昱：“队长，她伤得很严重吗？”

川昱摇头：“伤口有点儿深，好在没伤到骨头，人八成是晕血或者体力不济什么的。伤口我清理干净了，你给她上点儿药先包扎好，我出去一趟。”

眼镜点头，几个扯裤脚的女模特一脸要疯了的表情看着川昱。

他咬了下嘴唇，又跟眼镜说：“你刚才的话有点儿道理，一会儿你包扎的时候还是把裤腿直接剪掉。”

眼镜又点头，川昱谁都没再搭理，直接从房里出去了。

院子中央，老张在清理烤肉后半燃半熄的炭火，辛干在给摄影组的人分盛吃的，川昱眯了一下眼，没见着何遇，又往她的房间瞅。

“三哥。”辛干叫了他一声，指了指院子边上的公共卫生间。

川昱点头，走了过去。

土砌的墙，石棉瓦盖的顶，不像围房里其他房间那样周正，卫生间的墙体与屋檐之间有肉眼可见的一圈缝隙，而且常年处在下风口，通风排臭一流，除了冻屁股，挑不出毛病。

川昱在门口站了一会儿，没听到任何动静。

他看了辛干一眼，辛干懂了，伸出两根手指比了个“×”，意思是她进去十来分钟了。

川昱脸色一沉，冲着卫生间里说：“我进去，还是你自己熄了烟出来。”

何遇手一抖，燃了半寸的烟灰掉了她一身：“我在蹲坑。”

他有些无语：“你是在蹲坑，还是在抽烟自己不清楚吗？”

何遇看了看四周，没有被偷窥的可能，依旧是那副事实如此的嗓音道：“我说过了，我在蹲坑，不信你进来看啊？”

三秒过后，门外没有回音。

何遇勾了下嘴角，百无聊赖地用小拇指击落了烟卷上新积的烟灰。

从房顶的缝隙里透进了一股风，把烟灰吹落在鞋上。

她低头蹬了两脚后，稍一抬眸便看到了一双漆黑圆睁的眼。

“厉害啊，站着蹲坑。”川昱皮笑肉不笑地数落道。

何遇没想到川昱真的会进来，故意跟他较劲张嘴喊：“抓流氓啊！有人强闯女厕所了！”

房间里的人没听着，院子里听着的两个人互换了一个眼神，辛干一边笑，一边说：“何遇姐八成在里面抽烟被三哥抓了。”

老张不接话，辛干继续说：“她刚才问我借打火机来着。”

喊了几句没人回应，川昱也环着手看疯女人似的由着她作，何遇觉得没什么意思，“啧”了一声，准备出去。

川昱一把攥住她左胳膊。

何遇白了他一眼：“怎么，上厕所还要人陪啊？”

他将另一只手摊在她跟前，说：“烟，交出来。”

何遇挣了一下，没他有劲儿，无语地将手上的烟屁股交到他手里。

川昱反手将那小半截烟头在墙上碾熄，往蹲坑里一扔，再次将手摊在了她面前。

“没了。”

“拿出来。”

她瞪了他一眼，无济于事，从外套口袋里摸了一根放在他手心里。

川昱依旧摊着手。

何遇：“真没了。”

他站直了身子，两只眼睛直勾勾地盯着她。

何遇翻了个白眼：“你属警犬的吗？”

她在口袋里摸了一下后又拿了几根给他。

川昱用大拇指拨了拨手上的烟卷，依旧没松手。

何遇咬了一下牙，将打火机都拍在了他手上，眉毛一皱如同一头发怒的小狼，大声说道：“满意了？”

川昱像个老干部看新兵蛋子似的眨了一下眼，反手握住那些烟卷往她口袋里掏了一把。

何遇连忙握住了他的腕子：“就一个烟盒！烟都给你了，我留着闻闻它过过干瘾不行吗？你有没有良心！”

川昱突然觉得有些好笑，她求起人来倒比平时看着还暴躁。

他松开她的左手，腾出手来轻易掰开了她握在自己腕子上的右手。

他把烟卷装入烟盒里，整包往蹲坑一扔，打火机又塞回了她的口袋里。

何遇脸一黑，拨了一下打火机凶他：“都丢了呗！火机给我，扭头我就把你房子给点了。”

他没忍住笑了一声，见何遇正狠狠地瞪他，于是说：“别闹，你车借我用一下。”

“不借。”她捂了一把口袋，却发现已经空了。

钥匙是刚才掏她烟盒的时候拿走的。

川昱拎着那串钥匙摇了一下，何遇看不惯他嘚瑟，将脸别了过去。

两秒之后，她的口袋沉了一下，他又将车钥匙放回了她兜里。

“林夏亦脚上的伤是大号兽夹边缘的铁齿划的，她落脚的位置再过半寸，无论男女，踩上了整根腿骨都能夹断。”川昱一边说一边往卫生间外面走。

何遇又踹了一脚地上沾着烟灰的土，将手伸进兜里：“接着。”

“咣当”一声，钥匙圈准确地落在了川昱手心里。

他说：“谢了。”

她回道：“白眼狼！”

第七章
你受伤，我不愿意

（一）

沙铲、手电、镐子……把需要的工具放进越野车后座底下后，川昱又往嘴里塞了一块烤好的羊排，没来得及吃晚饭，有点儿饿。

他刚上车、关门，就听到了两声“砰”响。

他扭头，看了一眼副驾驶上跷着二郎腿怀抱一碗烤羊肉的何遇。

“我怕你把我的车卖了。”她说。

川昱没话反驳，只能带着她一起走。

没了院子四周房体的遮挡，临夜的沙地显得更加光亮一点，眼睛适应了昏沉的天色后，隐隐地还可以分辨出远处暗橙色的霞光。

“嘀嘀”，开出十来分钟后，人迹稀少的沙路上另一辆颜色骚包的越野车跟川昱他们的车擦身驶过。

他纳闷，看了一眼，问道：“那是康巴大叔和……驰溪？”

何遇往嘴里塞了一块肉，咽下，又从碗里捏了一块很自然地递给川昱：“别告诉我你也是他的粉丝。”

“不是，看过图。”川昱如实回答。

何遇笑了一下，想象着川昱听说她跟着驰溪走了之后板着一张阎王脸查驰溪资料的画面。她将那块羊肉又递近了一点儿，川昱两只手架在方向盘上，肚子的确还饿着。

“怕我下毒，还是怕我蹲坑后没洗手？”她的语气不好不坏。

他张嘴，不得已吃下了那一块。

“谢了。”

“你们烤的肉，是我占便宜。”

“不是说这个。”

“那是什么？”

“你找驰溪带医生过来的。”川昱记得，众人围着伤员的时候，她靠在厨房门口看手机。

何遇点头：“轮不到你谢我。”

“林夏亦是我老师的女儿，老师对我有恩，她若真在我的地盘出事，我会很内疚。”

“不是旧情人吗？”

川昱看了她一会儿，无声地笑了：“消息挺灵通啊。”

何遇不接茬，又往自己嘴里塞了一小块肉。

驻地的伙食不好，看来这扇羊排当真烤到她的胃口上了。

川昱说：“再给我来一块。”

她斜着眼睛瞧他，毫不客气地将碗往车门那侧挪了挪。

川昱好笑：“别小气，那么一大碗呢。”

何遇道：“自己不带，该。”

她的两片嘴唇间露出一点儿白白的牙齿，故意看向窗外的眼睛带着一种孩子气的坏。

川昱不逗她了，专注地望着前路，慢慢地说道：“我们在一起一共也没半年，当时她年纪小，人漂亮爱闹腾，追我又追得紧，我想着答应了就答应了，别对她动手动脚就是，等她兴致过了也就……”

“到了叫我。”何遇打断他的话，将肉碗摆在操作台上伸了个懒腰，眼睛一眯，有模有样地打起了盹儿。

川昱点头，瞧了何遇一眼后，低低地哼笑了一声：“好。”

夜风从窗缝里灌进来，呼呼的，像在吹一支年代久远的陶埙。

起初，何遇只是闭眼养养神，听着风声，呼吸反而愈发平稳。

“何遇。”

好一会儿，汽车停在了林夏亦他们外拍地附近，或许是因为有人受伤走得急切，沙洲中还支棱着一顶遮阳用的敞围帐篷，光线暗，辨不出颜色。

“何遇。”

川昱又叫了她一声，发现她的睫毛动了动。

有一颗碾碎的辣椒面落在她最长最翘的那两根睫毛中间，若睁眼，肯定会掉进眼睛里。

川昱盯着何遇看了两秒，看她不像是装的。

他屏气凝神，往何遇那边探了一点儿身子，距离极近。川昱用小拇指拨了一下她的睫毛，抖落了那颗辣椒面。

何遇感觉到了痒，揉了一下眼睛，醒来只看到驾驶位上的车门敞开着。

“你怎么不叫我？”她伸了个懒腰，将头探出车窗。

“忘了。”川昱背对着她走向那顶帐篷，语气冷冷的，落在她耳朵里跟以往没什么两样。

何遇撇了下嘴，将睡前拈过羊肉的手狠狠地揩在了主驾驶位的皮座垫上，心里才飘起一点儿得意，立即想起这车属于自己，便面无表情地挂上相机开了副驾驶的车门。

“怎么样？找到那个兽夹了吗？”她问。

川昱冲她摆手，随即说：“你站那儿别动。”

“我没那么笨。”

川昱回头，她已经爬上了车顶，端着相机正拍摄天边残红的云和早出的星。很奇怪，他倒是认为何遇这个姿势更适合持一个天文望远镜。

川昱看了两秒，将视线移回了脚下的沙地。

即便林夏亦的腿出血不上，洒在黄沙之上的那些血渍和脚印也早被风吹着掩进了沙里，川昱只能用一把镐子沿着帐篷边缘那些差异甚微的痕迹一点点敲击寻觅。

“川昱，你有一副好心肠。”何遇对远方的晚霞失去了兴趣，一个人抱着相机仰躺在车顶上絮絮地说。

川昱没听到，风将她的话刮乱了。

倒是他手里的镐子，在又一次击向地面时发出一声与金属相撞特有的碰响声。

是一个三十厘米左右的中号兽夹，安置在一小丛结籽儿的矮草中间，四周零星还能看到为设伏掘出的草根，已经枯死了。川昱蹲下，捡起其中一根放在大拇指与食指的指腹之间捻了捻，知道陷阱周边的这一丛明年夏天都不会再变绿了。

他舔了一下有些发干的下嘴唇，发现兽夹未裸露的一面还用一块细纱掩了，再用一把沙子隐藏着，两边的夹口有两个铁制的倒钩，其中一端绑着绳索，看不出走向，但可以猜测这一片带草皮的圈地中，这样的陷阱不止一个。他凑近嗅了嗅，想象中的血腥被一股鹤形目动物的气味掩盖了。这套装置应当用过很多次。

川昱皱了下眉，沉默了一会儿。

他没有急着起出陷阱，而是回头向何遇喊道：“我们今晚不回去了，你行吗？”

何遇怀疑自己听岔了，翻身在车上侧了一点儿位置，用取景器拍下了这个男人的侧影，半蹲着，像某种原始的农耕器具。

“行啊。”她隔了好一会儿才应道。

川昱点头，站直了身子看了看四周后，往停车的位置走。

何遇从车顶坐起来，看着他一步步朝自己走来。

天色暗了，只有赤红的霞光映着他一个大概的轮廓，健硕、威严，有种古城墙前石狮一般的巍峨。

她端起相机，最后快门按下的时候川昱已经走到了她跟前。

川昱指了指不远处地势微微凸起的一处说：“那边有水泊，我们可以在附近过夜，车也开过去，正好挡住。”

何遇盯着他看了一会儿，什么也不问，温顺地说：“好，我车上有帐篷。”

川昱颔首，准备钻进驾驶位上去。

何遇还在车顶，两腿并直往引擎盖上一滑，朝他伸出左手：“扶我一下。”

川昱没动，她的手依旧伸着。

“天再黑一点儿就看不见搭帐篷了。”

川昱无法反驳，将手递给她。

何遇搭上，从车上跳了下来，一钻进驾驶室坐好就催他：“还不走吗？”

川昱莫名干咳了一声，是自己心里有鬼，扶她一把本就是寻常的。

车子沿着原路倒了一点儿后开到了沙地中，绕两个弯，果然有一处泛光的水泊隐在一座小丘之后，面积不大，但闪着一种奇特的光。

川昱将车停在距水泊五米左右的地方，拿出帐篷，瞧了瞧。

“你这个帐篷不错。”他背身跟何遇说。

何遇极浅地勾了下嘴角：“人也不错。”

川昱回头，看到她靠在车边正盯着自己，便笑着将帐篷的一块衬布抛给她：“会搭吗？”

何遇将胸前的相机取下放进车里：“当然。”

铺内帐、穿篷杆、挂外帐……

有了她做帮手，平地上很快就隆起了一顶鼓鼓的帐篷。

何遇说：“还有篷钉。”

川昱点头，钉篷钉是纯力气活，他挽了一点儿袖子自己做，只让她在边上看着。

何遇孩子似的抱着腿蹲在他旁边。

川昱往哪边移，她就跟着往哪边挪动，只是不起来，就那样蹲着，裹在羽绒服里像一只企鹅。

他钉第三颗篷钉的时候，问道：“你冷？”

何遇摇了摇头：“你不是应该希望我热吗？”

她嘴边带着一种笑，在车顶的时候还只是“有点儿”，现下已经很意味深长了。

川昱知道何遇脑袋里在想什么，只是不知道自己哪句话又将她这些乱七八糟的念头勾出来了，于是放下手中的篷钉，指着刚刚过来时绕行的那座小沙丘说：“那个兽夹是个连环套，附近还有多少，我也说不好。不过放这种陷阱的人会一夜巡一趟，现在它还没起出来，我们在这儿守着，大概率能逮到他们。”

“这儿能捕到什么？”

“跳鼠、兔子、狼……很多，不过看他们设陷阱的位置，他们的目标应该是大鸨，这种鸟成群活动，它是……”

“IUCN2012 年濒危物种，中国国家一级重点保护动物。”

“你知道？”

“在阿塞拜疆见过。”

川昱点头。

何遇又说：“盗猎你也管？我以为你只负责固沙的事。”

盗猎设陷为了迎合鸟类的生活轨迹一般会选在半干旱草场和一些有水源植被的地方，常见的有挖陷坑、设地笼，更高级一点儿的还会埋藏录有雌鸟啼鸣的声呐。这些行为都会直接破坏植被覆盖区的水土，更别提盗猎行为本身就扰乱生态平衡了。

可川昱没多跟她详说，只回答：“对的事，都做。”

很有警惕性的一句话，可在何遇这里没起到什么作用，她眼里依旧带着一种笑，似乎从某个节点起，他的一切行为都是在勾引她。

川昱不跟她讲话了，起身挪到帐篷的边缘去钉最后一根篷钉。

何遇也跟着挪过去。

川昱说：“这边景色还不错，你可以去找找感觉。”

何遇扭头，看到刚才还悬在地平线上的一角太阳已经完全西沉了。

川昱意识到自己支使她的意图太明显，扬起敲篷钉的镐子：“砸偏了砸到你我可没带药。”

何遇笑：“你准头还不错。”

川昱没话说了，她就在小半米远的地方蹲着，让他心里总是火辣辣的。

篷钉还剩下两寸，再敲一下就可以了。

“嘶——”

失手了。

镐子这一下并没有砸在钉头上，而是落在了离篷钉一厘米不到的沙地上，细小的沙尘向四周飞溅开，相当一部分直接扑在了何遇身上。

脸颊、衣领、衬裙、靴口……

何遇瞪着川昱。

他从兜里摸出一块用旧了的手巾："砸偏了。"

"算你厉害。"何遇起身，拍了拍身上的沙尘，钻进帐篷里去了。

川昱将手巾又塞进口袋里，咬了一下牙，自己这一下倒真不是故意的。

（二）

"何遇。

"何遇。"

知道她才去镇上洗了澡，扬她一身沙不厚道，川昱走到水泊边用那块手巾过了两遍水，半蹲在帐篷外，主动寻着她讲话了。

"给，你擦擦。"

他不擅长道歉，也不擅长哄姑娘，只拉了一点点拉链将那块湿润的手巾递进去，半晌儿，里面亮起了一束暖白色的微光，应当是手机照的。

何遇还没接，川昱便伸着手在帐篷外坐下等她。

他说："这儿的沙挺干净的，不像在路边，有时候会有开车过来旅行的人拉屎拉尿，有一次跟老张去搬草种，半路看到一摊……"

"不会唠嗑别硬唠，你存心恶心我啊？"何遇在帐篷里回他。

川昱笑，感觉到伸进帐篷的手掌动了一下，她将手巾拿走了。

隔着一扇篷布，何遇仰面擦净了脸上的沙尘。在篷外能看到一个光影，川昱将手缩回来，盯着她纤长的颈影打开水壶喝了一口。她看起来就像一只整理羽毛的金丝雀，有种与浑善达克不相宜的雅致。

“喏。”在他看得入神的时候，帐篷拉开了一点缝，透出了一点儿光，一只手伸了出来，握着他擦惯了脸的手巾。

“再拧一把来。”她跟他这样说，像正带着小怒气支使着一个亲密到无须客套的人。

川昱说“好”，起身又走去了水泊边。

何遇准备擦身了，刚才的飞沙顺着领口落了不少进她衣服里。

川昱洗了那块手巾往回走，无意看到朦胧的帐篷里何遇脱下了外套又伸手解开了后颈上的系绳，合理的、诱惑的……他赶紧挪开了视线，可那段曲线就像刻印进了他脑子里，一直在他眼前回放。

“川昱。”她在帐篷里喊他。

川昱说：“来了。”

何遇接过重新伸入帐篷的湿手巾，很奇怪，温温的。

或许是等待的间隙里身子被吹凉了的缘故吧，她没多想，迅速擦净了背脊与胸前的细沙子。

“抓到那伙人之后你打算怎么办？”她将羽绒服拉链锁紧，原谅他了，握着那条手巾探出头。

没有回音，外面已经完全黑了。

“川昱。

“川昱。”

“咳——”稍远的地方他咳嗽了一声。

何遇用手机照向他，看到他坐在十余米外的一块平地上，半屈着腿，看不清表情。

她将光源晃了晃，川昱抬手挡了一下眼睛，说：“早点儿睡吧。”

“你不睡？”

他指了指身后的那座沙丘，示意自己要听着动静逮人。

何遇没再说话，从帐篷里钻出来，关了手机光源。

两人沉默了许久。

川昱没听到她再进帐篷的声音便问：“肚子饿不饿？”

“不饿。”何遇循着声音的方向朝他走过去，只是眼睛刚从手机光源下挪到黑暗里，纵使天上有星子，也依旧模糊。

没两步，她的路就走歪了。

川昱没说话，用脚轻踏了两下沙子。何遇听到动静，往左迈的步子踩在了右侧的路上，隔着半米坐在了他身旁。

川昱想起了之前吸管的事，主动问她：“怕水这事儿，你看过医生吗？”

“看过啊，很多个。”

“没办法解决吗？”

“有啊，找个干一点儿的地方待着，好好赚钱，买吸管喝水、买雾化喷头洗澡。”何遇将脸侧向他，经幽幽的星光一照，她的脸上泛起了一种柔光。

川昱的眼神不由得停顿了一秒，她当他质疑自己找了个庸医，便淡淡地笑了一声：“我亲自开的方。”

川昱移开视线：“这不是解决问题，这是回避。”

“可是，爽啊。”

她回答的语气里有一丝狡黠，川昱又想起了羊圈里那只蹬他的小羊羔，很轻微地笑了一下。

何遇盯着川昱看了几秒，说：“川昱，你勾引我。”

夜晚的沙丘寂静无声，她的话清晰、暧昧，就像羽扇撩抚着湿润的脖颈。

川昱敛起神色，知道她胡闹的瘾儿又冒头了，脸色一沉，低低地回了她两个字：“神经。”

何遇笑了一声，故意将身子往他身边又移了一点儿。

这次川昱没躲，脸上的神色也镇定。

她挨着他，并肩待了一会儿。沙地上起了风，“呼呼”的，吹得她羽绒服上的大毛领直往脖子上凑。

何遇很清楚，他还得干正事，紧了一下身上的羽绒服，取下了那条毛领。

“我困了。”说完，她将那条领子圈在了他脖子上。

暖和，也痒，就像她一样，好姑娘，带点儿蔫儿坏。

川昱说：“好。”然后看着何遇钻进帐篷里后又笑了一下。

川昱选的这块地方极好，平坦、沙质绵软厚实，隔着一层衬布躺在上面，触感倒像是某种羽毛填充的高级软垫。

早上起得太早，何遇盖着保温毯翻了两次身，就睡着了。

水泊上的风刮过帐篷时有种奇妙的磨蹭，她梦到了宝拉格旅馆里川昱的手划过她的腰，还梦到了洗浴间里那个有些仓促的吻，最后她梦到了在固沙队的厨房里，川昱什么也没干，一张严肃的脸冲她挑起了一个微笑，他说：“你安心住下，我会给你装个淋浴的。”

她点头，回他说：“我考虑看看。”

“嘶——”帐篷的拉链被小心翼翼地拉开了一条缝，川昱将头探进来，压着声音问：“何遇，怎么了？”

她没出声，星光洒了一点儿进帐篷。

何遇睡得正熟，勾着嘴角，很得意的样子。

原来是说梦话。

川昱觉得好笑，莫名其妙地用手轻弹了一下她的鼻子，她的嘴角立马放平了，人往保温毯里缩了两下，只露出了一个额头。

川昱取下那条毛领塞在毯子的空隙处，跟她说："晚安。"

"急什么？还早着呢。"

一个人声从沙丘另一侧传来，川昱立马警觉起来，沿着沙丘的遮掩迅速摸了过去。

（三）

"这次我可把话说在前面，以前的那些账他要是不结清楚，这次的货我可就直接送到肖老板那儿去了。

"您行行好，老谈感情就没意思了，上面下面的人都等着开饭呢，我就是个跑腿的。

"笑话，没货我能跟你扯吗？一个夹子还没起，手上嘛……"

川昱趴在沙丘侧边的一丛干草旁，看到远一点儿的地方停着一辆车，一个包裹严实的人正提着一只半米高的笼子，一边往设陷的位置走，一边打电话。

那人个子不高，身体强健，声音粗犷但调子上扬，无法精确地区分男女，也看不清他笼子里到底装的什么。

"不信？你听听。"

那人突然停下步子，将笼子往地上一放踹了一脚。

"咣——"笼壁受到撞击颤动发声，与此同时，川昱听到了两声受惊过度的"哈哈"叫。

是大鸨，或许还有一只别的什么鸟。

川昱心头一紧，那人却拿着电话笑了起来："挂了，小刀，记住我的话，钱到位了，什么都有得讲。"

那人又将笼子提了起来，望着设陷的位置，看到了摄影组留下的那顶帐篷，愣了一下，朝四周瞅了瞅。

川昱将身子伏得更低一些，鼻尖凑到了地，滑了半口沙子进嘴里，他没吐，大气都没敢出一声。

观察了小半分钟，那人似乎已经确定了这只是个被弃置的东西，便又提着笼子往陷阱边走了。

一个、两个……那人挨个查看陷阱，即便是长了矮草的地方，沙土也很蓬松。

川昱没有急着扑出去逮人，而是一直埋伏在邻近的丘上。

人只要盯住了就跑不了，但如果陷阱没起完，除了他们，可能就再也没人能确保排干净了。

果然，在那人检查过那一串兽夹后，他又从稍远一点儿的草丛旁起出了两只隐在沙里的铁笼。

大鸨喜食植物嫩根嫩芽，入了十月，植物的小芽也匿在沙下等回暖了破土，这个陷阱便是瞅准了这一点。

"哎，什么都没有！"

那人被扫了兴，拎着铁笼回到放兽夹的位置，又撒气般地往笼壁上踹了一脚。

他的左腿往回缩了一下，似乎是自己吃痛了。

那人骂了句脏话，"哈哈"两声从笼子扑腾出了一只鸟。

"怎么开了？"那人赶紧罩住笼门去扑窜出的那只大鸨。

这种鸟生性机警又擅奔走，遭这么一吓，更是一溜狂奔，可奇怪的是，它始终没有飞走。

那人冷笑了一声，往地上啐了口口水刚要去追，一个黑影便从一旁扑向了他。

那人反手想摸别在腰后的刀却只够着了自己的手机，仅一秒，就被川昱扣住肩膀朝左腿狠狠地踹了一脚。

“我干……”

“别动！”川昱控制住了那人，一把扯下了他遮脸的防风面巾，露出了一双圆溜溜的大眼睛，几撮魅惑的波浪长鬈发。

方才还凶神恶煞要与川昱拼命的盗猎者突然嫣然一笑：“小哥哥，原来是你呀。”

川昱没想到，会是个女的。

“你不记得我了？前几天咱俩见过，你还帮我治过腿上的伤呢。刚才那一脚，好疼哦。”她放弃抵抗，而是以一种迎合的体态在他腿上蹭了蹭。

川昱认出了她是那个自称徒步旅行队的伤者，一把摁下她的腿斥道：“老实点儿！”

女人轻声笑道：“现在是谁对谁不老实吗？”

魅声的调笑并没让川昱放松警惕，他依旧紧紧控制着她逼问：“笼子里的那些东西，从哪儿起出来的？附近还有没有陷阱？刚才跟你打电话的是什么人？”

他问得认真，小麦色的脸上两道剑眉皱得格外严峻。

女人倒是丝毫不怕，扭动了两下将整头酒红色的长发都从帽子里抖散了：“我叫海媚，你呢？”

“回答我的问题。”

“你问这么多，我怎么记得住吗？”

“笼子里的东西，从哪儿来的？”川昱从头问起。

自称海媚的女人眨了眨眼，慢悠悠地说：“东边。”

“东边什么地方？”

“太阳边边上喽。”她笑。

川昱扬起手，一拳打在了她头边的沙地上，“吭”一声，沙土溅了她一头，留下一个明显下凹的坑。

海媚愣了一下，脸上的笑容僵住了。

川昱继续问：“附近还有没有别的陷阱？”

“还有一个。”她的嗓音恢复成了先前打电话时的中性。

“在哪儿？”

“不知道。”

川昱一把揪住她的衣领，海媚说：“我真的不知道，埋陷阱是海哥他们负责的，我只负责收线，而且收线的也不止我一个。”

川昱瞪着她看了两秒，看表情她也实在不像在隐瞒。

川昱将她的衣领松开，接着问：“刚才跟你打电话的人是谁？”

“一个买主的小喽啰，他老板是专门跟国内外的有钱人做宠物生意的，也许、也许顺带着搞点儿餐饮。”

“宠物？餐饮？”

海媚眨了两下眼睛，强调了三个字：“有钱人。”

川昱很快意识到她口中的生意就是贩卖珍稀动物和捕食所谓的奇珍野味。

他正想趁机将这条线问个清楚，突然耳边传来了两声“哈哈”叫。

是原先他偷摸打开笼门放出的那只大鸨，可很奇怪，它只是一味地围着那只铁笼惊慌地拍地转圈。即便大鸨是群居动物，这种情况下也没有理由留在这儿。

“它怎么了？”川昱问海媚。

“没事。不过，你不是固沙员吗，管什么鸟的事？”

川昱一瞪眼，海媚改了口：“它的脚被夹子夹了，逮着的时候翅膀上的长羽我也帮它修剪了一下，飞不起来的，不过你放心，养个十天半个月也就好了，嘿，耽误不了买卖。”

最后一句话她说惯了，所以即便面对的是川昱，海媚也极轻松自然地讲了出来。

川昱狠狠剜了她一眼。

海媚的腿抽了一下，“嘶——”她隐忍地咬了一下牙，头顶渗出了几滴汗。

川昱一手扣着她的胳膊，一手拉起她的裤腿看了看，原来经他处理过的伤口因为刚才他那一脚又裂开了，此时正淌着血，衬着有些微暗的星光颜色十分诡异。

“小哥哥，你想知道的事情我可都告诉你了，你要是觉得我这个人够意思，咱们去我车里。我好好陪你开心开心，你放我走怎么样？”海媚抬头，在川昱扣住她的那只手背上轻舔了一下。

川昱无动于衷，海媚又说：“我会的东西可多了，何况，就算你把我交给保护站那些人，我咬死了说我不知道这犯法，他们也不能把我怎么样。你说，好不好？”

川昱盯着她的脸，冷冷地笑了一声：“你会什么？”

海媚见这事儿有门，声线娇柔地说：“你想什么，我就会什么。你要是不嫌弃，往后我不干这行了，我就跟着你，给你生一帮小子。”

“嘿，有这么便宜的事？”

“别人自然没有，可是啊，自打我第一次见你，我就喜欢你了，怎么样吗？我可是真心实意地想跟着你过日子的。”

川昱瞅了一眼她的伤，慢慢松开了扣着她的手，挑了下眉，颇有些痞气地说：“那好啊。”

女人正要攀上他的肩，川昱翻身极快地将一根布条绑在了她腿上，然后往两边用力一拉，海媚受不住疼骂了一句脏话。

她腿上的血暂时止住了，川昱的笑脸即刻沉了下来，半句不跟她废话，抓着她的胳膊就往关大鸨的笼子那儿拽。

“喂，保护站刘队长吗？是我，川昱，我抓到……”他一边走一边打电话，女人一听“保护站”三个字，发疯一般地凑到他跟前用头撞掉了他的手机。

川昱眼疾手快，一把将她摁下，刚要去捡电话，半蹲在地上的海媚贴在川昱耳边说：“沙丘后面的那个女人，你不想要了的话，尽管报告。”

川昱脸一僵，手机听筒里传来刘队长“喂喂喂”的声响，他捡起手机，挂断了电话。

（四）

越野车还停在原处，帐篷也好好地架在沙地上，川昱一边跑过沙丘，一边喊：“何遇！何遇！”

没有回音，他只在帐篷附近找到了那条毛领。

像是被什么人踩过，还有一串凌乱的脚步和一道拖拽的长痕，再往后就是两条车辙印。

海媚不是想向他献媚求欢让自己脱罪，而是在为同伴带走何遇争取时间。川昱担心何遇，痛恨自己欠考虑，将她一个人留在这儿。

他呼了一口气，将拳头握得“吱吱”作响。

川昱眸色漆黑，拎起海媚就像拎起一只小鸡，恶狠狠地问道：

“何遇在哪儿？”

海媚双脚离地，挣扎了两下无济于事。见川昱凶狠的眼神有些害怕，她忙说：“我不知道，带走她的是另一拨收线人，我只告诉海哥我这边‘进水’了，海哥一心只想要大鸮，他一定会联系你的。”

川昱没撒手，他无心逼问她究竟是什么时候报的信，一把打开车门将海媚关了进去。

“噗”一声，她重重地跌在了后座的皮椅上。

海媚吃痛地倒吸了一口凉气，斜着眼睛打量川昱：“这车是她的，你一个小固沙员，买不起。”

川昱掏出手机试着打了一下何遇的电话，用眼神示意她闭嘴。

海媚却接着说：“有个这么有钱的女人还固什么沙，搅了这一趟浑水，谁的日子都过不安生了。”

听筒里响起了无人接听的提示音，川昱挂断了再打。

海媚见他心急成这样，又看了一眼腿上为了止血扎的布带，摸出了自己的手机抛给他：“盯这个吧，海哥选好了交换地点就会打过来的，海哥这个人一心求财，就算那个姑娘长得有几分姿色，大鸮还在你手里的时候，她都不会被怎么样的。”

“求财会不偷车？”川昱攥紧她的手机，丝毫没因为她的话安心半分。

倒是海媚，享受地将头靠到了座椅的靠背上：“他们又不傻，这种豪车偷到手上，不容易出手不说，跑不出旗就会被抓着，弄不好就进局子去了。”

川昱不吭声，车厢里突然响起了一阵铃声，是海媚的电话。

“喂。”川昱接通。

听筒里的声音很耳熟，川昱确定了这个“海哥”跟之前遇到的那个“海哥”就是同一个人。

“兄弟，你好啊。”对方的语气熟稔日常。

川昱却只问：“她在哪里？”

“嘿！”对面的人笑了一声，“你放心，姑娘跟我往日无怨近日无仇，我没有欺负她的道理。不过呢，我一看她就是外地人，过来玩一趟不容易，所以烧了好酒好菜想交个朋友。你要是方便，带着我妹子跟我的东西一并过来喝一杯怎么样？”

“行啊，你让我跟她说两句话。她胆子小，你请客吃饭太热情，她会害怕。”

“这个……”对方有些犹豫。

海媚凑过身子补了一句：“咱们的东西好好的，人家放不下自己的女人，你就做件好事儿呗。”

海哥考虑了两秒，想着川昱之前接话也还算客气，点了点头，冲电话外的一个人吩咐：“带那个女的过来。”

听筒里静默了三四秒，而后隐隐传来了何遇问候谁祖宗的声音和一个男人威胁似的叫嚣。川昱提到嗓子眼儿的心往肚里揣了一点儿，对着电话安抚性地说：“你乖，我就来了，没事的，没事的。”

海媚眯了一下眼，倒没发觉这个男人还有这样腻味的一面。

何遇听到川昱这句话，“哇”的一声哭了：“那你快点，人家包里只剩下六十三块钱了，一会儿要吃饭都不够买单的。”

“好，我就来，你们在哪儿？”

“我不清楚，不过……”

两人的对话有些莫名其妙，海哥摸不着头脑，只当是何遇吓坏了跟自己的男人说胡话。可一提到位置，海哥警觉起来了。

他吩咐手下的一个人将何遇关回原来的房间，笑了一声：“行了，兄弟，你先往阿巴嘎旗的位置开，酒菜准备得差不多的时候，我自然会把具体位置告诉我妹子的。这可是顿宴客酒，就是单纯为了交朋友，你，可千万别打错了主意。”

川昱故作老实地应和了一声：“那是自然。”

电话还没挂断，海媚一把将手机拿了过去，川昱瞪了她一眼，她将手机从胸口塞了进去。

川昱挪开目光，打亮车灯大致判别了一下方向。

海媚笑了一声：“你现在改主意了想跟我好的话，我之前说的话还作数的。”

川昱把关大鸨的笼子卡在了驾驶台下，淡淡地看了她一眼，回过头，一脚油门踩到了底。

越野车驶入阿巴嘎旗范围后刮起了大风，海媚的手机除了二十分钟前接收过一个镇名，再没动静，倒是车里的大鸨“哈哈”叫了两三声。

川昱在镇口停了车，等了一会儿，见边上有个未关门的小南货店，一块歪歪斜斜的牌子上写着“供应活鸡、鲜鸡蛋，回收旧棉袄”。

川昱看了两秒，拉开车门。

海媚问：“你去哪儿？”

“找点儿虾皮啥的东西喂鸟，不然没见着你们的人，它们先把保护站的人引来了。”

海媚看了看手机，川昱一把脱下了外套罩住了鸟笼往外走。

“哎！”她叫他。

川昱回头，问：“饿不饿，你要吃啥？”

“我怕你给我下毒。”

川昱淡淡地笑了一下：“不至于。”

海媚有些莫名其妙，坐在车里握着手机盯着川昱。寒风中，他只穿了一件长衫，体格匀称健硕。

“浑蛋。”她暗暗骂着，却又一边盯着他，一边在脑海中回想他在沙地上制伏自己的利落。

川昱背着身脸色沉了一下，走进了南货店里。

一个精瘦的老头正在门口搓麻绳，见这么晚了还有人进来，斜着眼睛警惕地问：“做什么？”

川昱指了指货架上的几样，说买点儿东西。

老头给他取货，瞅了他一眼带了一点儿门给他挡风，问道：“旧棉袄要不要？便宜处理。”

“行，拿一件，再给我拿点儿虾皮和菜籽。”

“好。”

……

海媚听着屋子里的谈话，突然手上的手机振了一下，她点开，是海哥发了见面的详细地址来。

她刚要抬头叫川昱，驾驶室的门响了一声。

“怎么样？去哪儿？”他一边问，一边将旧棉袄罩着的笼子卡回了驾驶台下。

海媚瞧了一眼，川昱怕冷似的整了整自己的衣领，从兜里摸了一把菜籽塞进了笼子里。

“咣咣咣”一阵啄食后，避风的笼子里没了别的动静。

海媚没多想，将头探出窗子后瞅了一会儿说：“左边。”

开过左边，她又说前面巷子口右拐。川昱右拐后，她又指了不远处的一处砖瓦房说：“停在那儿，剩下的路我们走着去。”

川昱点头，也不多问，这个女人所有勾搭的话都只是一种取乐，但这份谨慎是真的，他原以为在沙地上安置的陷阱只是几个小牧民一时打错了主意，如今看来，海媚这伙人既专业又组织严明。

“前面。”她的脚步终于停在了一间旅店前面。

是后门，没见着老板和招待，只有二楼的一个房间亮着灯。

“你先走。”海媚指了指川昱。

他从那扇木门进去，看见一道旧楼梯，四周墙壁稍高一点儿的地方都垂着风干肉。川昱踏上楼梯，脚下“吱呀”响了两声，有个黢黑浑圆的小孩儿从楼梯边的柜台上探出了脑袋。

“咿——”小孩儿发出了一个单字，川昱提着笼子停住了脚步，海媚走在他身后，冷着脸瞪了那孩子一眼，孩子将头缩回去了。

川昱说：“还挺神秘。”

海媚没接话，两人一前一后往亮灯的房间走去。

“吱——”听到门外的脚步声，房间里的人开了门，一张精黑干瘦的脸，透过门缝直勾勾地瞅着川昱。

烟味、扁毛动物的山野腥味……

海媚走上来冲那人点了点头，精黑脸开门冲身后说：“海哥，来了。”

房间里就五个人，除了海哥之外，还有一个留着络腮胡子的人，川昱觉得眼熟，其他三个都是生面孔。

说是宴客，一米见方的桌子上确实摆着许多酒菜，只是已经动过了，地上还有许多烟蒂和瓜子壳，几个人有一搭没一搭地开着某种下流玩笑。

川昱将笼子放在脚边，隔着旧棉衣轻踹了一脚，里面立马传来了爪子扒拉笼壁的声响，说话声停了，整个屋子都安静下来。

海哥往嘴里抛了颗花生米，一副才发现有人进门的样子开口招呼：“兄弟你来了，来来来，加副碗筷，这家的羊汤熬得尿性，正宗！”

川昱说好，站在门边的精黑脸伸手去够他的铁笼，川昱往旁边撤了一步。

只是躲开了，他什么也没说。

川昱提着笼子坐在了海哥对面，自己取了碗筷舀了一勺羊汤。

“香是香，老姜加少了。”他只喝了一口，就把碗放下了。

海哥瞪着他，屋子里其他男人也跟着用眼神瞪他。川昱脸上没什么变化，没几秒，海哥笑了：“兄弟挺会吃啊！怪不得媳妇儿也这么漂亮。那句话怎么说来着……”

海哥没想出来，没了下文。

川昱又拆了一副碗筷摆在自己身边，淡淡地笑道：“把人叫出来一起尝尝？”

海哥愣了两秒往自己脑门上一拍：“瞧我这记性，来来来，老二，姑娘歇好了脚请出来吃饭。”

说着，长满络腮胡子的那人推开了隔间的小门。

川昱见着了何遇，没说话，用眼神急急扫了一遍她的衣衫鞋袜，整整齐齐的，川昱的眉心这才舒展。

海媚端了个碗坐在海哥旁边，媚声说：“人家对你不放心呢。”

海哥“咳咳”两声，分不清是噎着了还是笑，抬眸看了川昱一眼。川昱没对何遇说半句安慰的话，只将筷子架在了碗上给她舀了一块羊肉：“来，尝尝看，炖得挺烂了，比队上的入味儿。”

海哥挪开了目光，何遇在川昱身边坐下，没来由地，她伸手在川昱腿上掐了一把。

络腮胡子凑过头去看，川昱一笑，反手将何遇的手握在了手心里。

“哧——”络腮胡子从牙关里挤出冷嗤。

肉躺在碗里，何遇拿着筷子吃了一小口，处理的方式不精细，带着羊膻，她口味清淡，很勉强才咽下。

川昱顺势将另一边的几碟菜往里挪了挪，提着笼子放在桌上，说道：“该吃的也吃过了，谢谢海哥招待，没什么事的话，我们就先走了。”

海哥靠坐在椅子上点了点头，川昱拉着何遇起身。

两人刚走到门口，被先前开门的精黑脸和长满络腮胡子的那人伸手拦住了。

川昱回头，将何遇往身后护了护，小声跟她说：“出了门一直往左。”

她抬眸看了川昱一眼，他的脸已经扭向海哥。

“怎么，还有事？”

海哥笑了笑，慢悠悠地走到笼子边上说：“没什么别的，不过有个东西……”

下文还没说出来，屋子里的吊灯“咔”一下熄了。

海哥骂了句脏话，不知谁说了句：“这破地方，准是保险丝又烧了。”

话音刚落，房间的正门“哐当”被人踢开了一扇，与此同时，何遇感觉到自己腰上被谁推了一把。

是川昱，她这才明白他刚才跟自己交代那句话是什么意思。

走廊正对着一扇通风窗，比封闭的内室略微亮堂，何遇半个身子到了房间外，海哥看到了，大声喊：“别动！”

原来站在门边的两个人立马反应了过来，可还来不及去扑何遇，餐桌位置就传出了禽鸟扑棱的声音。

脚步声、铁笼跟桌面的撞击声、叫骂声……在漆黑的屋子里混作一团。

一个人高声喊："雀子跑出来了！"

又一个人接："关门，关门。"

等待交易的大鸨对几人来说无异于成沓的人民币，自然比一个女人重要。

房门被人从里面迅速往回拉，何遇连忙撤出了另一半身子，她将手伸向身后的混沌处，想拉上川昱，却扑了个空。

"啪"一声，有人按亮了打火机照明。

门缝合上之际，她借着屋内那缕暗黄色的光亮看到了川昱的脸，他的嘴角颤动了一下，似乎在说："走。"

她转身，没有半分迟疑地冲下了楼梯。

屋内火机的余光中露出一张凶横的脸："好啊，你小子敢给我耍花样！"海哥气急败坏地喊了一声。

其他人作势动手，川昱一抬腿，踢飞了他手上的打火机，屋内又陷入了一片黑暗。

"弄死他！"

"抓到了，我抓到一只大鸨了！"

……

有人骂骂咧咧、有人惨叫、有人喊打喊杀，隔壁小楼的住客起先探窗支吾了几句，到后来动静大了，也都怕惹事没人再理会。

"啪！"好一阵儿动静之后，木门被再次冲撞开。

川昱一个飞身骑着楼梯扶手往下滑，刚落地，反身就被紧随其后的络腮胡子拽住了。

所幸络腮胡子并没有什么围堵的招数，不过是用蛮力拉拽。

川昱挣了一下没挣脱，弓着身子往他裆部猛踢了一脚，扭身就往楼梯边的后门逃。

这时，忙着抓大鸨的精黑脸气恼地追出木门，瞅准了时机准备从楼梯上往下跳。

川昱已经起势收不住力，精黑脸“哗”一下从上方扑了过来。

眼看就要得逞，精黑脸却在半空“咣当”挨了一闷棍，人也落在了稍后的位置。

是何遇，打完人她竟然拎着那根棍子杵在那儿。

川昱瞪了她一眼，顾不上质问她怎么还在这儿就拽着她跑到了街上。

街上黑漆漆的，气温又低，填路的碎石在两人脚下“沙沙”作响。身后有人骂着粗话追着，何遇的手被川昱拽得生疼。往左飞奔，川昱一把拉开了越野车的车门，处理旧水管似的将她塞进了车里后，爬上驾驶座一脚踩下了油门。

十来分钟，高速状态下连拐了三四个弯才甩开了海哥那伙人。开到镇口时，天上的星光已经变成了一种寒夜的冷。

川昱沉着双眸不说话，何遇活动了一下自己有些发红的手腕说：“你开车的技术比我想象中好。”

他依旧没说什么，将车开到南货店门口直接从车窗伸出手敲了两下门。

“快走，快走！”一个老头探出门缝递给川昱一个剪了气孔的麻袋。川昱道了声谢立马急转出了小镇。

（五）

“这是什么呀？”

何遇问。

川昱不答，她便自顾自地伸了一根手指准备去戳麻袋上那个破洞。

川昱：“……”

她真将手指放进去了，半眯着眼，勾了勾，川昱见了赶紧握住她的手腕将她的手拉了出来。

“啄断了没人管！”他斥她。何遇却笑了一下。

车子开到了沙地里，身后的小镇早已不见了踪迹。何遇一脸轻松地弯下那根纤长白嫩的手指，在川昱的手背上挠痒似的抠了一下。

川昱瞪着她，她一脸老实地说：“大鸨除了吃野草之外，也就吞吞甲虫、毛虫什么的，好好的，啄断我的手干什么。”

她知道之前电话里乍然腻味的安抚是川昱想打探位置早做安排，也足够聪明能猜到现下这只麻布袋里装的是大鸨。

可她偏要问他，偏要用手去掏，去引起他紧张。

川昱这次没理会何遇的小矫情，一脚踩下了刹车，近乎粗暴地用另一只手拽着她的衣领说：“你是不是觉得一个女人被一群违法盗猎的男人抓住的结果每次都会很好？”

何遇愣了一下，借着驾驶室里的照明灯，看到川昱的眼里有着数条猩红的血丝。

一个男人的怒火，从来都不是让人心动的好理由，但有趣的是，爱情一向不讲道理，我行我素。

气氛冷了好几秒，座椅下的麻袋动了一下，一只大鸨将头从剪开的气孔中伸了出来，“哈哈”叫了两声。

川昱松开了她，将头别过去继续开车。

何遇自己整理了一下被他拽乱的领口，靠着座椅淡淡地说：“撇下你自己跑，我成什么了。”

“我是男人，没那么容易吃亏。”

“不还是会受伤会死？是你，我不愿意。”

她的声调平平稳稳，一如闲聊时谈论两句今天的天气一样。

川昱知道何遇一向是外冷内热的性子，可没想到，她会这样坦诚自己柔软的心意。

见惯了她冷峻的模样，一时看到她这样小女孩心性，他反而感觉很不是滋味。想训训她，舍不得；想抱抱她，又怕她下次还犯傻。

川昱左右为难了许久，何遇突然问：“大鸨在这里，你给海哥他们的那个笼子里关着什么？”

他心里的弦一松，憨头憨脑地笑了一下：“刚才那家南货店……不是供应活鸡吗？”

何遇“扑哧”一声笑了出来，脸上又恢复了那种什么都不在意的表情。

川昱看着她，觉得作且可爱。

何遇问：“接下来怎么办？找个地方放生？”

“不行，这些大鸨翅膀上的羽毛都被剪了大半，飞不起来放出去不是被人逮了就是被狼叼了。”

何遇看了看那个抻长的灰脑袋，使坏似的调笑：“那吃了得了。”

灰脑袋上两颗暗洞似的眼珠开合了两下，“刺溜”一下缩回了麻袋里。

副驾驶上的何遇浅浅地笑了笑，露了一点儿白牙。

川昱一本正经地问她：“何遇，养鸟你爱不爱？”

何遇眼睛一眯，两道细长的眉毛拧成了一种极扭曲的形态。

川昱又憨头憨脑地笑了。

第八章
我的人，我会照顾好的

（一）

“蚱蜢、蛙、象鼻虫、油菜金花虫、蝗虫……”

第二日，何遇叼着一根草秆坐在固沙队大门口的一条矮脚凳上看手机，屏幕上百科页面列举的大鸨生活习性一项下列举出了长长的一串进食名录。

两只大鸨远远地站在院子对角盯着她，何遇抬头，冲它们幽幽道：“想都别想。”

屋里辛干伸出手在川昱眼前晃了两下，偏着脑袋问：“哥，为什么我说把房租退了一大半给他们你还笑？”

川昱回头，迅速扯平了嘴角：“没有，你接着说。”

辛干“哦”了一声，坐回川昱对面的长凳上，从衣兜里掏出一个棕黑色的布包放在桌子上，一层层拆开，露出一个封口的牛皮纸袋。

川昱不解：“是什么？”

辛干摇头：“不知道，是昨天晚上那个受伤的女人叫我拿给你的，她说等你回来给你，你能明白的。”

川昱皱了下眉，对桌子上的东西兴趣不大。

辛干没说话，对着那个牛皮纸袋用手戳了戳，又用手掌比了一下长度，看了川昱一眼，笑了笑。

川昱问：“是钱？”

辛干不好意思地点了一下头，又慌张地在脑袋上挠了两下，解释道：“不是我偷看，是她给我的时候口子没封严实掉了几张出来，嘿嘿嘿，真的。”

川昱点头，在他脑袋上揉了一把：“知道。”

辛干松了口气，听到院子里的大鸨叫了两声后，忙说：“那三哥，我去帮何遇姐喂鸟。”

“好。”

川昱点头，看着辛干走出去了。

他将那个牛皮纸袋拿起来掂了两下，掏出手机，在通讯录中找到了林夏亦的名字。

“嘟嘟”几声后，电话接通后，对面的人说：“找我干什么？”

声音拿捏得既欣喜软糯又带着几分被追求的腔调。

川昱没回答她，而是问：“腿上的伤好了没有？”

“哪有那么容易好？你处理过了也不留下来陪我，肯定是觉得还不够严重喽。”林夏亦说话时有些赌气的意味，川昱不知道怎么接话。

沉默了两秒，林夏亦似乎有些怕川昱就此挂断，连忙收起语气改了口：“那个医生的药还不错，现在能走了，不过还点儿疼，不知道会不会留疤。”

“嗯，能走就好，回去好好养养。”

“知道了。”她从这句话里觉出了几分体贴，认为川昱对自己的感情又尽在掌握，于是小声回他，“知道你喜欢我的漂亮腿。”

川昱假装没听见，知道他们一个摄影组的人大概率就在一旁，于是直接问她：“你银行卡号多少？”

“什么？”

“我一个队员在房间里拾到了你掉的钱，回来取不方便，我明天去镇上转给你。”

这个谎说得两边都心知肚明，林夏亦却也配合着他再次说：“不是掉，那五万块钱，是我留给你的。”

川昱笑了一声，有些讶异地说：“你给我留五万块钱算什么？”

这笑声太爽朗坦荡，那些疏远的、拒绝的、急于撇清关系的成分，都搅在里头。

“川昱。”林夏亦沉着嗓子叫了他的名字，迟疑了几秒，川昱听到有高跟鞋走过的声音。

“我只是希望你日子过得好一些，你不明白吗？”

听筒里再次响起林夏亦的声音时，明显没了别的背景音。

川昱舒了口气，坦白说：“我过得挺好，有吃有喝的。”

“大饼、砖房那叫好？川昱，你跟你队上的那些人不一样，他们这辈子本来也就只配……”

“都是干活吃饭，不偷不抢，有什么不一样？”他的语气淡淡的，即便对她三六九等的区分生气也没有吼她，不是想结伴生活的人，没有必要。

但林夏亦还是飞快地捕捉到了他的雷点，解释说：“我……我不是那个意思，防风固沙是很有意义的工作，你要是真喜欢，那就跟他们一起再干两年，以后……”

川昱说：“以后的事，我自己想，你还是把你的银行卡号发给我吧。”

“我不记得了，你留下吧。我听你的队员说，你们不是想买一台好一点儿的汽车发动机吗？就当我谢谢你们给我治伤，好不好？”

“买车队伍上面有补贴，你的钱我们不能要。”

“那当我借你。”

“不用，我还不起。”

“不用还，下次我这边有拍摄任务可能还会打扰，这钱可以抵……”

“队上的房子以后不租了，不合适。”

“你非要跟我分得这么清楚吗？”林夏亦突然不顾形象地在候车厅里叫道。

川昱点头，也不管电话那头的人根本看不见，他瞄了一眼窗外正被两只大鸨撵得满院子跑的女人，坚定地告诉林夏亦：“嗯，一定要。”

“前往北京的旅客请注意，您乘坐的……”川昱手上的手机里响起了机场登机提示语。

电话另一端，林夏亦匆匆滑过屏幕将电话挂断了。

她害怕从川昱嘴里听到更直白的消息，或者说，是怕听到那个更具体的名字。

“何遇！”

“何遇，你快来瞧瞧我们这个！”

院子里，眼镜和老张满头蛛网地抬着一只布口袋从杂物间走出来。

“噗”一声，口袋被扔在地上，发出沉沉的闷响，两人就近站在那儿拍身上粘的灰。

何遇躲过两只大鸨的夹击，跟辛干一样叉开腿蹲在布口袋旁。

“什锦虫子干？”何遇问。

辛干听了“呼哧呼哧”地笑个不停。

老张也笑，挑出钥匙圈里的小锉刀割开了布口袋上的棉线，一些棕黄色的圆亮草籽从里面滑了出来。

眼镜赶紧揪住袋口：“当心当心，别撒喽。”

辛干说：“这个好，这个拿去喂雀子吃，何遇姐不恶心。”

何遇也说好，刚要问具体是什么植物的籽儿，眼镜笑起来了，朝辛干说：“你说好是因为终于有人给你消灭证据了吧？”

辛干嘴角一沉：“滚滚滚，臭眼镜坏嘴没好心。”

何遇一看有故事，撇着头看他起哄。

川昱从房间里走出来，也逗辛干：“怎么了这是？谁又擅自动我们的小姑娘牌草种了？”

一堆人跟着笑，辛干熬不住了，精黑的小脸憋得赤红：“三哥，你也这样！”

川昱伸手搓了一下他的头：“行行行，我不说，我不说。”

“嘿，队长不说我说，这包草种啊，是我们辛干同志跟植保店的——”眼镜故意抬高声调将话音拖得老长，辛干不好意思，臊着脸冲眼镜扑了过去。

眼镜往左辛干也往左，辛干往右辛干又往右，原地避了两三下后，两人追跑着出了院子。

余下的几个人看着好笑，川昱顺势取代了辛干的位置蹲在了何遇身侧。

何遇问：“这包草种怎么了？”

川昱伸手从口袋里摸出一把摊在她跟前：“你摸摸。”

何遇在他手上拈了一撮，没潮没霉，看不出什么差错。

她不解地看了看川昱和老张。

老张也腼腆地笑了笑："那你闻，闻了你准知道。"

何遇照做，将手上的草籽放在鼻下嗅了嗅，依旧没什么发现。

川昱笑了，将抓着草籽的手发力一握，手上的草籽被挤压得"呲呲"响了一阵，再摊开在何遇鼻前时，她闻到了一股烤制谷物特有的油脂香。

"熟的？"她有些诧异。

川昱点头："半生半熟的掺在了一起，从颜色上分不出来，熟的草籽又萌不了芽，所以一直搁在那儿没用。"

"小姑娘骗辛干买的？真傻。"

不是责备，她的评价里夹着几分懂味知情的调笑。

川昱说不是，又跟何遇讲："九月底的时候，分了辛干去旗上的植保店领草种。刚交接完，人家后院失火了，辛干慌了，丢下种子包赶紧就冲去了后院帮忙。他动作快，把植保店老板的小闺女及时从屋里拉了出来。人家姑娘感恩，想拉他留下吃饭好好道谢，他脸皮薄，扛上种子袋就愣头愣脑地跑了。回来之后觉得背上烧得慌才发现是他随手把种子包扔在了人家炒瓜子儿的大铁锅里，麻布袋厚实没烫破，里面的种子倒烤了个五分熟。他背着草籽跑回来，自个儿背上的皮也被那个麻布袋烫红了。人家打了好几次电话道谢，又亲自送了补的草种和烫伤药过来，他倒好，每次躲得比兔子还远。"

何遇点头，依旧是那个评价："真傻。"这次她嘴角上的笑容勾得更大一点了。

川昱随口接了一句："人是靠得住的，不过腼腆了点儿。"

"那不随你。"她将手上的种子放回他手掌里。

川昱隐约觉得这个"随你"的意思在后半句，果不其然，她开始毫不避讳地盯着他看。

有点儿坏，也狡黠。

川昱将草籽放下，正准备起身，碰上辛干跟眼镜闹腾完了走回来。

辛干一把搭在了川昱肩上，无意将他摁回了原位。

大鸨怕人，扑棱着翅膀在院子边上“哈哈”叫。

何遇将手伸进口袋里去抓草籽，正巧碰上川昱为了缓解尴尬动了喂鸟心思也伸进袋中的手。饱满的小颗粒在布口袋里如同一大抔被拢住的流沙，袋口大小有限，伸入了两只手后被挤压的种子如水流般涓涓往边上淌。

丝滑、沙软，她一本正经地在袋子里用手指轻抠他的手背，跟昨天夜里他抓住她的腕子之后做的动作一模一样。

“这下好了，既不浪费又能喂好大鸨。”

“是，有用处了。”

围在一旁的人看不到布袋中的情况，都在为闲置的东西发挥了用处而高兴着。

川昱想将手缩回来，被何遇反手扣住了，他看了她一眼，低声说：“别闹。”

何遇撤了手，很自然地从口袋里带了一把草籽撒到院子里。

两只大鸨警惕地挪过来，川昱侧了一点儿脸偷瞄它们的进食情况。

大鸨白灰色的头仰起，爪趾稳稳地扣着地，好一会儿，精黑的眼珠子一动，弯颈啄走了两颗草籽，还没完成吞咽，又放哨似的仰起了头张望着。

看到大鸨愿意吃东西，川昱松了口气，只是他舒缓的表情刚露出来，趴在他背上看热闹的辛干却突然惊讶地叫了一句：“咦，何遇姐，你的手怎么了？”

几人同时看过去，川昱一时忘了自己的手早已抽了出来，以为两人的小动作被人发现，有些慌张。

何遇觉得川昱这样子有趣，多看了两眼，撞上他的目光后，一边将袖子往下拉，一边说：“擦了一下，没什么大不了的。”

川昱的嘴唇动了一下，眼镜已经赶在他之前说：“看看看看。”

见他们不放心，何遇索性老老实实地撸起袖子给他们瞧。

约莫七八厘米长的一块擦伤在手臂上，没有进沙子，没有红肿，破皮的地方也已经结了薄薄的痂，再过个三四天也就全好了。

问题不大，眼镜他们不由得各自舒了口气。

何遇觉得这细微的声音比自己听过的最殷勤的话都温暖，不由得笑了一下，将袖子往下翻。

“等等。”川昱凑过去。

何遇跟他对视了两秒后咬了下唇，收回手扭头跟辛干他们开玩笑：“我看你们队长多半是想挂旗行医，在我这儿挣个发动机。”

一堆人笑，川昱却没笑。

他神色如常，只说这个天气破皮了容易得冻疮，最好还是用药膏擦一擦。

辛干跟着点头：“对，何遇姐，那我一会儿拿了给你。”

何遇说好，川昱却看着何遇讲：“你跟我来，现在就擦。”

（二）

何遇跟着川昱走，院子里其他三个人也散了各自忙活去了。

川昱的屋里，前一天晚上给林夏亦处理伤口的消毒水味还没完全散，何遇单纯觉得呛鼻，停在了门口。

川昱进去了，但没急着给她找药膏，背着身，自顾自地坐在了一条长凳上。

何遇没催，目光往里面扫了扫，他的卧室布局跟自己那间没什么两样，只是多一些手电筒、沙铲，以及固沙手册之类的杂物，只是收拾得十分整洁。

“挺不错。”她评价道。

川昱扭头看了她一眼，眼神有点儿严肃，但不凶。

何遇觉得这个动作释放了一种他特有的信息元素，让她想抽根烟，但她的烟已经被川昱扔了，于是她很慵懒地倚在门上随口聊：“怎么从我们回来到现在都没见着尤金？他干什么去了？”

“去送那些租客了。”他的声音淡淡的，依旧没给她找药。

何遇盯着他的脊背看了一会儿，漫不经心地“哦”了一声，没别的话了。

气氛静默了几秒，川昱说：“你进来啊。”

何遇笑了笑：“我想着在这儿等你拿给我就行。”

她还是没动，川昱哑口无言，只好起身走到门边拽了她一把。

何遇觉得好笑，用鼻子嗅了嗅他，又闻到了那股很好闻的味道：“你身上有香味，是什么？”

一般疑问句，但从她嘴里说出来语气不大正经。

川昱：“……”

“你替我擦药？要关门吗？”她问他，自顾自地把袖子挽起露出了那块擦伤。

川昱盯着她看了两眼，锁上了门，走到床头弯腰，从一旁的矮柜里找了点凝血消肿的药。

他回头，何遇已经坐在了他之前坐的那条长凳上。

川昱走过去，她做作地将自己的胳膊伸向他。

“你轻点儿。”她扫了一眼伤口，咧起一点儿嘴角用大有歧义的话调戏他。

这一次川昱不反驳，坐在长凳的另一端，一手握着她的手腕，一手给她撒药。

动作轻缓、细致，以至于直到他说“把衣服放下吧”的时候，何遇才发现已经敷完药了。

她又笑了一下，问：“要不要在这里观察十五分钟，万一我药物过敏？”

川昱又没催她走，甚至还跟她坐在同一条凳子上。

何遇被他这难得的配合搞得一时有些迷惑，放下衣袖后说：“算了，真过敏我再来找你好了。”

何遇站起来，往门边走，步子有意放得很慢。

没走两步，川昱果然出手攥住了她。

“怎么，舍不得我走？”

她有些得意，一回头却撞上了他紧皱的眉头。

“你的手，怎么伤的？”他问话的声音放得比平时柔了两个度，何遇意识到接下来的话才是他叫自己进屋的真正理由。

她重新回到长凳上坐好，随口说：“昨天客栈的保险丝烧断的时候，你不是叫我跑吗？太黑了，我在楼梯上摔了一跤。”

川昱说：“你伤的是手臂中部。”

何遇点头：“对啊，摔倒了想撑地，擦到手臂了。”

川昱将自己手臂抬起，对着桌板模拟的楼梯角，作势擦蹭了一下：“这样，袖子往上蹭，最先刮伤的是手腕。”

“哪里摔得这么规矩，一下子倒地就是手臂位置了。”她撇了下嘴，没看他。

川昱从鼻子里轻呼了一口气：“行，可要直接擦出这种伤口，你的袖子一定会磨破。”

“我可能记错了。”何遇淡淡地回答，甚至没有低头去看一眼自己的衣袖。

川昱不作声，腰板依然挺直，眼色却纠结了一分，似乎有什么话很想说，却又隐忍着。

在何遇的印象里，他从来没有犹豫过。

于是她想了想，直接问：“你以为我被那伙人扒了衣服欺负了？”

在冬天时衣物完好的情况下，的确无法在这样的位置擦出伤痕，何遇明白这一点，但她没想到川昱会对自己身上一道小疤痕这样上心。他把自己单独叫进房里，温柔地询问，自责克制的眼神……

何遇觉得高兴，一把扑入了他的怀中。

川昱抬了抬手，最终还是放在她背上，不是深拥，也总算抱着。

就这样安安静静地待了一会儿，川昱问：“这伤口很新，就是昨晚的事，到底怎么弄的？”

何遇将头放在他肩膀上，好几秒之后才道：“我在帐篷里睡觉的时候，来了两个人绑我，拽着腿直接从地上拖，我用手扒地想停住，没什么用，他们把我拖出帐篷就绑起来了，没干别的。”

“那个摩擦力也不能磨破你的衣……”

“我脱得只留了那件吊带裙睡的。”何遇笑了一下，怕他再担心。

川昱还是觉得不对劲，十月在内蒙的沙地里过夜，谁会脱去保暖的冬衣。她越是这样，他心里的疑惑与胸腔中的自责与怒气便越是膨胀。

川昱抓着她的肩膀，将何遇从自己肩头扶起来，看着她的眼睛，认真地说：“何遇，没有人可以让你在这儿受委屈。他们要是……我一定会替你宰了他们。”

他神色平静，似乎在说一件理所当然的事情。

何遇仰头问道：“真是那样，你还愿意娶我吗？”

“娶。”

她极轻地笑了一声。

川昱意识到这样的嫁娶更像是一种弥补式的侮辱，于是说：“对不起。”

何遇明白他不是那个意思，自然不怪他什么。

只是那一个字太动听，让她有种莫名的兴奋，她看着他的眼睛，一字一句道：“没有，那群人眼里只有钱。”

许久，川昱才放心地“嗯”了一声。

何遇挣脱他搭在自己肩膀上的手，贪婪地又扑回他的怀里。

屋外起风了，从窗缝里漏了两缕进房间里，消毒水的味道从床边灌进何遇的鼻子，她吻了一下川昱的耳朵，说：“我原本以为，你会忍不住进帐篷找我的。”

川昱一愣，耳尖上的那点儿温热迅速燎烧了一身。

何遇以为他会摸进帐篷，她脱去了外衫准备跟喜欢的男人在沙地上鬼混，不藏着、不掖着、坦坦荡荡，她想干什么，她都说给他听。

川昱身子僵了僵，突然“腾”一下站了起来。

何遇的脑袋被动地从他肩头滑开了，她微微蹙眉，眼睛里带着某种温存的暧昧，还没有抱够。

川昱故意板着一张脸走去拉门。

何遇哭笑不得：“你干什么？”

川昱答：“药擦完了，你走。”

“看着我说。”

“……”

“川昱，你害羞了？”

“喂鸟去，没空陪你瞎闹。”

他的语气格外严肃，何遇猜到了他刚才有了某种反应。

她咧嘴笑了，凑到川昱身边，故意使坏调戏他：“我不走，你还没告诉我你身上的香味怎么来的呢？分一点儿给我。”

最后一句声音匀细，气息扑在他脖颈上，像勾子一般缠绕住他的神经，再容她多撩拨几下，事情就会朝着不可控的方向发展了。

川昱咬了一下牙：“走不走？”

“不走！”

他微微点头，一扭脸直接将何遇从地上扛起来了。

何遇弯着身子垂在他肩上，大脑供血不足乍然有些晕，只听见“哐”一声推门声，眼中屋内的平滑的土地就变成了凹凸的沙石。

川昱将何遇扛到院子里来了，站在厨房门口正忙活着烧饭的辛干也探着头看热闹。

“三哥。

“三哥。”

辛干一连叫了两声没反应，只见川昱大踏步地扛着何遇走到院子尽头，一脚踢开她的房门，对着床头厚实的被子堆将她丢了出去。

何遇“噗”一下摔在了软和的棉絮里，转身看到锁房门的川昱的神色与那天在老恩和家一模一样。

“川昱，你就是害羞！”

她喊了一声没人应，倒是外面的辛干慌了神，急忙追过来问：“三哥，你咋又把何遇姐关起来了？”

川昱被他问得无语，隔了几秒，红着耳怒声说：“她对消炎药过敏，抽风。”

“啧！这两个人，怎么又掐起来了！”

辛干嘟囔着，没想明白消炎药过敏怎么会抽风，见川昱疾步走了，连忙跑到了何遇门口给她打开了门。

木门只是简单地闩了一道，没上锁，辛干随手一挑就打开了。

他担心何遇被欺负了正在气头上，进门的步伐迈得格外谨慎小心。

“何遇姐，何遇姐……”

辛干叫了几声。

何遇冲他招了一下手：“正好，来，过来帮我看看。”

她仰着头，没有想象中的砸柜摔碗、捶胸顿足，相反，何遇已经十分闲适地坐在床边的条凳上开始选照片了。

辛干纳闷，试探着问：“姐，你的脑袋是不是……摔着了？”

何遇摇头，看了一眼他单纯的脸，没详细说。

“这种红色的植物，是不是碱蓬草？”等辛干脸上的惊诧缓和了两分，何遇便指着电脑屏幕上的一张风景照的中央问他。

辛干凑近瞧了瞧，图片上橙黄的原野间露着几点隐隐的红，他点头说：“是，是碱蓬，可漂亮了。”

何遇说好，在照片下编辑了两句简明的介绍。

辛干在一边看，何遇将筛选之后的几张照片存入预投发《Gaia》杂志的文件夹。

何遇拍的照片或全景或特写，简练不失美感。

辛干被吸引了，盯着电脑屏幕很小声地自己研究了起来：“这个……哦……这里……哎，是了……”

何遇一回头，辛干不好意思地笑了一下，以为自己打扰到了她工作。

何遇却问："你刚才在比画什么？"

辛干挠了挠头："姐，你照片的顺序可以调一调。"

何遇往旁边坐了一点儿，将整个屏幕展示给他："怎么说？"

"第一张这个，放到第三张后面，然后这个第七张，挪到第六张前面，还有这个八，放在最后最好了。"他将自己的想法告诉她，"这样再从一看到九，照片拍的地方就正好是浑善达克从东到西了。"

辛干很腼腆地笑了一下，不知道自己说得好不好。

何遇按照他的想法调整了顺序，点开依次过了一遍。

草场、水泊、覆雪的灌溉井，有些取景甚至只是一个人影和一道模糊的矮丘轮廓线，她惊诧于辛干如何能从中辨别出具体的位置，他却挠了挠脑袋说："我认得那些沙子。"

草场的沙、水泊边的沙、矮丘与大路的沙……

"这些沙子有什么区别吗？"她感到惊诧。

辛干想了想，说不上来具体是因为什么："可能是看久了吧。"

何遇点头，在他肩上拍了一下。

辛干觉得这是夸奖，很受用。

照片整理好后，何遇又从相机里挑了几张人物照准备发给助理Kevin，有乌尼、老张、辛干、眼镜，还有她来内蒙后遇上的第一个牧人……何遇拨动着鼠标，最终停在了川昱的一张半身像上。

是遇到暴雪那天，他们去老恩和家避雪，川昱走在队伍前，往后看了一眼是否有人掉队，亮白的雪场，一双漆黑坚毅的眼……

"何遇姐，这些照片会出现在手机里吗？"辛干侧过头问。

何遇回过神，手指带动了鼠标，桌面上的图片变成了一只岔腿站着的小羊羔。

她想他的意思是这些照片会不会上传到网上，于是答道："会，不过它们会先挂在大展厅里。"

"然后就能赚钱？"

何遇笑了一下："能啊！赚了钱给你买发动机。"

辛干笑了，想着那几十块钱铁定不够，但还是很有兴致地问她："我的也挂吗？"

何遇点头："都挂。"

"那你的买卖要赔钱的，我阿姐说，外面的人都喜欢长得白、个子又高、又会唱歌跳舞的男人。"

"不全是，很多人喜欢会认沙子、会烙饼的。"

辛干咬了下嘴唇："何遇姐你唬我。"

何遇说："真的，还有人喜欢戴眼镜的和喝掺水白酒的外国人。"

辛干笑了："那是眼镜和洋金，张叔已经结婚了，那三哥有人喜欢吗？"

何遇眯眼，慢悠悠地说："有一个吧。"

辛干咽了一口口水，想起林夏亦给的那个牛皮纸袋有些紧张地问："何遇姐，你也知道了呀？"

（三）

天寒云碧，任意吹啸的风像乱马一般在原野上驰骋。

何遇坐在平房顶上端着相机观察远处的那片流云，只是观察，没有按下快门。

这几天两口灌溉井出了问题，距离稍远，队伍在沙地上连续扎营过了几夜，何遇留在家里喂大鸨，尤金留下照应她。

好不容易忙完了回来，川昱又一头扎进房间里，连吃晚饭都没出来。此时眼镜站在院子里纳闷，一边往上瞟，一边清理沙铲上的沉泥。

“老张，你说队长跟何遇是不是闹矛盾了？这好几天没见，怎么一回来进屋的进屋，上房的上房？早些时候我去拴马，碰上了何遇她跟我都还说笑呢。”

老张往房顶上瞅了一眼，看何遇叼了一根草秆在玩相机，不像有事，便递了把沙铲给他。

眼镜自言自语：“肯定是跟队长生气了吧？你说说这事儿办得，抹抹药把人关起来干啥，那何遇又不是他媳妇，哪能不听话就把人家往铺上扔是吧？得送花，得带人家看月亮，上次电视里播那个什么‘雨蒙蒙’的时候，我不是给你们说过吗？”

老张烦他嘴碎，随口敷衍他：“不知道，不知道。”

眼镜朝四周望了望，手上的沙铲笔直地插在地上：“糟了，前几天出去得急，队长还没道歉吧？我得提醒他去，三十多了找对象还不上路，自取灭亡。”

老张皱眉道：“你懂？你懂你单身汉一个？”说完，又给他递了一把。

眼镜接过铲子，咬了下唇，压低声音跟老张说：“这不是没合适的嘛，那队长那……没希望的等待希望，有希望的就要好好维护着，别把希望扼杀在大草筐里，你知道吧？”

“啥草筐？”

“这是名言，讲不清咧。”

……

何遇偏过头，在某一阵风里，她似乎听到了川昱的声音，但楼下只有老张、眼镜和两只大鸨。

见她在往这边看，眼镜他们不掰扯了。

何遇扶着木梯下去，从口袋里抓了一把草籽撒给两只鸟，说道："它们的翅膀快长好了。"

眼镜说是，告诉她再过个一两天就能把它们放回野外去。

何遇点头，去厨房里寻了一点儿吃的东西后进了自己的房间打电话。

期间，辛干过去给她送了一小碗米粥。快入夜的时候，尤金又过去敲了一次门，两人聊一些摄影的话题说了许久。

再往后，院子里的灯熄了。

何遇铺好床伸了个懒腰，去够窗边的木插销，长了一小截不好对上，她很用力地往里拉了拉。

"咳！"

有人咳嗽了一声。

她沿着那条没关好的窗缝往外看，川昱抱着许多截得短短的水管站在杂物间门口。

月光很淡，但她还是看见了他脸颊上的泥沙。

扔她进房间的那天他一直没再出来，第二天又一早带着队伍出去干活了，所以这一眼，算这几天的初见。

何遇看了一会儿，没跟川昱说话，又把窗子往里面拉。

"咔"一声，好几次之后有人从外面帮她推了一把。

隔了几秒钟，门外川昱喊她："睡了？"

"还没。"

"那……出来玩会儿吗？"

何遇觉得这话好笑，随便换一句什么话都比他这句自然多了。

她抿了下嘴："有什么好玩的？"

川昱朝四周看了看，硕大的院子里除了那两只大鸨，就只剩几把铁锹和何遇的车了。

他没想好下文，门却开了，露出一张精致的小脸。

川昱问："手臂上的伤好了吗？"

她点头。

"没生冻疮吧？"

她摇头。

"你这个窗子插销不好使，明天我给你找把刀削一下。"

她说好。

"明天保护站的人来接大鸨，你知道吧？"

何遇又点头，他还站在她房门口，她盯着他看，川昱便抹了一把脸上的泥沙说："井口被沙子填了，人得钻进去掏，脏了点吧，一会儿得好好冲一下了。"

说完，他转身往回走。

背后迟迟没有关门声，川昱舔了下嘴唇又折了回来，从兜里掏了掏，摸出一块鼓囊囊的东西给何遇："差点忘了，这个给你。"

何遇看不清是什么，川昱说："睡觉了。"

他挺直脊背，疾步走回了自己房里。

何遇接了东西拿回去在灯下照了照，包了一层薄纸，里面的东西呈灰黄色，指腹碾上去滑滑腻腻的，凑近了看，边角还被细细地刮成了圆弧状。

她嗅了一下，揣进兜里，从背包里又找出了一样东西。

川昱擦了擦胳膊上的水渍，水凉了点儿，他弯腰检查水管尽头的一个红色阀门。

“哗啦哗啦——”

又有两道水柱从接口处射出，一道流到了盆里，一道洒在了他脸上。他叉腰看了一会儿，关上水闸用小刀割了一块旧塑料布，对准接口处的小缺口用防水带缠了十来圈。

两指捏住水闸阀门，刚要重启检查，川昱听到浴室外的卧房里有动静。

“谁？”

他顺手摸了一旁的毛巾擦被打湿的头发，见门虚掩着，没开灯，一条门缝里漏了一道窄窄的月光，一只扁筐被风吹到了地上。

川昱将筐子捡起放在一旁，带上门顺手解开了自己的皮带扣。

一连几天忙着清理淤沙，衣服都快分不出颜色了。

他解下裤子，“噗”一声闷响，他好笑，一个大男人从白天忙到黑，也不拘将脏衣服脱到哪儿。

他准备洗澡，用脚将地上的裤子往边上拨了拨。

在离床还差几公分远的地方，他踢到东西了。

电灯开关就在边上，他没开，以为是没摆好的什么凳子脚，弯腰捞了一把。

温温的一截，很细腻，很光滑。

“好摸吗？”何遇问他，同时按下了电源开关。

川昱握的正是何遇的脚踝，再往上看，是一条细毛线密织的黑色打底裙，长袖半高领，中间系着一根眼熟的男士皮带，裙摆有好看的鱼尾摆，站在光源下，不裸露却性感贴身。

川昱留意到她的唇上抹了一点儿口红，比以往更娇艳几分。

他无意识地抿了下嘴，撒手拽起脱下的脏裤子抖了抖灰。

“有事？”

川昱准备再次穿上，此时他身上只剩一条内裤和一件长袖T恤，衣长刚好没过大腿根，也算是没露出什么不该露的地方。

“穿什么？你不洗澡了？”她毫不遮掩地盯着他瞧。

他知道前几天关她的报应来了，笑了一声：“这墙隔音不好。”

老张和辛干就住在川昱边上，何遇知道，但表现得像是没听见，一双光洁的脚从鞋里滑出来踩在了地上，步态不刻意摇摆，仅因天然的身段就显得很曼妙，像黑土地里平白长出的一支并蒂白荷。

“你不洗，那浴室借我用用。”

不是商量，她径直走向了卫生间，走过他身侧川昱才看到，她背手握着他送的那块手工皂，像手心里窝着一只雏鸟。

是他不好，给了她深夜来访的秘钥。

川昱撇了下嘴，脸上的无奈柔柔的。

何遇将脚抵在门上，轻推了一下：无差别的取水龙头上接了两根水管，往上固定到人腰高的位置后并入了一个水阀，看得出来内里改装过，有焊接的痕迹，再往上就拢成了较粗的一根，水管弯头处正好高过她的头顶，只差一个连接的五金件和一个莲蓬头，就是一套完整的淋浴系统了。

她回头问道：“今天回来你一直在忙这个？”

川昱没否认：“以前没做过这个，我先试试，可行的话给你屋里装上。”

“水温能调？”

川昱沉着嗓子“嗯”了一声，提上裤子演示给她看。

“这里，往左边拧是热水，越往右冷水掺入越多水越凉，不过还没有完全调试好，有时候洗着洗着水就冷了。”

他去开水阀，何遇踮着脚往他身后藏了一点儿身子，怕被水溅着，只把脑袋从他肩膀和门框间隙里探出来瞧。

样子很乖，像个小媳妇。

川昱平白笑了一下，她却催他：“开，我看看。”

他说好，将盆子挪到水管底下。

“省点儿水，接着还能用来洗衣服。”他解释，然后才把水阀拧到了正中央。

“哗哗哗……”

腾着热气的温水落在了盆里，何遇在川昱身侧颤了一下。

川昱问：“溅到你了？”

“没有，觉得很神奇。”

边山远水待久了，连淋浴都稀罕，川昱跟她开玩笑：“明天我带你去镇上看拖拉机？”

何遇低头浅笑，从裙子兜里掏出了雾化喷头递给他。

川昱看了看，银白色的一个勺子形状的喷头，接口也是通用的大小，意思很明确了。

头发上的两滴水落在了他眉骨上，川昱擦了一把，指了一下水管头说：“现在还用不了，缺个接口配件，明天辛干去镇上买菜，我让他带一个回来给你用。”

何遇抬眸看他，那两滴水他只擦掉了一半，还剩一滴，像汗。

她说：“你想想办法。”

没有娇媚请求的语气，她的声音平平淡淡的，像一个质检员极正当的提议。

川昱倚在门框上，琢磨了一会儿后说：“那只能用防水胶布缠住，也能用，不过那样你再取下来，接口就很难清理干净了。”

她点了一下头，川昱以为自己说服她了。

身上的T恤被她的肩膀擦了一下，她关上水阀，抬手从他还没来得及收拾的工具箱里抓出了那卷乳白色的胶带。

“缠上看看？”

她递给他。

川昱没接，目光不由得落在了她裙摆下的那双赤足上。

“别感冒了，回去把鞋穿上。”

她不听，将另一只手上握的那块小香皂放在两根并排的水管上，挨着他用过的一块奇形怪状的香皂。

放好了香皂后，何遇从川昱手里把雾化喷头拿了回来，卡在水管头上踮着脚缠。

她并不擅长做这类事，精明强干的一张脸，动作却有些笨手笨脚。

她想知道香味的来源，他就给了她一块同款的手工皂；他在浴室里试设淋浴系统，她想安上莲蓬头洗个澡，合情合理，川昱挑不出错。

“我来吧，床边有拖鞋，你去穿上。”他咬了咬下嘴唇，从她手里接过胶布和喷头。

何遇撒手将活儿丢给他，折回卧室里去了。

胶带裹了一圈、两圈、三圈……川昱想，等她洗完澡就赶她回去，决不能有什么。

“好了。”

他回头，浴室通往卧室的门已经关了。

她站在门口，披散着头发，一套设计简洁的米黄色绸面内衣裤恰到好处地遮掩着她身体的私密处，明明脚下踩着一双最廉价的男士凉拖鞋，何遇脸上的神情却将它带出了一种金属细高跟的魅惑感。

川昱将胶带放下，说道：“你洗吧，第一下别开太热了。”

她往里进，他往外走，擦身而过时，何遇的尾指指腹从他腿上擦过。

川昱将手搭上门把手时，背后金属阀门“吱呀”一声，开始涌出雾化的细水珠。不到三秒的工夫，浴室里的视野变得温湿朦胧。

川昱回头，见她正仰着头用他的毛巾擦拭自己纤长的脖颈。

他看她，她手上的动作便静止了。水雾迷蒙，顶灯给何遇的锁骨和肩胛骨镀了一层神秘的金色。

没有哪一个女人能像她一样驾驭风情而又不至于被风情所纵。

她的眸子里总盛着一半原始的欲求与一半深思熟虑的慎重，如岩泉相依，刚柔并济。

那眼神看进了他的骨子里，不动的人未必更清心寡欲。

“你的皮带还给你了，就放在桌……”

话没说完，她的腰肢便撞进了一个坚实的怀抱里，他低头吻她的唇，浅浅的胡楂在她下巴上刮蹭。

她极轻地笑了一声，化在水雾里像沙原上的落雪声。

“何遇，你是个坏女人。”他盯着她看了一秒，更贪婪地亲吻。

她承受着川昱的索取，将手从腰际伸进他T恤里，从下往上抚摸他挺直的躯体。每一次深吻，她都刻意用指甲盖划蹭他的背脊。

“嘶——”

他抬头深吸了一口气。

何遇推了他一把，坚实的身体撞在石砌的墙面上，背上被抓挠过的地方能清楚感觉到疼。

他伸手去捞她的腰，她却将手搭在了他的皮带扣上，说道：“记住今晚。”

她跟他叫板，迷蒙的眼神里带着某种得胜的骄傲。

川昱一把攥住她的手腕，轻而易举地将她按到了方才自己靠着的位置，脸朝墙面，跟先前在厨房的姿势出奇雷同。

“川昱。”

她不喜欢这个姿势，咬了下唇，意识到了两人之间力量的差距。

川昱舒了一口气，把她的身子扶正，放了她的手腕将她从墙边一把拉回自己怀中。

温热的水汽将水管上放着的自制香皂的味道化进每一缕空气里，他低头，凑到她耳边说：“自己的女人，我会伺候好的。”

（四）

“何遇。

“何遇。”

眼镜拍了两下门，扭过头跟身旁一个剃着平头的男人说：“她可能又赶早去附近溜达拍照去了，去厨房喝奶茶吧，她一会儿就回来了。”

男人点头，刚要往院子另一头走，“吱呀”一声开门响声，何遇从川昱的屋子里走出来了。

她没穿外套，黑色的毛线裙外搭了一条大披肩，眼镜觉得那个花色有些眼熟，但配着她漆黑高绾的发髻和那张脸，又让人有种它并不属于这围平房的高级感。

眼镜一愣，还没回过神来，就见川昱从屋子里跟出来，一本正经地对何遇讲：“要捎的东西你可以直接跟辛干和眼镜说，今天我不去镇上买菜。”

何遇点了一下头，不咸不淡地应：“那好。”

眼镜缓过来了，这才道：“哦，何遇你是找队长要带东西啊。”

何遇说是，将眼神瞥向了另一边剃平头的男人。

是当地固沙工程宣传小组的一个工作人员，姓刘，没少跟队里的人打交道，算老熟人，他蒙语很好，跟当地牧民讲禁牧封育的事情也很通俗到位，工作热情尤其高。早在何遇还没来的时候，就不知道从哪儿听到了风声，一天给川昱打好几个电话交代他把人照顾好。

川昱猜出了他来的意图，主动帮着介绍。

“刘先生。”何遇抢在川昱开口前叫了对方。

工作人员很兴奋，但显然对“先生”这样正式的称呼有些不习惯：“叫俺老刘就行，何遇！见到你本人真是太好了，你登在杂志上的照片我在网上看到了，嘿嘿，老些人夸了！”

他想跟何遇握手，伸到半路觉得对方是女同志，又换成了有些憨厚的微笑。何遇礼貌地点了一下头回应，他又跟川昱打了招呼拉了两句家常：“嘿！人在你们队上，辛苦你们照顾了。”

川昱说：“没有，何遇帮了我们很多忙。”

她突然笑了一下，一双深邃的眸子有意无意地扫过他的胸膛。

昨晚，她躺在他的手臂上问他有没有烟抽，川昱说没有，吸烟不好，便给她找了根细长的饼干。

她好笑，说他拿自己当孩子。

川昱捂了她的嘴，告诉她土墙隔音真不好。

她不笑了，叼着一根饼干问他留在这儿是不是因为他妈。

川昱说以前是，是为了气她，自己毕业的时候母亲以校招的名义联系过他几次，说对他的资质很满意，抛出了高薪工作的邀请，他应了，没跟她相认，却在提交的入职资料里只放了一张上海飞内蒙的机票复印件。

何遇将嘴里的饼干塞给他。

川昱咬了一口，继续说道：“来这儿待了一段时间后，觉得跟她较这种劲没意思，我爸没跟她走，她没为我爸留，这很公平。至于她抛下我……自己的路自己走吧，看着绿草从荒漠里长出来，比想这种陈芝麻烂谷子的事浪漫得多。”

然后，何遇趴在他胸膛上吻了一下，什么也没说。

丢下他的那个人已经永远丢下他了，但他想要的那个人，今晚就在他怀中，无论过去或未来怎么样，这个吻都永远属于他了。

川昱抿了抿嘴，觉得何遇此刻落在自己胸膛上的眼神很暧昧。老刘跟他又说了一句什么，他没留神听，只好笑了一下。

眼镜走过来高兴地说：“那可太好了，我去把老张、洋金和辛干也叫上。”

川昱还没说话，眼镜就已经极快活地走了。

何遇说：“那我去换件衣服。”

老刘答：“好好好，我和川昱保准挑个好地儿，嘿，这段日子真是辛苦你了。”

说完，老刘便站在了川昱边上。

眼神有交流，他在等川昱给些意见。

这时候再问是什么事说自己没听见反而尴尬，川昱有些为难，往院子边上走的何遇轻咳了一声。

川昱偷偷地看了何遇一眼，她指了一下老刘，用两根手指凭空在嘴边夹了一下。

川昱笑了笑，回应老刘说：“哦哦哦，去吃饭啊，这样，我请吧。”

老刘也笑：“跟我客气什么，你们辛辛苦苦照顾了人，现在照片拍好了，我表表心意不应该的？哎！差点儿忘了，你们队上买车的补贴老李一早让我给帮忙捎过来了。”

身后何遇回房换衣服去了，川昱接过购车补贴点了点，絮絮叨叨地继续闲聊了几句吃饭的问题。

眼镜叫了人出来，何遇也换了件羽绒服穿好。车子径直开到镇上兜了两圈，川昱出主意选了家中等的菜馆。

小地方不讲究包厢，清一色的木桌子摆在店里。见来的人多，老板叫了伙计把临近的两张桌子拼成一张。

老刘一边帮手，一边招呼何遇点菜。

何遇知道在这儿工作的人钱包都不厚实，特意看了看钉在墙上的价目表。川昱见了好笑，小声说：“想吃啥你随便点，保管这儿不会让老刘出血。”

何遇瞅了他一眼，他的笑容没收住，有点儿看自家媳妇的宠溺感。

眼镜和尤金围过来了，两人嘴馋，有人请客下馆子高兴，围着何遇推荐起了菜式。

老刘也说：“多点点儿肉，何遇你人怪瘦的。”

她说好，也就不客气了。

七个人，最后由何遇点了四荤三素，一边炒菜一边上。上到第二道炙牛肉的时候，何遇看他们嘴角都起皮了，便补点了一锅羊杂汤。

一群人围着吃得香，老刘说起了自己第一次接到何遇的电话时吓得够呛：“我赶紧上网搜了一下，好家伙，这么出名！还不要钱，义务过来帮忙拍照！咱们这儿是年年种草年年枯，有些地方一封育吧，水土好了牧民的经济又受影响，地方苦，谋生的道道确实少了点儿。国家补贴是国家补贴，自个儿也得想想办法不是？这下好了，何遇的照片一火，来这儿搞生态旅游、生态摄影的人一定不少。嘿，宣传固沙的同时，不也给开了新财路吗？”

大家点头说是，辛干一乐：“那我阿姐小卖铺的生意肯定也会更加好，嘻嘻嘻。”

眼镜玩笑说：“那乌尼姐肯定攒钱给你做彩礼，早日娶媳妇。”

辛干的脸“唰”一下红了。

一堆人跟着笑，何遇说出了自己的打算：“外媒杂志的热度不会太长久，我另外还选了一些人物照准备在国内办巡展。盈利的钱，我希望能全部回赠给固沙相关的公益项目。”

川昱正添饭，一桌人都不作声了。

她来这儿餐饮住宿都由自己补贴了生活物资，并且没多久的工夫发了一次高烧，又被人绑了一次票，原本尤金还勉强能算给她引路了，可想起那次陷沙和彻夜的醉酒，也实在不好意思说出口。

回赠的前提是被赠，队员们觉得固沙队并没给过何遇什么，她的决定完全是让他们占便宜了。就算是熟人，一只羊也不能被薅两次羊毛。

老刘将一口羊杂汤吸得“嘶嘶”作响，也没好意思接她这句话。

何遇不在乎，知道眼下资金没到位，说这事也没多大实际用处，见他们拘谨起来索性移开话题品起了汤。

“味道不错，羊杂处理得不好容易留味道。”

老刘点头：“那是的，何遇你以前也吃羊杂？”

何遇说：“吃啊，有一次在热带雨林里拍植物，我连胖蚊子都吃了两只，味道也不差。”

她说笑的时候脸上的神色也是淡淡的，只嘴角稍微挑起一点儿，像某种意味深长的劝导。老刘第一次见不知道该不该笑，固沙队的其他人已经抱肚拍桌乐得不行了。

“哈哈哈……”老刘后知后觉地咧开嘴，尤金突然一把拍在了他肩上：“刘，你真该留下来跟何遇好好相处的，她是个能干且很有趣的姑娘，叫作……”喝了两杯酒，尤金的中文又有些卡壳，憋了好一会儿才继续说，“哦！叫作外冷内热。”

老张笑他：“你带人家拍照的时候三天打鱼两天晒网，这会儿夸人家那么多好？”

尤金连忙摆了摆手：“何遇不需要我领路的，她知道……她知道她想要什么，景色还是别的，都藏在她的眼睛里，我向上帝发誓，她知道。”

两杯酒才下肚，尤金说话的语气又带了一种欧式戏剧腔。

老刘随口问川昱：“他是不是昨天晚上就喝酒了？”

一群人说说笑笑，早已习惯了尤金沾酒就醉的调调，反而是辛干听到了“昨晚”两个字后想到了什么，抬头问：“三哥，你昨晚在房里干啥呢？”

笑声还没息止，川昱假装没听见，辛干觉得纳闷，偏用更大的声音问他：“动静挺大的，房间里进什么东西了吗？”

其他人将眼神转到了川昱身上，何遇也没事人似的跟着看他。川昱端起汤碗喝了两口，若无其事地说：“嗯，进了一只小耗子。”

辛干点了点头：“我还以为进蛇了，在门边站了好一会儿，本来都准备进门帮你了。”

见何遇夹菜的手顿了一下，川昱忙问：“你站我门边了？”

“是啊，嘿嘿嘿，我睡了一半有点儿饿，就去厨房摸了块饼吃，刚好路过。”

“你听见什么了？”川昱沉着嗓子，手里的汤碗却不留神洒出了几滴。

何遇顺手拿了桌面上的抽纸给他，将一根吸管放在自己跟前的汤碗里吸了两下，跟没事人一样。

辛干想了想："没听清，外面刮大风哪，你耗子逮着没有啊？"

"逮着了。"川昱这才擦了擦手上的汤印子。

辛干"哦"了一声，一脸纯良没什么别的疑问。

这边的话头刚结束，那边眼镜盯着何遇看了几秒后说："何遇你今天真漂亮。"

何遇抬眸："我哪天不漂亮？"

"嘿嘿嘿，都漂亮，今天气色尤其好。"

辛干也凑过头去瞧了瞧："对哦，今天何遇姐的脸红扑扑的。"

何遇笑了笑，玩笑了一句："嗯，昨晚吃了个半大的小伙子。"

辛干一怔，这时饭馆伙计新端了一只小炉子过来，面上铺着几块大排和一些土豆、萝卜之类的蔬菜。

川昱给何遇夹了一块大排，跟辛干说："听她鬼扯，她又不是蛇妖。"

何遇也不拒绝，吹了两下就放进嘴里咬。

川昱看桌子上的饭盅空了，先前手上沾过羊杂汤也腻腻的，起身拿了饭盅往后厨走，一直闷头吃饭的老张叫了一声："一起一起，我也去洗个手。"

饭桌上的闲天还在继续聊，川昱和老张一前一后进了后厨，川昱洗了一把手说："你洗，我去把饭添上。"

川昱才走了一步，老张就伸手拦住了他。

老张抿着嘴，小心地将通往饭厅的布帘撩下来一半。

川昱笑了一下："这是怎么了？"

老张在他背脊上拍了一下："我也算看着你长大的，什么该干什么不该干，你一向是个有主意的！”

“张叔……”

“何遇人好也能吃苦，要是你们双方都有意思处处看也没什么，可你现在干的这叫什么事？人家留不留还不一定，你就敢碰她的身子！你疯了！”老张压低了声音，眉心皱出了一个川字。

川昱不笑了，看了一眼那道半掩的门帘，低声说：“没有。”

老张被气得够呛：“你骗得过辛干，还能骗得过我？我都这把年纪了，我还不知道？”

老张的嘴唇颤了颤，指着川昱。

川昱低头说：“我没疯，我真想跟她好来着。”

明明知道是那么一回事，但听他亲口认了，老张反而不知道说什么了，他这句话是认真的。

只是这并不足以平息老张的怒火，老张只好重重地搓了两下自己的脸，说道：“她大城市来的，离了你天高海阔。可你尝到了甜头，人一走你在这儿夜夜想她，这辈子都完了！”

“她要是走了，我就再找一个。”像是消减老张的忧虑一样，川昱开起了玩笑。

老张不买账，指了他两下：“你啊，跟你爸一个样。”

一个小伙计搭了块毛巾走过来，见川昱手上提着饭盅便问：“添饭吗？我来吧，我来吧。”

川昱将饭盅交给他，老张怕给何遇惹什么闲话，洗了一把手先走了。

川昱在洗手池边等着伙计添饭，从被老张重新撩起的帘子里正好看到了何遇的侧脸，她吃饭的样子很恬静，被眼镜他们逗乐时，偏高的颧骨上会泛起一层柔柔的光。

他靠在门边，一时没有什么具体的东西可想，牙齿咬了一下发干的嘴唇，撕破了一小道。

“嘶——”川昱尝到了一点儿血腥味。

何遇像是听到了什么，往他的方向偏头。川昱用手抹了下嘴唇，用口型说“你吃饭”。

她觉得他这个动作像一只馋嘴的猫，抽了一张纸巾走过去递给他。

川昱笑了一下：“干了点儿，起皮了。”

何遇抬手在他嘴唇上摸了一下。

饭厅里，跟队员们聊得正欢的老刘突然发现何遇离席了，有些奇怪地问：“欸，何遇呢？”

川昱正要答应，何遇将他从后厨的门边往里轻推了一把，才翻起的门帘又掉了下去。

他看着她，视角跟昨晚在浴室里完全一样。川昱开口调侃：“这儿可没有半大的小伙子给你吃。”

正送饭盅过来的小伙计愣了一下，怀疑自己幻听了。

川昱还要说什么，何遇一仰首，吻在了他唇上。

水池边清洗过羊肉的余膻味、后厨灶台里的烤饼和米饭香、门帘外喝酒吃肉的说笑声、街道上人与马路过时细碎的声响……

川昱能闻到能听到，清晰无比却又有种迷幻感。

何遇颇为得意地笑了一下：“还干不干？”

川昱心里觉得这话有更加暧昧的意思，却只是笑了一下问她：“购车补贴下来了，明天陪我一起去车行看看？”

“帮你把把关？”

“帮我讲讲价。”

“嘿，不要脸。”

第九章 我不会让自己想念你的

（一）

风从很远的沙丘上刮过来，被驻地的这一围平房一挡，在门外形成了三两个威力较弱的小风旋儿，二三十厘米的高度，像某种透明材料制成的玩具陀螺。

何遇追过去，将手伸入风旋中，带起的沙砾撞在她的掌心里，有种很轻微的“沙沙”声。

川昱说：“抽出来，你挡久了风旋儿就原地息了。”

她不肯，偏还追着风旋伸手捕沙子玩。

川昱觉得她较劲的样子好笑，将装大鸨的笼子用绳索固定在马背上。

它们在这儿吃住有些日子了，就地放飞，会因为定点的习惯性取食回来的，野物不是宠物，救助也不是驯养。

“何遇，走了，今天事情多着呢。”

川昱叫她，将手伸给她想扶她上马。

何遇看了他一眼，自己抓住马鞍爬到了马背上，刚坐稳就催他：“快点上来呀。”

其他人站在大门口送，辛干笑道：“嘿，下次三哥催我，我也这么干。”

川昱背身看了他一眼，玩笑了一句说去镇上看车要经过植保站，辛干像被踩了尾巴的猫，“噌”一下红着耳朵躲开了。

一堆人笑，川昱又交代了两句今天工作上的事，末了，老张在他肩上拍了一下。

何遇将头别过去，川昱跨上马背正好挡住了她的目光：“看什么呢？抓好缰绳，我带你去镇上看拖拉机玩。”

何遇“哧”一声蔑笑，川昱隔着半拳的间隙环过她拉紧了缰绳，老马便抬蹄往道上走。

十月的内蒙天亮得迟，离开驻地大半个小时，光才从东边透到了沙道上。两人一马，慢悠悠地走在日头底下像一幅油画。

何遇心情不错，看着天边的云霞哼起了一支小调。

川昱听了觉得喜欢，开口跟她商量：“唱大声点儿。”

她回头，额头正好撞在他下巴上。

“你在听？”

他点头：“没听过这么好听的。”

“那我问你件事。”

川昱垂眸看了她一眼：“你问。”

“317694793129472，是什么？”

路不平，马脚往下踏了一步，何遇的身子跌了一下，那双眼睛依旧瞅着他看。

川昱拽紧缰绳笑了一声：“没什么。”

何遇将头扭过去，小调儿也不哼了。川昱以为她生自己的气，故意用下巴在她头上蹭了两下。

“烦人，我才扎好的头发。”

她皱着眉，在有限的距离内将头往前倾，躲他躲得远远的。

川昱的右脚在马腹上轻靠了一下，老马骤然停了步子，何遇惯性前倾后身体自然做出后靠求稳的反应。

人又摔回了他怀里，这一回，川昱揽紧了。

她回头，从下往上看他的侧脸有种凌厉感。

川昱又赶了马往前走，说道："我的志愿者编号。"

"你去四川做志愿者？"

"是。"

"关于什么？"

他抿了下嘴："保护大熊猫。"

此刻她被他圈在怀里，白的羽绒服，黑的头发，白皙的脸上有两道墨色的眉毛，川昱嘴角挑起，轻轻地笑："很像了。"

她瞪了他一眼，没什么效果，随即嘴角上翘得意起来了："那我是国宝。"

川昱说她臭美，何遇却接着问："你一早就认出我来了？"

他不说话。

何遇将手反向环在他脖子上："肯定是了。"

越走光线越强，温度上升了一些后，马儿跑起来了。何遇仰面靠在川昱怀里，有意无意地在他脸颊上蹭两下。川昱拉着缰绳，说道："坐好，当心颠下去了。"

她很无畏地笑："不让我颠下去，这是你的事，你自己说过你抓住我了，叫我放心。"

他说"好"，腾了一只抓马缰的手环住了她的腰。

何遇侧转了一点儿身子，吻在了他的脖颈上。

川昱笑了一声。

何遇原本环在他颈上的手如小蛇一般从他领口伸了进去，不急不缓地抚在他的背脊上，火炕一般。

川昱问：“什么感觉？”

何遇答：“摸你的感觉。”

没有任何别的词汇可以形容他肌理的紧实与弹性，比女人的更粗糙，比动物的更顺滑，所谓摸他，就是摸他。

他笑，仰头驱了马一声，熟途的老马更卖力地往前奔跑。她的身形有些晃荡，放在他背上的手扒得紧了不少。

川昱以为她会学乖些，何遇却探头更热烈地吻了他的脖颈、下巴、侧脸……如抽丝剥茧，食髓知味。

沙道侧边显出了一片蓝白色的小水泊，老马舔了两下唇改了道，马蹄深一脚浅一脚地踏在长有稀草的沙地里，颠散了何遇原本就只是松松绾起的头发。

“咚”一声，马蹄落定，刻刀造型的铬锻簪子也掉在了马蹄边水流清浅的地方，笔直地落地，留了一截在水面上。

何遇分了神，坐正了身子弯腰朝簪杆伸手。

还没够着，马长嘶了一声，川昱连忙松了缰绳将她拉回来，由着老马又往水泊中走了两步，垂首喝水。

“我的……”

“一会儿我捡给你。”他仅靠两腿的力量安然坐在马上，水泊边有风，将川昱额前的碎发吹得如沙地里的稀草一般。

她人还保持着俯身趴着的动作，只是经他一捞，重心回到了正中，川昱的手还按扶在她腰上，于是何遇说：“好，我起来了。”

他没动，她意识到自己惹火上身了。

“川昱。”

“四周都是水，你别掉下去了。”

“我……”

他径直俯身吻在了她的后颈上，何遇皱了下眉，有点儿疼。

“就这样？”她偏偏忍疼笑了一声。

川昱说：“你以为我想干吗？”

“你让我起来，我告诉你我猜的是什么。”

川昱不接招，扶着她腰的手挪到了她肩膀上，稍稍往一侧用力，她的整个身子就跟着往那一侧倒去。但没等她侧翻摔入水中，川昱便用另一只手托住了她，再用腿将她整个人翻了过来。

晨暮中，天空高远，没有耀目的光与残卷的流云，只有一块雾蓝色的背景，映着川昱的脸和那双漆黑的眼睛。

此刻何遇倒骑在马上，身子随着低垂的马脖往下倒了一点儿，她望着川昱笑，他便吻她。

不似她的撩拨，而是男性更为鲁莽一点儿的进攻。

他亲她的脸，也蹭开一点儿衣领吻她锁骨凹陷的地方。何遇仰着头由他，倒着眼看到了水泊对岸几丛金黄色的枯草。

她觉得很美，将手胡乱地搭在他身上，感受着颈间淡淡的疼与痒，跟他说：“川昱，我们就把那两只大鸨放在这儿吧。”

川昱抬头，看了看周遭的植被情况，反手抽开了笼子的门闩。何遇并没有急着起身，照样仰躺在马背上。

“哈哈”两声啼鸣，一双大鸨出现在原本纯净无物的雾蓝色的幕布上，她乱了头发，散了衣领，盯着那两对苍劲有力的羽翅心猿意马道：“川昱，我想跟你接吻了。”

她移眸看他，有种赤裸裸的勾引与坦荡。

他将她抱起来，安安静静地坐在马背上亲吻了她。

没有太多的花招，没有进一步的想法，只是简单的唇齿相接，就是这世界上最美妙的情事了。

“哧——”老马喝饱了，抬起头将鼻腔里的水往前“滋”了一道，撤步往岸边走。

川昱手长，瞅准了时机往侧边一捞，那支银白色的铬锻簪便回到了他手上。

何遇去拿，他没给她，双唇一抿叼在了嘴里，用双手替她把头发绾了绾，再用它固定上。

何遇笑了一声：“这你也会？”

他重新抓住了马缰将马赶回道上，咧着嘴耿直地笑道：“不是逗你，去年雪下得太大，好长时间不能开工，我还跟辛干去镇上帮人剪头赚了不少钱补贴经费呢。”

何遇抬手摸了摸他给自己盘的发髻：“顶着这张脸，都是女的找你吧？”

川昱觉得她吃醋的样子可爱，咬了下唇：“哪能啊！”

何遇眯着眼瞧他，川昱被她鸡贼的样子逗乐了，笑道：“生意嘛，有男有女，没什么别的业务。”

何遇犟嘴：“这谁知道？上次我喂鸟的时候，你不还告诉我说，雄性大鸨会故意吞食很多毒虫，目的是让自己显得更健康、更性感，好吸引雌性吗？你上街给人剪头，没准就是奔着给自己打广告去的。看啊，我这个小伙儿多能干……”

她眼里盛着一点儿特有的坏，越说越放肆了。

川昱知道正经的话治不住她的，眸色一沉，附在她耳边说：“我可不是傻鸟，再说……我这个小伙儿能不能干，你不知道？”

何遇果然抿了唇，盯着言语反常的他愣了一下。

川昱觉得她这个样子怪老实的，没忍住，笑出了声。

何遇撩拨他不成反被将了一军，莫名其妙的羞意搅和着一分微怒涌上来了：“你笑什么？”

“没笑。”

“我看到你笑了。”

“今儿去看车，我高兴。”

“不是，川昱你在笑我。”

“没有的事。”

“你骗人，我不跟你去镇上了。”

“那可不行，我还要带着你去镇上给自己打广告呢。看啊，我媳妇多好看，嘿，全是因为我这个小伙儿能干。”

……

（二）

沙地中的风景看多了也会审美疲劳。

川昱抓着马缰跟何遇说：“你睡一会儿吧。”

她靠在他肩上的头往下沉了一点儿，不知道什么时候已经睡着了。

川昱拉开外套拉链将她往自己怀里包了包，放飞了大鸨，马背上的重量减轻，马蹄声清脆了不少。

“嗒嗒、嗒嗒、嗒嗒……”像一支快活的小调，响了一两个小时，到镇上了。

川昱轻手推了她一下：“何遇，我们到了。”

她睁眼，身子被他抱稳了脑袋却在马背上晃了一路，有点儿晕，她随口问了一句：“这是哪儿？”

“再往前走，拐个弯就是乌尼家的杂货店，现在……”川昱抬头看了一眼邻近的招牌，“聚客来旅馆。”

何遇坐着睡久了脖子酸，摇头晃脑地活动着说：“名字挺熟的。”

川昱没回答了，何遇却突然反应过来：“之前我跟驰溪住的那家？”

他眯着眼睛说：“不知道。”

何遇乐了，偏头看了川昱一眼。

川昱无奈，笑着指了一下：“对面有家奶豆腐店，你饿不饿？我带你去吃一碗。”

“不去看车？”

“去。先吃饱肚子吧，不少这点儿工夫。”

何遇说“那好”，欢欢喜喜地下马了。

街道不宽，但今天赶上镇里的集市，人异常多。

有穿袍子的原住民，还有穿冲锋衣大摆裙的外地背包客。墨镜、旱烟枪、牛股簪、珍珠耳环、羊与吉普车……无数个风格迥异的元素在这儿并道而行，何遇下意识地往怀里摸了摸，才发现今天没带相机。

川昱问：“想拍照？”

她仰起脸，看到川昱牵着那匹红棕色的高马，说道：“不少这一张。”

奶豆腐店的门前垂着一道半米长的藏蓝色布帘，夏天遮阳用的，入冬也没拆。

何遇瞅准了门边的一张空桌子，猫腰进去，刚往长凳上跨了一条腿，一个小女孩飞蛾似的扑跑过来坐在了那张桌子上。

何遇说：“一起坐？”

小女孩抱着一只圆圆的陶碗怯生生地摇了摇头。

何遇皱眉，小女孩指了一下柜台边一个点单的妇女，像是怀孕了，肚子圆鼓鼓的。

川昱将马拴在门柱上，听到身边响起了两声脚步声，抬头愣了愣，问道：“你怎么出来了？”

何遇伸了个懒腰：“我听说不坐位置老板娘可以送一杯羊奶喝。”

川昱好笑，扭头看了一眼那张桌子上坐的人，说：“那是挺划算，你跟我来，我知道一个好地方。”

何遇跟着他走。

川昱先在柜台买了两碗奶豆腐脑，看了何遇一眼，又加了杯羊奶，而后领着何遇径直上了房。

小镇砖土平房居多，奶豆腐店的楼顶上架着两个干木杈做的晾衣杆，奶黄色的纱浆布在空中飘舞，映着隔壁旅馆悬下的红、蓝、黄艳色土染布，反而显得更白嫩好看。

川昱将碗递到她手上，何遇忙吸了一口。

川昱说：“别急，坐着喝。”

她已经吞下了极润滑的一块，看到川昱吹了吹一片地方招呼她：“来，过来。”

他们席地而坐，捧着温热的奶豆腐碗，看街上有小贩在叫卖大料和炒货、有老妪在推销自己编制的腰带、有马甩尾抽痒、有小羊咩咩叫……何遇吃了两口奶豆腐又准备去吸那杯羊奶。

川昱想起什么了，赶在她掏吸管之前，往杯子里插了一根草秆。

何遇看了看，比他原来摘给自己的粗了两倍不止。

她试着小口吸了一下，又叼到奶豆腐碗里，吸一口，也不堵。

“今天摘的？”

“嗯，给你捡簪子的时候。”

何遇盯着他看了一会儿。川昱说：“这个已经风干了，折断它不会对植株有什么影响，你勤晒一晒，用不坏。”

她叼着草秆在碗里搅了好一会儿，乍然从口袋里摸出了驰溪带给自己的吸管，抬手掷出去了好远。

川昱瞧了她一眼，笑了一下。

她知道他没那个意思，但就是高兴。

风从身后刮过来，头顶的纱浆布被刮得老高，川昱说：“吃吧，别凉了。”

何遇低头继续用那根草秆吸奶豆腐脑，心里说：凉不了。

从奶豆腐店吃完东西出来，何遇还将它握在手里玩。川昱牵着马走在边上，看她每隔一会儿就举起来看。

他好笑：“你揣在兜里，它又不会跑。”

“那可不一定，这么好用的东西，掉了全北京城也买不着。”

她说这句话时正研究草秆上那层麻黄色的韧皮。

川昱没说别的，指着街边的一家照相馆问她：“还想照相吗？可以跟他们借一下相机，拍完发给你自己。”

“算了，我用不惯别人的东西。”

川昱说：“那行，咱们去看车。”

何遇还是往那个小照相馆瞧了两眼，并不宽敞的店面前立着一块同样不显眼的招牌——旅游留影、证件快照、即拍即取。

何遇改了主意：“我们去看看。”

川昱笑了一句，调侃她是不是准备砸场子。

何遇挽着他的手回道：“是啊，后路我都想好了，我打不过你上，要是你也打不过咱俩就骑着马跑。”

川昱被她一本正经的说辞逗乐，由她拉着自己进去了。

“阿布、阿布……”

七八米外的一个糖果摊前，庆格尔泰举着一根裹满红糖浆的山楂果，趴在乌尼肩头冲照相馆门口招手。

乌尼回头，往照相馆方向看了看。

身旁的小贩握着找她的零钱叫她：“钱，钱您拿好。”

见叫了两声没反应，站在摊位前选货的另一个女人用手戳了乌尼一下。

乌尼回过神，看着眼前叼一根棒棒糖烫着酒红色长鬈发的女人确信自己不认识她。

女人笑了一下：“老板给你找钱呢。”

乌尼不好意思地点了一下头，接过零钱装进自己的布兜里。

女人顺势往乌尼方才出神的方向扫了一眼，嘴里舔糖的动作僵住了。

（三）

“怎么样？我们这儿的设备绝对是这片最好的，你看看墙上那些样片就知道，拍出来的效果没话说！”

照相馆的老板立在一旁拉生意，何遇站在门口往街面端着相机。

取景器里一个卖烟卷的小贩正蹲在货摊边吃着一碗面，没有问价的买主，他吃了两口便蹲挪到了太阳下。

这边照相馆的老板又说：“本来我们这儿是不租相机的，不过看样子姑娘你是外地人，嘿，好不容易来一趟是该拍几张好照片。这样，你要是诚心租，我一天算你三百块，不过你也知道，相机算是贵重物品，所以你得放点儿押金，我收你五千块，相机还回来之后，原数退给你，怎么样，够意思吧？”

何遇又往外挪了两步，架着相机对准了对面房顶上插着的两面白底蓝字酒旗。她将眼睛从取景器中挪开，看到酒旗映在屏幕里有明显的毛边，又将视线挪了回去。

老板以为她对这台相机不满意，又摆了摆手说：“别急，我这儿还有别的型号，别看我这儿小，广角镜头的啥都有的，去年三月份的时候，还接了两单旅拍婚纱照的活儿呢，这儿……”

川昱笑了笑，没说别的话，默默地陪着何遇试相机，无事可做，随意扫了两眼墙面上成片贴着的成品照，是否真是老板口中的样片不好说，但就只粗略过一遍的工夫，他就认出了好几个八九十年代的港星。

“川昱。”

站在门外的何遇突然放下相机叫了他一声，川昱正要扭头跟她说什么时，门外窜进了两个半高的小男孩。

他们穿着旧棉布袄子，红紫的脸，一人手上握着一把糖果哄抢追逐着。

何遇来不及闪避，脑袋稍大的那个孩子就已经撞上了她。

“噌”一声，相机从何遇的手里滑了下去，好在连接的肩带在她手里绕了两圈，并没有让相机真的落地。

她连忙将相机往回拉，另一个孩子却朝她这边追扑了过来。

见人和相机一起倒地，川昱一个迈步下蹲，将何遇稳稳地接在自己臂弯里，再要去捞相机时，已经听到了“咔嚓”声。

连接的肩带还攥在何遇手里，相机已经狠狠地砸在了店门口踏脚的石板上。

老板木了一下，两个孩子像是知道自己闯了大祸似的逃走了。

“小畜生，别让爷爷捉着你们俩……”

老板气急败坏地从店里摸了一把笤帚冲出来，孩子跑得太快追不着。他看了一眼何遇，好歹还剩个没跑的，依然朝街上骂了好一会儿脏话才消停。

川昱将何遇扶起来，看了看她额头，又检查了一下脚。

何遇摇头：“我没事。”

老板丢下了笤帚，将摔坏的相机捡起来，还没细看，一块碎片从蛛网样的镜头上掉了下来，心疼道：“啧啧啧，坏了坏了……”

“那两个小孩你认识吗？”何遇跨进屋里，语气淡然。

老板又急又气，单手举过头顶就差对天发誓了：“我要是认识那两个小鬼头，我能把他们家祖坟挖过来！砸人家吃饭的家伙，要断子绝孙的！这才买多久啊，唉，街上小鬼头窜来窜去的没个完，你要租相机，我就拿出来给你看，谁知道你跨出店门试个景就能碰上这种事……”

话里的意思谁都明白，事出意外，但老板认为，这个意外里除了那两个逃之夭夭的追闹小孩是“主凶”，何遇拿到街上试手感也该负一定的责任。川昱本想说什么，何遇朝他使了个眼色。

她觉得聒噪，用手掏了一下耳朵，直接说：“行了行了，我全数赔给你。”

老板的叫喊声立马停了下来，川昱看了她一眼，突然明白了。

何遇问：“说吧，赔多少？”

老板将何遇从上看到下，尽管不知道服装牌子，但也看得出她穿得比普通游客好，刚要报价又看了川昱一眼，想了想说：“这样吧，就按先前押金的数，一口价五千块，我也不算别的了，行吗？”

何遇从他手中接过相机，晃了晃，镜头碎片往下“簌簌”地掉，一边掉她一边说："佳能EOS750D，单反相机入门级，配的是18-135stm中长焦镜头，机身净重510克，2015年上市，看磨损程度，你买的时候应该比上市时间晚个一年半，但就算它是你昨天下单的新货，标价也就五千块钱了。你觉得你索赔的数目，合适吗？"

老板哑口无言，何遇将碎镜片抖干净了，仰头看了他一眼："给你一千八，当旧物回收了。"

"别啊！姐姐，旧不旧的总是我吃饭的家伙，你眼光准，再加点儿。"

何遇没说话，走到墙壁上贴样片的地方瞧起那些电脑合成的女港星图片来。

老板看了看川昱："兄弟，不是这……你说……"

川昱一本正经地回："我不说，我在家全听她的。"

老板无语了，又凑到了何遇跟前，讨价还价的话还没出口，何遇指着面板上一张蓝底的双人照问："拍这种多久能洗好？"

老板看了一眼："正常三天，加急马上，加急贵十块钱。"

见何遇皱了下眉，他尴尬地笑了笑："小地方照相馆生意不好做，为着糊口我闲着的时候还卖点儿……"

何遇对他的营生不感兴趣，取下那张小样片跟老板说："帮我们照这个拍一组，马上就要，加相机一共给你两千块。"

老板知道何遇不是主要过错方，自己的那台老相机确实也只值这个价了，右手握拳拍了一下左手掌，说道："行！那边有镜子，你们看要不要梳梳头什么的，我去换个背景布。"

何遇点头，川昱凑过来问："你要让他给你照相？"

何遇乍然笑了一下："你紧张？"

"紧张什么？"

“跟我照相。”

他舔了下嘴唇：“这有什么好紧张的？”

何遇便回：“你答应了。”

川昱皱了下眉，看着她脸上又露出了那种带点儿坏且扬扬得意的笑来。

有的女人擅长温柔，有的女人擅长高冷，但川昱认为，何遇擅长坏。她坏起来鲜活且有情趣，能将这个字的贬义逆转为一种超脱褒义且让人上瘾的东西。

两人并排站在镜头前，照相馆老板端起相机瞄了两下后还是放下了：“哥们，看镜头，媳妇拍完一准儿还在的。”

何遇像是没听到这个称呼，单手捋了一下鬓边的头发，侧过脸见川昱脸上的神情前所未有的温和。

她兴致起来了，将原本捞住他的手偷偷伸到腰后隔衣抚了两下他的脊柱。

川昱神经一紧，何遇上一次摸这儿是在马背上吻他，再上一次，是在他的卫生间里试用新装的淋浴……特定的动作，条件反射似的总能勾起他特定的回想，而这一次十分暧昧。

他眉心微微皱紧，像是聚精会神地在用意念捉她那只不安分的小手。“咔”一声，照相馆老板按下了快门键。

“唉，动了，好像太严肃了一点儿，没事没事，重拍一张吧。”

“我看看。”何遇走到老板跟前，显示器里是很简单的蓝背和两张没有任何化妆品修饰的脸，并排站在一起时，川昱要比她高半个头，同样的站姿，一个脸上有几分狡黠，一个却十分严肃。

“挺好的，就这个。”她接过相机拿给川昱看，他也点了头。

老板麻利地打印了相片给她，何遇接过给他转了账，拿上那台坏相机走到门口时又回头说：“这个，有人问起的话就说是我自己带过来的，懂？”

老板心想谁会闲得无聊问这种东西，脑袋却已经点了点，等他回过神来的时候，门口已经没人了。

“奇怪。”他嘀咕了一句，坐在门廊下盯着手机收款页面数了起来：“个、十、百，嘿，小两千。”

“小老板，什么生意这么赚钱啊？”

“关你屁——”

话还没说完，一个戴着遮阳帽的女人和一个墨镜男出现在了照相馆门前。

一见来了生意，老板立马从门廊上站起来，抬手拍了拍自己的嘴：“嘿，顺口接的话别介意，这不，前两天接的一个旅拍的活儿今天付了尾款，本来一千八，我拍得好看人家还多给我两百。怎么样，两位是拍证件照，还是拍点儿什么呀？”

墨镜男没作声，径直走进屋里拿起了老板刚用过的那台相机。

新东西，不比那台旧货砸了赔两千反而赚，老板心疼得紧，赶紧窜过去握住相机肩带说：“对不住，兄弟，店里只拍照不租相机。”

墨镜男没撒手，手臂上的肌肉应激般鼓了起来。

女人笑了一声，蛇尾似的手绕上了墨镜男的手臂，嗲声嗲气地跟老板说：“刚才我还看到有人来租了呢，怎么我们就不行了？放心，钱少不了你的。”

老板抿了下唇，低眸扫了男人的手一眼，同样是布满厚实均匀的茧，但分布位置告诉他这手绝对跟玩摄影没关系。

“哪能啊，天地良心，我这儿从来就不做这个生意，刚才？你说骑马来的那俩？她在我门口拍对面的景，结果被街上的皮孩儿碰坏了，她进来问我认不认得是谁家的孩子，那相机是她自己的。”

女人问：“真的？”

老板还没答，墨镜男便沉着嗓子咳了一声。

女人随即一脸刚才只是随便问问的表情叹了口气：“好吧，不能租就算了，真没劲。”

老板后知后觉地回：“真的，你们是来这边徒步旅游的吧？我这儿有蒙古族民族服饰出租，姑娘你这头发染得好，穿个民族服饰拍照肯定好看，不然我这儿还可以……”

他转身放了相机，拿两张游客照样片的工夫，女人已经拉着墨镜男走了。

他舒了口气，走到门口瞅了瞅过往的行人，又将门口的招牌往街上摆了摆，嘀咕了一句：“今天净遇到些什么人呀。”

（四）

离开照相馆后，川昱问道：“你觉得是有人故意的？”

“说不好，我本来以为那两个小孩是配合照相馆老板讹钱的，可压到一千八的时候他也没说什么。虽然这台相机是个平价旧货，但我试用过，感光什么的都没问题，给个两千，不亏也没什么赚头。”

何遇骑在马上抱着那台旧相机，任由川昱牵着在街道上走，又继续说道：“可要说是意外……”

川昱分析：“不是意外，第二个小孩就是瞄着你的相机撞的，当地经济不景气，没人会一次性给自家孩子买那么一大把糖的。”

何遇皱了下眉：“你是说有人用糖哄了那两个小孩专程来撞我的？”

川昱点头：“有这个可能。”

“图什么呢？”何遇想不通，川昱一时也没有什么头绪，只是抓紧了马缰往车行的方向走。

才过第一个拐弯口，川昱被乌尼叫住了。

“昱哥。”

何遇先抬头，看见乌尼穿了一件桃红色的袍子站在路口冲这边招手。

袍子的领口绣了花样，崭新的绣线在阳光下闪光。

乌尼抱着孩子向两人招呼：“好不容易来一趟，我做饭了，吃一点儿再走吧。”

她满眼都看着川昱，何遇不方便搭腔。

川昱抬手回应了乌尼一声，扭头问何遇：“你饿吗？”

何遇眯了下眼，看到庆格尔泰正舔着一颗小棍撑起的红糖球，点头说：“饿啊。”

川昱“嗯”了一声，牵着马朝乌尼走过去了。

马蹄停在杂货店门口，何遇准备翻身下来，川昱将手一抬，巧妙地撑住她屁股给挡了回去。

乌尼没留意到这个小动作，只说：“刚买了羊肉，家里还有点儿香叶和干笋子，炖着吃点儿再走吧。”

川昱什么也没说，伸手将庆格尔泰抱在怀里掂了掂。

乌尼笑道：“又重了不少呢。”

川昱将孩子的小手小脚都细细看了一遍：“是长大了不少，我量量。”

乌尼说好，脸上红彤彤的。

川昱自顾自地用手比了比孩子的身架，又跟乌尼聊起辛干的近况来。

马缰还挽在川昱手里，何遇下不来也走不了，被迫听着他们的“天伦之乐”。

她抬了抬脚，轻踏在马肚子上。

马蹄原地踏了几步，鼻腔里发出“哧哧”的声响，何遇这才张开手臂跟庆格尔泰说：“来，姐姐抱。”

川昱好笑，将孩子揽紧在自己怀里，逗着庆格尔泰跟何遇说：“姐姐？你听他管我叫哥吗？乖，叫她婶婶。”

孩子平白笑了一声，举着手上的糖果叫：“婶婶！”

何遇没说话，乌尼脸上的笑意立马沉了不少。

川昱权当没看见，一边将孩子归还给乌尼，一边说：“何遇手生，笨手笨脚的不会抱，别把孩子摔了。”

“谁笨手笨脚了？”何遇顺嘴接了一句。川昱笑了一声，一下跨上马毫不避讳地在她腰上掐了一把。

何遇吃痛地皱了下眉，回到乌尼怀里的庆格尔泰望着川昱不舍地叫了两句“阿布阿布”，还递给他一颗糖果。

川昱接了没应声，乌尼轻捂住了孩子的嘴，笑斥道：“傻孩子，叫叔叔。”

孩子没转过弯来，依旧“阿布阿布”地叫。

川昱如常地笑了一下，拽紧马缰解释说：“今天买了车还有些要紧事办，刚才在前面店里吃了两碗奶豆腐，下次叫上辛干再来蹭饭吧。”

乌尼依旧温温润润地笑着，看了一眼何遇，说了声“你们忙”，便没再留人了。

骑马从杂货店门口往车行走的小道上人很多，没有川昱在下面牵着，马匹走在人群里步态更加慢悠。

离开五十来米后，何遇淡淡地说：“我还想吃炖羊肉呢。”

川昱闻言用下巴狠狠撞了下她的头。

何遇吃痛，身子往前缩了一下，他拽着她的胳膊将她扶正：“得了便宜还卖乖。”

“我得什么便宜了？”

他不说话，只低着眸看她。

对视了许久，何遇突然仰头笑了一声，抬手抚上他的脸摸了下：“你每次拒绝女人都用装傻充愣这一招的吗，三哥？”

川昱知道她一准儿是从哪儿听来了这个称呼由来，没有反驳，趁她的小拇指触过自己的唇边时，含住轻咬了一口。

“像什么？”何遇忍着微微的痛问。

“像啃鸡爪子。”

她将手抽回去，遮了下迎面照来的阳光，没好气地说：“前面人多，你下去牵着我走。”

川昱好笑：“生气了？”

“没有。”

“那不错，我们这儿女人脾气不好要被卖了换驴的。”

他翻身下马，何遇嘀咕了一句：“那你跟驴睡去。”

川昱抿着笑看了她一眼，何遇蹬了一下脚蹬学着他的声音驱马：“驾。”

小镇上一共就两条街，旅馆、食铺、日用店……各个门面都小而紧凑，唯独最南边的车行，占地面积大不说，连配件区都专门做了分类。

预算明明白白，先前队里的人来看过许多次，两人刚走到车行，一个师傅看到川昱便过来招呼他。

川昱看了一眼马上的何遇，给师傅打了个“稍等”的手势后，将马牵到了阴凉处。

何遇伸手，他将她扶下来：“我去后面看车，你在这儿歇会儿。”

“不用我去帮你看看？”

“汽油多，脏。”

何遇还想说什么，接待看车的师傅又叫了一声。

川昱往后面走，没走两步又往回迈，说道：“对了，这个给你。”

何遇伸手接住，小小的一粒，裹着蓝白色的包装纸。

何遇一拨：“奶糖？”

川昱擦了一把额上的薄汗，闷着声音说：“嗯，刚刚尔泰给的，你吃吧。”

“不拿我换驴了，三哥？”何遇勾唇一笑，笑他拿自己当孩子哄。

川昱听到这称呼莫名又笑了一声：“喂胖了再换。”

何遇觉得这句话顶浪漫，剥开包装将糖果含进了嘴里。

极单一的甜、十分廉价的香精味。她用手梳理着马鬃自己玩了一会儿。

不远处川昱和师傅聊着什么，听不清话，但能清楚地看到他上下滚动的喉结。

她看着他，舌尖抚舐在糖块上，人看不厌的，糖块却越来越小。快要吃没了的时候，她伸了个懒腰，散步似的四处走动。

“你看看这漆，都是用的最好的，防剐防蹭。”

“不用漂亮，有没有空间大一点儿的，平时装点儿工具方便。”

“那看看这辆，两排座的标准小货车，你买免费送雨棚布，都是加厚的，能防寒，队里采购个蔬菜什么的也方便。”

“那辆，打开车门看看。”

“行。”

川昱爬上驾驶室试了一把手感，问：“这个多少钱？”

师傅给他比了个数，介绍道：“这个算是最符合你要求的了，不过价格上确实压不下来，我给别人最少都是这个数。”

他又打了个手势，川昱抿了下嘴。

师傅又说：“这样，你看看这辆，就小一点儿，车顶加根固定绳也能装东西。”

“那不稳，工具漏不得，还是之前那辆吧，不过……”

话没说完，何遇大声喊起了川昱的名字。

他扭头，发现是马不知怎的脱了缰绳，正朝着车行外踱去。

他顾不上别的，跟何遇交代了一句“在这儿等我”后连忙追了出去。

老马跑得并不算快，再加上川昱身手好，只追了一个拐角，他便重新捞住了马缰。

川昱顺着马鬃理了理老马的毛，老马发出“呼哧呼哧”两声轻哼，发现马的情绪很稳定。

不是受惊挣脱，那就是有人故意放开的。他正纳闷地往回走，见一辆马力强劲的小货车从车行门口驶了出来，好巧不巧，正是他方才看中的那辆。

他一皱眉，心想转手卖也不该这样快。

车子在他身边稳稳地停住了，他朝驾驶室看了一眼，里面的人也探出头来。

何遇清了清嗓子：“上车。”

（五）

稳健的车型跟何遇此时故意装酷的脸十分相配。

川昱拉紧了马缰：“你买的？”

何遇撤到副驾驶，将手架在车窗上撑着脑袋：“对呀。”

川昱蹙了蹙眉。

后开出来的一辆拖拉机按了两下喇叭，川昱将马赶上车斗，自己拉开车门，坐到了驾驶室里。

从车行开出一百来米后，有块平地，川昱选了个靠边的地方停下来。

何遇将头探出去看了看车后：“马摔下去了？”

川昱摇头，沉默了片刻问她：“我们在后面说话，你听到了？”

“听到了。”何遇如实回答。

川昱抿了下唇，双手从方向盘上撤下来，一本正经地看着她。

还没开口，何遇就知道他要说什么，一下子倾身过去对他讲：“川昱，我不是外人。”

他垂眸：“我没拿你当外人。”

“那这辆车花的是我的钱或是你的钱就没什么好分的。”

“这不一样。”

“有什么不一样？你需要的地方，我希望我都能帮忙。”

她说得认真，一贯云淡风轻的眼神里透着一股子蛮劲儿。

川昱浅浅地勾了下嘴角，一只大手忍不住放在了她头上：“何遇，你要是我，听自己的女人说这样的话会感到羞愧的。”

何遇眨了一下眼。

川昱接着说：“队里买东西事先都有预算的，上面的补贴加上我们自己凑的一些杂七杂八的钱，能买一辆够用的二手车了。”

他怕她以为自己见外，顿了顿又补充道："我只是暂时没带这么多，想跟老板商量，让他把车给我留着，过两天我把之前那辆报废车弄过来算报废车抵给他补这个差价，那上面的铁皮可以做废品回收，能用的零件拆下来也不少。何遇，我不用花你的钱。"

何遇想了一下："那算我借你的，那辆旧车处理完之后你还我。"

她的头发被他摸乱了，站在后车斗里的老马无聊地"嘘"了一声。

何遇小声道："非得再开回去吗？车行有个伙计看我的眼神色眯眯的。"

她不擅长演戏，说谎的时候睫毛一个劲儿眨。

川昱点头："行，处理完之后我补给你。"

何遇笑了，从衣兜里掏出先前拍的那张合照，粘在驾驶台上极明显的地方，一本正经地跟他讲："我只有这一张相片，只要你没给我结清账，这车就有一部分是我的，队里开着它干什么，我的照片都代我坐在上头，你不许扯了。"

川昱说好，将车重新开回了道上。

避过赶集的人群后车辆提速，很快驶离了镇上。

道路两边有黄沙，有入秋金色的草秆，有浮动的白云与石块边有些露红的干苔藓……

何遇盯着道上看，大半个小时后才偏头问："这不是回驻地的路吧？"

川昱揣着明白装糊涂："怎么不是？"

"石头和草垛长得不太一样。"

川昱笑了一下："你记得了？"

她抿嘴，脸上露出一丝绯红，看着他没说话。

川昱突然重重地按了一下喇叭，说："你借钱给我们买车，出于礼貌，我也得贿赂你一下。”

何遇勾着嘴角，饶有深意地问：“哪方面的贿赂？”

川昱看着她：“你思想不健康。”

“我什么也没说，你就猜到了，到底是谁思想不健康了？”

她说话时唇缝间露一点儿桃色的舌头，性感，又不轻佻。

川昱无话可说，只将车子往沙道一边的野地拐去。

天高地阔，轮胎碾压在细沙之间有种“嘶嘶”的声响，像风，像肌理亲密的抚蹭。

他说开窗，何遇便将窗子打开。

“轰”一声，午后干燥的风息从两侧的车窗灌入，风声如野兽嘶吼。

两边的景物逐渐变得有些模糊，像一串剪影，震荡着，不太分明，只留下一个黄色的印象在她脑海中里。

何遇问：“前面有什么？”

川昱大声回答：“你自己看。”

车的速度依旧很快，何遇抓紧右上角的拉手，待了这么久，没有一次像今天这样将车开得任意无拘。

不久，车速慢了下来。

川昱拉开车门：“到了。”

何遇从副驾驶下车，风将她的头发吹散了。

她走到他身边朝四处望，满目黄沙，没有一点儿杂物。

何遇问：“以前没见过，这是沙漠？”

川昱将手递给何遇，拉上她，爬上一座沙丘。

待到两人站稳在制高点喘匀了气，他才别过头说：“以后不是。”

何遇皱了下眉，很快又舒缓下去。她拉着他的手，看着他侧脸俊朗的弧线。两人只是并肩站着，她却平白觉得安稳舒适。

他将自己下一步的打算明明白白告诉她了。

何遇笑了一声：“我喜欢干燥的地方，不过，我想这儿以后会很漂亮。”

他没有别的话，目光盯着很远的地方，捏了一下她的手。

很重，弄疼了她，她知道，他舍不得她。

这样的动作维持了许久之后，何遇主动开口说：“明天，我准备明天就回北京去。”

川昱转身：“我知道。”

“知道还站着？”她突然一脸认真地反问。

川昱抿了下发干的嘴唇，她挣脱他的手重重地推了他一把。

沙丘不高，绵软松散的坡面也算不上陡峭，川昱摔在了地上，刚要爬起，何遇扑了过来。他抱着她，她也抱着他，从沙丘最顶端一直往丘下的一块平地上滚。

头发、衣服、裤子、鞋……四处都被灌入的细沙蹭得发痒。

她不觉得硌应，将手从他外套的边缘伸进里层挨肉的地方。

川昱说：“这儿不好。”

她将手又往里探了两寸：“天高地阔，你在，我在，不能更好。”

又一道翻滚，川昱欺身撑在何遇身上，她睁着眼睛看他，肆无忌惮地笑。

许久，川昱低头深深地吻了她。

蓝天、烈阳、车斗里枯站的老马。

两人在沙地里肆无忌惮地欢好，缠绵的声音消在风里，飘去很远很远的地方。

何遇说自己喜欢干燥，将手搭在他健硕挺直的脊背上。

川昱一边抚摸她、亲吻她，一边说：“北京天气清明时，我一切无恙。如果哪天起了风沙，你记着，我一定在现在这个地方，打竖井、埋水管、播草种……好好的。”

何遇想了很久，吻了吻他手臂上那道指甲抓出来的疤：“川昱，我不会让自己想念你的。”

第十章
我会来找你，不管在哪儿

（一）

北京。

何遇的车停在南河沿大街十字路口的时候，一个背着小提琴琴盒的小女孩盯着她车盖上刮花的一串数字发呆。

何遇轻按了一下喇叭，小女孩的母亲牵着她急匆匆地从斑马线上往东安门遗址一侧走了。

红灯，还剩七秒。

何遇拿起手机给川昱拍了张照，一个立牌上画着一个指向右前方的标记，下面用中英文各注明了一遍——普度寺大殿。

指示灯变绿，何遇的手机振动起来。

是电话，她看了一眼来电人，接通了将手机放在驾驶台上。

助理 Kevin 寒暄了两句，她问：“今天天气怎么样？我在开车没开窗。”

Kevin 愣了一会儿，回答：“北京的天儿有好的时候？要命，人家刚做了两个疗程的嫩肤就起了风沙，皮都糙了。等这阵儿忙完，我准备去……”

何遇无心听他下一步的计划，脑子里浮出了川昱打竖井、埋水管、播草种的画面，侧脸冷峻，身线硬朗……

“这边准备得差不多了，遇，你什么过来看看？”

Kevin 突然正色在电话里问她。

何遇回过神，提速开车直直地从普度寺的标牌下驶过：“地址。”

“朝阳区崔各……”

“发给我。”

“好，要不要给你准备点儿喝的？”

何遇说不用，利落地挂断了电话。

越野车停入展馆的地下停车场时，已经下午六点了。

她停的位置偏了一点儿，等在电梯口的助理没有注意。何遇下车，掏出手机看了看，多了一条信息。

发件时间就在前两分钟，仅在提示栏里就能看到全部内容，川昱只回复了一个字——好。

何遇触了两下屏幕，猜测川昱站在沙丘上，抿着有些发干的嘴唇，像雕像一般编辑给她发的消息。

辛干会问：“三哥，是发生什么事了吗？”

川昱会一本正经地回：“没，我就看个时间。”

何遇平白轻笑了一声。

“遇！这边！”

Kevin 顺着声音看到了她，隔着一排车向她招手。

何遇点头示意，脚步还没挪动，电梯口一辆小跑车窜出了一个头。

从前拒绝了一次邀请不认得，现在再遇见，算半个熟人。

林夏亦从车里下来，七厘米的细高跟蹬得婀娜多姿，小腿上还装饰着一截提范儿的绸巾。

何遇停下了脚步，平淡地说：“我以为你在上海。”

林夏亦礼貌地笑了笑，眼里却隐隐带着一种敌意：“挺巧，我以为你还在内蒙。”

“我是北京人。”何遇轻描淡写。

“何遇……”

这句话之后没有下文，林夏亦像是早已准备好了说什么，却被何遇一个顺其自然的北京人打断了思路。

何遇没有再接话，倒是Kevin走了过来社交感极强地捞了一下林夏亦的手：“是林老师啊，你们这期的杂志封面我看到了，色彩感与细节反差都很饱满，很有您一贯的风格呢。”

林夏亦应付了两句，Kevin适时抛出了一张展会邀请卡：“听说您接下来还会在北京待上一段时间，有空的话，过来看看？上次因为档期没能跟您合作，我一直觉得遗憾。”

Kevin语气热诚、态度亲善，林夏亦接过展会邀请卡看了何遇一眼。

何遇微微颔首：“欢迎。”

她刚收下，Kevin随口与何遇谈起了现场布置的一些小事，林夏亦重新钻回了车里。

Kevin引着何遇上了电梯，门一合，就朝着精妆巧修的脸扇了扇风，说道：“她也算是完了，本来在导演方面就没什么天分，拍过两部纪录片也不温不火的，这次还伤了腿留了疤，气质是还可以啦，但现在人都二十五六了，在模特界都该算妇女了吧，再做手术遮盖，又哪里有那些年轻妹妹的自然肌光滑呢。等她恢复了，T台上早就换血了，遇，你说是吧？”

何遇没接话，反而问：“你上次说展馆最大能容纳多少人？”

Kevin 收起了那副“婊里婊气”的闲话样将手机上的场地数据展示给她看。

何遇研究了一下，跟他说：“按上次的放票量翻一番吧。”

Kevin 双眼放光：“遇，你比林夏亦聪明太多，即便是艺术，也有最佳吸金的时候。”

何遇嘴角一勾，接着说：“票价下调百分之六十。”

“遇，这买卖可就不划算了，百分之……”

“北京的风沙天气你见腻味了，别人也一样，难得有几个好天气，总该让大家知道该感谢谁吧。听我的，下调票价，不过在巡展的站点上你可以多增加几站，你的碗，只会更满。”

Kevin 毫不避讳地盘算了一番，继而搭上她的肩：“聪明啊！现在的市场可就需要这个，越亲民的票价越好往公益宣传上造势。人美才高的青年摄影师加上心系边地绿化的大招牌，遇，你一定会红到发紫的。”

何遇没这么想，但懒得跟他解释，只顺道提了一嘴：“如果有记者想问什么，你知道该怎么做。”

Kevin 拍着并不挺拔的胸脯保证：“放心，我会替你妥善拒绝，绝不会有人说你耍大牌的。”

何遇沉默，掏出那支刻刀造型的铬锻簪将头发重新盘了盘。电梯门重新开启那刻，她回头冲 Kevin 极淡地笑了一下。

“麻烦把陈列的布局图给我看看。”

何遇说着，大踏步地迈向展厅，利落地走入了施工的人员当中。

Kevin 依旧愣愣地站在电梯里，好一会儿才明白她的意思，提臀翘唇一笑，喃喃道：“浑善达克？世界上还有这样的好地方？”

（二）

浑善达克沙地中部。

二月的飞雪将所有的景致融为一色，乌斯固沙小队才刷好新漆的牌子被积雪掩了一半，为了保暖马厩裹上了三面的尼龙布，一辆小货车停在院子中央，车窗上结了雾蒙蒙的白霜。

川昱裹着一件深绿色的毛夹袄坐在车边的一条矮凳上，屈着身体，叼着一根草秆。

一个鸡蛋大小的雪球从房顶掷下来，落在肩上，他将口中的草秆拿下，过两秒折去一段又放进嘴里叼着。

“三哥，三哥……”

辛干在屋顶上喊。

老张在他喊第三声时打断了他：“算了，小辛干，我跟你一伙儿咋样？”

“张叔你也玩？”

辛干偏了偏头，躲过了眼镜从围房后偷掷过来的雪团。

老张差点儿被砸中，随手团了一捧雪依样抛了回去。两秒之后“啪”的一声响，随后眼镜说了一句：“嘿，没打着，垃圾，嘿嘿……”

正在这时，老张麻利地朝着声源丢了第二个雪丸。

眼镜的笑声还没在围房里消尽，就听着“哎呀”一声叫唤：“好啊！还玩‘抛雪引头’！哼，腮帮子都给我砸肿喽。洋金，瞄准屋顶，我们给他们来个四面雪球、神仙散花……”

“为什么是神仙？我记得你们中国话里有个词是说‘仙女散花’，为什么到了你这儿……”

“闭嘴！干就完事！”

听着另一方的动静，老张笑了一声，伏低身子问辛干：“准头咋样？”

辛干连连点头，用红而细的手给老张比了个大拇指。

“嗖嗖嗖”几个雪球从围房上飞过，川昱呵了一口气，起身拍了拍肩上的残雪走进了屋里。

桌子上摊着一张地形图和一本笔记，离回暖的时间还长，草种补种的位置点以及详细的工作计划却已经做得十分细致了。

川昱随手将毛夹袄脱下搁在长凳上，搓了搓手，往炉子里添了几块牛粪。

播种类型、面积……他再三确认。

水笔画了一个道，圈在了原来写着“沙棘”的位置上，川昱想了想，在原来草种五包的数值边打了个问号。

“嗡——”一声，手机响。

他点开，是一条年底话费充值的优惠信息。

他点了删除没两秒，又弹出了几条标题党意味十足的推送。

“11岁女孩发现《西游记》400年来未发现的漏洞。”

“女儿上耶鲁，儿子上清华，这位妈妈的教育方法太绝了。”

……

川昱一边在脑海中估算着面积，一边滑掉手机上的垃圾信息，刚得出得用六包草种才够量的结论时，瞥见了最后一条当日热点新闻——《风息》人像展即将登陆呼和浩特，摄像师何遇北京首次专访直播。

他放下笔，指腹在那条消息上停留了片刻，还是忍不住点了进去。

两人的对话框还停留在两个半月前的一次转账记录，他将车钱给她，她收款回复了一个“嗯。”

几近一个季度，各自忙碌再没说过别的话。

即便那张贴在车头的合照被他挪到了房中的相框里，再一次在手机上见到何遇时，川昱还是愣了一下。

白色的半高领上衣下搭着一件极具质感的墨绿色丝绒长裙，叶眉淡妆，全身只在耳朵上装饰了一副刚好盖过耳垂的银色耳环，典雅高贵，淡泊到有些冷漠的一张脸使她在镜头中看上去更像一幅收藏价值颇高的油画。

对面的一个记者问道："您的展览很少在南方省份选址，但我留意到这次《风息》巡展中增加了四川成都这一站，请问这其中有什么特别的原因吗？还有，这个站点您本人会亲自过去吗？"

何遇想了一下："当然，我会在每一场展览跟大家见面，至于四川站……"

"请问是跟您的成长经历有关吗？"记者忍不住插了嘴，何遇皱了下眉，记者迅速意识到无论问题如何自己插话的行为都十分失礼，连忙诚挚地说了句抱歉。

她的眉毛依旧皱，原本一脸坦然认真的记者开始紧张起来。

川昱隔着屏幕却轻笑了一句："她没生气，在思考呢。"

镜头前气氛尴尬了三秒，何遇鼻翼微张舒了一口气，说道："有关的，我原籍四川凉山，被现在的父母收养后才迁居北京，能从那次山洪中逃生，跟这次展览中的一个人有关。所以我希望，将展览带去我们相遇的地方，算是一种纪念吧。"

"男朋友？"

"不是。"她回答的时候甚至没有半分迟疑，川昱听到后眉心动了一下。这一边记者接着问："是哪一张人像？有什么故事可以跟大家分享吗？"

何遇微微笑了一下："这个答案，我希望你们能够自己去《风息》中寻找，事先因为外部因素对某一张照片过分关注，会影响展会观感的。”

她语气温和，透过镜头的眼神却有种不容窥探的禁秘感。

记者点头，继而抛出了下一个问题。

门外的落雪声愈发清晰，川昱默不作声地将手机音量调大了两格。

眼镜追着辛干在院子里“恶战”，辛干连中三个雪球脚下一滑跌，“哐”一声撞开了川昱的房门。

视频没来得及关掉，正好这时何遇轻细的嗓音说了句：“是的。”

辛干一愣，从地上爬起来拍了拍头上的雪花蹿到川昱身边瞧了瞧：“这不是何遇姐吗？哇！她这么穿真好看！”

眼镜也跟着蹿了过来，川昱没法，索性将手机给了他们：“嗯，你们看吧，我肚子饿了，去厨房找点儿吃的。”

辛干问：“三哥，你不看了？”

“不看了，你们看完赶紧关掉，省点儿流量。”

辛干拿着手机放也不好不放也不好，川昱已经走出房间了。

接下来记者问的都是一些摄影相关的专业问题，辛干和眼镜听不明白，只对着何遇的影像盯看了好一会儿。

辛干擤了擤发红的鼻子问眼镜：“你说何遇姐现在在干啥呀？”

眼镜看着手机，指了指视频右上角的字样说：“跟我们看到的一样，这是直播，你晓得吧？就是那边在干什么，我们就直接看到什么，跟电视不一样。”

辛干点头，看了厨房方向一眼后接着问：“何遇姐还会回来吗？”

眼镜接过手机连忙轻捂了一下他的嘴，掩了掩房门说：“嘘嘘！”

“会吗？”辛干小声重复。

眼镜叹了一口气："都快三个月了，你看她给三哥打过电话？"

辛干摇头。

"发过信息、连过视频电话不？"

辛干又摇头。

眼镜咬了下嘴唇上的干皮："那不得了，明天就是除夕，连你三哥上次接生的那羊崽子都来队里打了个照面，何遇这儿还没半点消息，多半啊，就这么断了。也是，这里又苦，你三哥还老欺负人家，总不能叫她一个大姑娘穿得十分讲究地跟着我们挖沙吧？"

辛干想了想，关掉流量前将那个直播网址点了收藏，抬头看了眼镜好一会儿，说："你拿何遇姐跟羊崽子比，我回头要告诉她。"

眼镜眼睛一瞥："你小子是不是不会抓重点，我说那羊崽子是做个比较，意思是说……"

"反正你说羊崽子比她好了，我听见了。"

"哎，你个挑拨离间的小玩意儿。"

放下手机，两人很快又追追打打窜出了房子。

从厨房嚼着干饼出来的川昱被误糊了一脸雪，他抹了一把左边眉骨上的雪花，一边捋袖子，一边说："好啊！你们俩别跑，今天不把你们埋成雪人我这个队长就白干了。"

辛干："眼镜丢的！三哥，不关我事！"

眼镜："滚滚滚，放屁，队长，不是我干的，是洋金，他从房顶上扔的，我看到了。"

尤金："Are you kidding me?"（你在开玩笑吗？）

（三）

"辛苦了。"

“何老师辛苦了。”

……

专访结束，何遇在一旁的水吧给自己倒了一杯 Chivas。白皙的指节握着蜜糖色的高脚杯，她盯着酒瓶里的液体看了两秒，从随身的小包里掏出一根棕黑的草秆来。

推开包厢大门，外面是宽敞的主展厅。

展厅里是暖黄色调，粗犷自然的装修线条……细细准备了十一周，从展框到布景设计，无一不恰到好处。

一对外籍摄影师立在一张特写前评论：“Her eyes were as warm as the sun.”（她的目光像太阳一样温暖。）

“Yes, it's fascinating.”（的确，太迷人了。）

何遇侧了侧身子，对着墙壁上乌尼的影像轻举了一下杯，醇香的酒水顺着草秆内壁滑进喉咙里，细腻，也刺激。

她从那对摄影师背后走过，大厅中央设置了一个风化石造型的休息小吧，有人向何遇招了手。

何遇走过去，没急着打招呼，而是选了个平整的地方放自己的酒杯。

林夏亦瞥了她一眼，指着不远处乌尼的特写说：“那个女人喜欢川昱？”

何遇回：“大概吧。”

林夏亦的目光再次挪回何遇略高的颧骨上，迎着灯，上面有一层冷冷的光。她笑了一下：“我离开那天路过了她的小铺子，买了点儿东西，听说我们从乌斯固沙小队来，她问起了你。”

何遇“哦”了一声，慵懒地抬手向站在大厅另一边的一个熟人招呼示意。

男人有些惊喜地点头回礼，见何遇身边还有人，便也只是微笑着继续将目光投入到展品中。

“他姓李。”何遇淡淡的，也没看人，似乎在谈论今天的天气。

林夏亦白了何遇一眼：“谁不认识他啊，业界最有名的整形医生，一号难求，医学世家出身，标准的钻石男。”

林夏亦说这话时有腔有调，虽然不算刻薄，但何遇明白她在暗指什么东西。

在外界品评自己的那些劲爆八卦里，李医生也算个熟面孔，送名表豪车、买她出生同年的所有奢侈品包求爱……不胜枚举。

何遇不在乎，端起酒杯轻轻吸了一口，说：“认识就好。”

林夏亦看了看她的脸，又将目光挪到了展厅正中央的墙面，那儿用沙砾较为写意地拼了这场人像摄影展的标题“风息”，再往后，是一个嵌进墙体里的“遇”字落款。

林夏亦轻笑了一声：“那个女人没你有品位会打扮，争不过你理所当然。”

何遇点头：“只说这点的话，大部分女人都没有。”

“何遇，”林夏亦闷闷地叫了她一声，发狠似的抽出了她酒杯里的草秆在手中折断，“我跟你比，输的大概就是手段。”

何遇不怒，将头转过去看了她一眼。

林夏亦气不过，沉着嗓子对她说：“人用完了说扔就扔，回来了还要借他圈钱圈名，你还真是比我想象的厉害，你对每个对你鬼迷心窍的男人都这样吗？”

她这话问得刻薄，何遇却抿嘴认真地思考了一下，说：“不是。”

“那你就该……”

“对我鬼迷心窍的男人太多，仔细来说，我喜欢身材好而且……”

何遇脸上的神色没有任何变化，略高的颧骨依旧静静地透着一种生冷的古典美。

林夏亦被何遇这副漫不经心的样子刺激到，一把抓住了她的肩膀。

“女士，请放手。”

“您累了，请让我们扶您出去休息。”

现场两位安保人员及时赶了过来，一左一右看似帮助地将林夏亦架了出去。

体面场合，她没有挣扎叫唤，而是昂首回头冲何遇极轻蔑地笑了一下。

Kevin 刚与专访结束的记者沟通完，从偏门赶回展馆中央的休息小吧。

他看了一眼林夏亦的背影问：“遇，你没事吧？”

何遇从包里掏出另一根草秆插进酒杯里，慢条斯理地吸了一口：“我像有事？对了，绿化基金会捐款筹备好了吗？”

见她依旧是那副淡淡的样子，Kevin 这才翘着尾指抚了两下自己的心口跟她说：“我办事你还不放心？”

何遇不置可否。

他一笑，立马转了话锋：“亲爱的，你知道吗，刚才的专访里，你真是迷死人了。”

“直说吧。”

“三个月前你人还在浑善达克的时候，我替你接了一个提名通知。前段时间你全心全意扑在摄影展上我没说，这会儿空闲下来，正好。”Kevin 适时将口袋里早已准备好的烫金邀请函掏出来，颁奖时间就在明晚。

何遇扫了一眼：“名头不小。”

Kevin 笑逐颜开：“以你之前的作品再加上《风息》现在的影响力，这个奖你十拿九稳。”

她没回答，这些年的国际奖项拿得太多。

“遇，这是个好机会，过硬的实力，更多的曝光度，更大的名气，对任何一个摄影师来说都是一种荣耀，伯父伯母也会……”

何遇看了一下时间，听倦了，交代 Kevin 将邀请函送去她家里。

Kevin 说好，笑出了少女的暖意，何遇随口夸了他一句：“皮肤不错。”

“真的？”Kevin 受宠若惊，“最近人家每天都有好好保养，给我做医美的那个医生以前跟过李医生的，她的手法……”

何遇没听完，从小吧处找了一张便笺纸写了个电话交给 Kevin。

他拿在手里看了看：“这个……”

“是李医生的号码，回头取五万块钱连带这个帮我一起转交给林夏亦，让她打通了就说是我介绍的。至于钱，你告诉她原本就是她十月份落下的就行了。”

Kevin 不懂：“宝贝，你是想让李泽瑞给林夏亦治腿上的疤？拜托，帮那个老模特还不如卖个面子给我介绍介绍呢，我一直觉得我的鼻梁还可以再挺一点儿。”

何遇将最后一点儿酒吸尽，平静地说：“好好的，也安心吧。”

“安心？”Kevin 觉得越听越糊涂了。

何遇笑了一下，擦干饮酒的吸管，从侧门往展馆外走。

身后 Kevin 问：“颁奖典礼两天后是巡展南京站开幕，需要我替你订机票吗？”

何遇挥了挥手。

川昱曾说——“林夏亦是我老师的女儿，老师对我有恩，真在我的地盘出事，我会很内疚。”

她记得这句话，也记得自己明明白白告诉过他——“川昱，我不会让自己想念你的。”

说到，做到。

（四）

正蓝旗那日图苏木下属辖区的小镇入口，祭火节时挂出的崭新风马旗还飘在风里，颜色鲜艳、灿烂，与出入其中的蒙古族居民身上纯白色的新衣呼应，亦真亦幻。

辛干趴在小货车的车窗上，眯着眼数小酒馆门廊下的空瓶子，刚数到第三十七个，川昱拍了下他的肩膀。

“去查查，还缺什么别的没有，看样子快变天了。”

辛干笑着应了一声，从棉布口袋里掏出先前列的单子跟着川昱走到车后爬上车斗：“羊肉、面粉、土豆、毛巾、洗发水……咦，春联，三哥，贴门上的春联买了吗？”

川昱哈出了一口白气，眼神在几个装面粉、土豆的麻袋边扫了扫。

辛干眼尖，从靠车门的一侧揪出了一个小包：“这个是不是？”

川昱刚要说话，辛干已经拆开了。

锃亮的一个圆环形五金配件，比以往常见的更精致，倒像是专门抛过光的，辛干瞧了一会儿，拈起来通过配件的孔望着川昱，边玩边问：“这是安哪儿的？”

川昱一把从他手上夺回来揣进兜里，说道：“对联在左手边装肉的袋子下面，数数够数了没？”

辛干翻身去查数，川昱自顾自地走回了驾驶室里。

车载电台正随机播那些热闹喜庆的歌曲，川昱将音量调小后掏出了手机。

上午十一点十七分，多云转雪。

没有任何其他的信息提示，川昱将手机塞回了衣兜里。

“咣”一声轻响，手机磕到了那个早该安在淋浴管上的金属环。

他无意识地用指腹摸了摸配件内壁，它不似先前放在车斗里那样冰冷，入手光滑且清清凉凉的，就像那个女人的皮肤……

正播着的一首歌唱完了最后一句词，本该接下一首却莫名其妙跟了句歌手的祝福，说的粤语，发音从廉价音响里透出来含混且带着一种信号不稳的“吱吱”声。川昱抬手准备关掉，刚一伸手便听到歌手字正腔圆地憋出了一个词——团聚。

他缩回了手，扭头语气平淡地问辛干：“好了吗？”

“三哥，三哥你快看谁来了，快看呀！”

辛干站在车斗上叫了起来，川昱抿了下唇，愣了一秒猛地拉开车门回头。

他的嘴角比眼神更快挑起了弧度，以至于乌尼拉着庆格尔泰来到车边撞上川昱这个表情时有些不知所措。

辛干将孩子抱在怀里惊喜不已：“竟然都已经会走路了！真好！叫舅舅，叫舅舅！”

乌尼笑了一下，看了川昱一眼。

他嘴角依旧勾着，只是悄无声息地将脸上的惊喜转化为一种熟稔礼貌的笑意：“走得真好，再过一段日子，就该能满街追着舅舅买糖吃了。”

乌尼笑，辛干也笑，姐弟俩对了个眼色，辛干在兜里摸了一两块零钱跟川昱说：“三哥，你等我一会儿，我给尔泰买个零嘴吃。”

川昱点头，靠在车门上看一大一小往不远处的一个点心摊子走。

乌尼没动，川昱便随口跟她聊：“晚上队里一起吃个饭就算完事了，我让辛干早点儿回来，今年你们一家也在镇上过年吗？”

乌尼摇头：“阿布今年的羊卖了好价钱，在阿巴嘎旗买了两个铺面，说今年去铺子里过年，顺便帮着收拾起来，开春就开业。”

川昱点头：“好事啊！到时候我去喝酒。”

乌尼笑了笑，见路两边这会儿人不多，抿嘴理了下鬓边的头发往川昱凑了一步。

“昱哥。”

川昱如常应了一声。

她将说话的音量降了一些说：“不然……你跟我们一道儿去？”

川昱笑：“不用，队里还有人。”

他声音大，乌尼的脸“唰”一下红了：“昱哥，我不是那个意思。”

川昱回过神，见她的样子一下明白了。

乌尼索性将话说破：“先前我以为何遇会留下来跟你的，现在她走了，昱哥，外面的女人靠不住，咱俩好吧。你还干你的，我把铺子关了去你们队上给你暖被窝烧饭吃，你要喜欢孩子，我叫尔泰改了口之后，还给你生一个……”

车道稍远一点儿的地方有行人，乌尼的声音轻轻细细的却很坚定。

川昱看了看点心铺子前的一大一小还没回来的意思，轻咳了两声缓和气氛后，低声跟她说：“我一直把你当妹子……”

“可你总要成家的，我乐意跟你，乐意给你生孩子。”

“乌尼，”他叫了她一声，看着她认真的脸愣是将嘴边委婉拒绝的话咽了下去，沉默了几秒，坦诚地跟她说了句没羞没臊的话，“我跟她在一起惯了，这辈子换不了人。”

“她根本不把你当男朋友，我在手机上看了她说……”话说到一半，乌尼于心不忍地收了声。

川昱平平淡淡地笑了一下：“我知道。”

他凌厉的眉峰自然舒展，伸手捞了一下风，语气寻常地跟她聊：“快要下雪了，不然一会儿叫辛干直接跟你走吧，早点儿出发省得碰上暴雪路不好。”

乌尼红了眼圈：“她不会回来了。”

川昱笑了一声，像是没听到他的话，从兜里拿出卫生纸递给她：“嘿，兜久了都皱了，干净的。”

乌尼接过，辛干抱着孩子从点心铺回来了。

一切像是什么都没发生，三个人却心知肚明。辛干看到乌尼的表情就已经将事情的结果猜了八九分，偏还有点儿不甘心地说：“三哥，今晚就是除夕了，不然……”

川昱没给他说完的机会，故意笑了一声岔开话题：“除夕过后两天你可就满二十了，开春领种子包的时候，我可得亲自去植保店看看，行的话这媒人钱队里就省了……”

一听到“植保店”，辛干就像一只被踩了尾巴的猫，方才还有的小大人谋划样儿瞬间被两腮的深红羞得无影无踪了。

尔泰不懂事地指着辛干的脸颊叫：“舅舅红红，舅舅红红……”

川昱玩笑似的拌了两句嘴，又交代了一阵。

辛干直接跟着乌尼回去了，川昱一个人开了车，带着采购的东西往驻地开去。

十分钟、二十分钟……先前还多云阴沉的天气赶在暴雪飘下之前砸起了“簌簌”的雨点。

趁着还没下雪，川昱提了车速。

气温飞快地降了下来，刮起的寒风拍在车棚布上有种纵贯撕裂的气势。川昱盯着前方的沙道，莫名想起了自己受托去机场接何遇那天。

当时他扑了空，半夜骑马从阿巴嘎旗往回赶，没下雨，但风跟今天一样，出奇地冷，将他的脖子和脸冻得发红发肿，露出袄子外的手更是麻木到几次差点脱了缰绳。他想：这个女人，我这辈子都不想见到了。

“咣当——”新买的那个五金配件由于颠簸，从他兜里抖了出来。

川昱瞄了一眼，本可以到家再捡，他却下意识地停了车。

将配件拈起揩了揩灰，望着车窗玻璃外夹杂狂风的冻雨苦笑了一句：“我那天说着玩的，你要是真有灵性，别当真。”

川昱将配件放回口袋里，正要重新发动车辆，手机响了起来。

是乌尼。

天气不好，多半是问平安的。

川昱开了免提将手机放在驾驶台上，沙地四周风声呼啸，乌尼用一种怯怯的声音说：“昱……昱哥，我刚才好像看到了何遇，她……被人绑起来了。”

（五）

川昱马上掉转车头，将油门踩到了最底。

小货车在冻雨里驰骋，驾驶室内的通话仍在继续——

“几个人？往哪个方向走的？是不是何遇，你看清楚了？”

“我不确定，才看到一个影儿就被捂嘴拉走了。不过……不过那件衣服，跟上次你们来买车的那天她穿的一样，是两男一女……

动作很快，往东边开的，那辆车的车牌是27……辛干骑马追去了。”乌尼不确定，一边哄着孩子，一边担心着辛干答得慌慌张张。

雨势又大了几分，“啪啪”乱砸在挡风玻璃上，留下斑驳的水迹，雨刷左右清理依旧有死角处的视线被遮蔽，听筒里尔泰乍然“哇哇”哭了起来。

川昱不便再问，全力操纵着方向盘闷声道：“先挂了，有情况立马告诉我。”

“好……还有，那个女的我好像……”

“谁？”

“二男一女，那个女的我见过，不过不知道名字，她……”

“有什么特……”

“想起来了！是在集上，我带尔泰买糖她也在，留了一头红头发，我看到你们进去照相……”

乌尼的话没说完，车体颠簸摇晃中手机从驾驶台颠到了车座下，通话声很快被激荡的风雨声与引擎的轰鸣掩盖。

川昱俯扒着方向盘，迎着愈发猛烈的冻雨丝毫没有减速。

东边，向东边，渗入雨水的路沙松软异常，轮胎越开越陷，越陷越滑，川昱心里只想着一个方向，将车开得如游蛇一般。

很快，雨迹斑驳的车窗外露出了一个暗黑色的影子。

有人在骑马。

辛干对着身后的小货车喊：“三哥那边！何遇姐被他们抓了！”

马匹连带人都淋得一身狼狈，一张精黑的小脸冻得发紫却急红了眼。

川昱没有回答，冲他往回摆了一下手后，一个加速朝辛干追的方向冲离了车道。

松散的沙丘比原有的道路更加坑洼，川昱没有足够的时间去辨别哪里有凹坑哪里有藏起的碎石，死踩着油门往野地的风雨迷障里冲。

“哐咣哐咣……”车体的震颤声一下下冲击着耳膜。

突然，一道声音混进了川昱耳中。

前面有人说：“海哥，有车追来了！”

报信声明确了位置，川昱立马朝着声源处猛冲。

小货车失控般的速度已然暴露了来意，四下都是荒丘，海哥心一横，没有急着招呼手下逃窜，而是亲自上手一个原地回扫，停了车。

川昱见状猛地踩下刹车，滑行了十数米后小货车在一辆改装后的越野车前停下。

川昱率先下了车，淋着冻雨稳步走到越野驾驶位的玻璃窗前停下。

“有什么事，跟我说。”

他嗓音低沉，雨水顺着两颊的碎发流过喉结，浸湿了领口的夹袄。

越野车的车窗缓缓降下一些。

海哥点了根烟深吸了一口又吐出，说道：“兄弟，又见面了。”

川昱一动不动：“小姑娘不懂事，差钱差事儿，跟我说。”

海哥轻哼了一声，靠在车窗上一边吸烟，一边笑。

车里另一个男声油里油气地调侃：“治沙子的，穷鬼一个，掏空了家底还不够吃顿香的，找你？你能陪我乐呵？还是家里另有个妹子急着寻妹夫啊？”

川昱忍着，淋着雨任凭他嬉笑侮辱。

车窗覆了黑膜，看不见车内的情况，但车里的人在笑，一个、两个……乌尼看到的并不是全部，车里除了海哥，至少还有两个男的。

海媚从副驾驶凑过头，摆了摆手："谁说他不能抵事儿，我怎么觉着……还不错。"

话音刚落，又是一阵下流意味十足的哄笑。

这次川昱基本可以断定，绑了何遇的一共三男一女，四个人。

只是后座的情况他无法看清，无法确定何遇在车里的处境。

"放走那两只大鸨的人是我，害你们亏了多少钱，你开个价，我一定凑够，一分都不往下压。"

"钱？哼！我那天差点儿没叫你们那一棍子抡死！看清楚了！你赔？"后座一个脑袋露了一半，脑门上赫然带着一道深疤。

是刀伤，川昱一眼便能瞧出来。

可即便明白这不是自己伤的，此时也只能由着他们乱安罪名，想救人，得让他们的驾驶座空出来。

川昱点头："我的错。"

"怎么，奶娃子叫娘啊？认了就算了？"疤痕男咧咧嘴，平白透出一抹阴森的笑。

海哥的烟灰连同车窗上的一滴冻雨落在了轮胎边，他不急不缓地说："钱的事儿另说，那女人你要紧，我兄弟的伤，我也要紧，你给我兄弟一个交代，其他的事，不是没有别的办法。"

"我打了你兄弟一下，你兄弟可以下车打回来。"

"哎，我们可不是流氓。"

"那你想怎么样？"

"孙子你跟谁说话呢？讲礼貌知不知道！"疤痕男叫嚣。

川昱攥紧拳头忍下气，放平了语调："请问你想怎么处理？"

车里的几个男人狂妄地笑着，不时飙出几句折辱人的脏话。疤痕男一边掏着耳朵，一边说："雨声太大，你问什么？"

“请问，你想怎么处理？”

“什么？”

“请问！你！想怎么处理？”

大雨滂沱，川昱身上蓝灰色的夹袄湿成了浓黑色。车里的人发出一阵阵笑声，川昱雕塑一般立在沙地上，不卑不亢地重复那句话。

三遍、四遍……疤痕男终于笑够了，“咣当”一声从车里扔出一把修车的铁扳手，说道：“好办，你动手，我看着，我伤在哪儿，你就伤在哪儿；我伤多深，你就伤多深。”

川昱点头，往后撤了一步，从地上捡起铁扳手，死死盯着海哥的方向盘，静默了数秒。

“怎么，没诚意？那我还凭什么相信把你女人放了，你就能为我们的损失负责任？”海哥抬手掸去最末一寸烟灰，将烟蒂顺势丢进了雨里。

川昱抬手搭在车窗上，车内的人立马抄起手头的家伙指着窗口叫嚣：“你想干吗？”

“放手！”

川昱没动，海哥扬了扬手示意其他人安静。

“我知道你很能打，一挑一，我们几个轮番上也未必是你的对手。不过……你要是敢对准我的脑袋乱来，我后座兄弟手上的刀，怕是更快。”

川昱点头：“知道，我想见她一面。”

“海哥，不行。”海媚用胳膊抵了海哥一下。

川昱接着说：“只要她好好的，我立马还你兄弟一个说法。”

雨水浇在川昱脸上，风将他的皮肤吹成了一种铁青色。

海哥略微想了两秒，冲后座摆了一下手。

“咔”，同侧的后车门开了一道缝，何遇垂着脑袋仰面躺靠在皮椅上，一边看着她的正是疤痕男，明处没有露刀，但明显带着一股刺鼻的气味。

“何遇，何遇……”

一连叫了两声没动静，海哥说：“请姑娘坐车，太闹腾了可不好。”

“何遇，何遇……”

“叫叫叫，你要怕她死了就搭个脉好吧！”疤痕男被川昱叫烦了，心里想一脚蹬关车门却又顾及着海哥不敢动作。

谁知川昱接了句：“好。”

疤痕男自知说出去的话不好收，见川昱手伸向何遇也只能抄起家伙仔细盯着。

“何遇，是我，你好好睡，醒来之后，我带你回家。”川昱伸手探上她的脖颈，久别重逢后的一声呼喊格外温柔。

“怎么，现场成人表演？”

又一句下流的调侃，川昱的手被疤痕男重重地甩开。

“啪”的一声车门合上，何遇感觉到后颈上指甲捏掐带来的痛感。

淋过雨，即便是川昱的手也冰凉可怖，触到的一小块皮肉又被他下了十足的力气，何遇咬着牙，愣是没让自己发出任何声响。

靠在座椅上的她，头发散着，看似昏沉闭起的眼睛，实际上开着一条极细的缝。

驾驶位上的海哥失去了耐心，敲了一下车门说：“我时间有限，你……”

海哥的话还没说完，川昱抄起那把铁扳手便照着自己脑袋上敲了一下。

血立马顺着雨水流过他的脸颊，何遇躺靠的姿势一动不动，指甲却深深地抠进了坐垫里。

海哥的几个弟兄笑了起来。

川昱呵了一口气，擦了擦脸颊的血看着海哥，问道：“行了吗？”

海哥无动于衷：“这得问我兄弟。”

疤痕男看看：“位置是对了，不过兄弟，这深度有点儿……”

“咣——”扳手又一下砸在了头顶。

“还差点儿。”

又一下。

川昱站在雨里，滂沱的雨声掩盖了敲击的声音，车里的几个男人逐渐咧开了嘴，一个个变得面目狰狞且笑容阴森。

何遇的指甲将皮质的座椅抠到了最里层，余光中，车窗外的川昱就像一个机器人，冷静、残忍，不听命令不会停。

何遇目光所及，他的半张脸都是血痕，只是猩红才染上，雨水便又将它们冲洗干净，于是那张严峻的脸才露出，又被新的血迹染红……

何遇忍无可忍，刚瞄准海哥的脖子，副驾驶的海媚便闭了闭眼提醒：“海哥，不能弄出人命。”

“行了！”见川昱气力耗得差不多了，海哥招了招手。

川昱乍然落下挥动的扳手，顶着一张血迹斑驳的脸扶着海哥的车窗：“放了她，那两只大鸨的钱我……”

“哈哈哈……”

车厢里突然迸发的笑声比四周的冻雨声更加响亮。

男人们咧着嘴，睁着眼，露出各种扭曲的笑颜。

可川昱立在车边，直直的如同一尊雕像，尽管嘴角有些泛白，依旧说：“放了她，我会把钱给你补上……”

何遇脸色煞白，藏在暗处的嘴角已经被自己咬出了血腥。

车里没有一个人留意原本应该处在昏迷中的她，海哥索性盯着川昱的眼睛讲：“你以为我费了那么大劲儿绑她，就为了那两只大鸨？是，那两只雀子是让我亏了点儿，不过你也太小看我了，我就是明面上向保护站那帮废物示威的，也不止这个数儿……挑明了吧，今天，我是不会把她给你的。”

川昱眼神笔直，仿佛用尽了全力去盯驾驶位上的人。

海哥笑了笑：“兄弟，我敬你是条汉子，你放心，看在那几下的面子上我也会留她一条命，你回去等着，你的女人，我自然会放她回来跟你相会的。不过……”他饶有深意地顿了顿，“你别怪我，要怪就怪她名气太大，随便一张照片都能引起轰动。既然她拍了不该拍的东西，我不放心，就只好给她拍点儿差不多的东西永远让她住口了。”

车里的几个男人嘁嘁促促地笑，意味明了。

川昱咬了一下牙怒瞪海哥，车里的人刚要抄家伙防范，他却脸色苍白地朝着前车胎处倒了下去。

疤痕笑道：“蠢猪，起来啊，起来跟我拼命啊！”

海哥瞪了他一眼：“你，下车把他拖到一边儿去。”

“海哥，我这儿看着……”

“看什么，那丫头死人似的。”

疤痕男抵不住骂，用嘴型回骂了一句后还是乖乖地下了车。

雨势越来愈大，疤痕男一手遮头，一手去拽倒下的川昱，一下，两下……川昱的身子却像是嵌在了轮胎前一样一动不动。

不久车上下来了第二个人，两个人连拖带拉，不仅没将昏迷的川昱拉开，反而差点儿自个儿摔到车底去。

海哥急了，一边骂着脏话，一边亲自下了车。

驾驶位失去了控制者，车里只剩下海媚一个人，何遇心想：只要自己一举拿下海媚，就有希望开车撞向其他三个男人，再带上晕倒的川昱逃出生天。

她将视线挪到了座椅边的修车工具箱上，瘫着身子却悄悄用脚捞了一柄锤子。

海媚的脖颈近在眼前，何遇一寸寸将工具锤握在手里。

刚要行动。

车外“啊”地叫了一声。

海哥一挺身，额头位置多了个汩汩往外淌血的血坑。

川昱立即起身，握着之前那把扳手，狠准敏捷地又在海哥头上补了一下。

海哥应声倒地，挣扎了几下后，陷入昏迷。

疤痕男顺势朝着川昱扑去，川昱一个侧身躲过。海媚一见势头不对，反身想用何遇用作威胁，一扭头，被何遇精准地扼住了脖颈。

“你……”

“多说一个字，多动一下，这把锤子都会敲在你脑袋上，懂？”

海媚剜了她一眼，见何遇眼神生冷，只好眨眼服软。

车外的较量没有结束，疤痕男再一次扑向了川昱，而另一个盗猎者也瞅准了时机向川昱发动了攻击。川昱失血气力不足，好在另外两人没有凶器，三个人很快扭打在地。

何遇一手紧扼住海媚的脖子，一手取了车钥匙，刚用脚开了车门，涌浪般的冻雨便砸在了她身上。

被淹没的窒息感犹如千万条蠕虫一般爬上她的身体，何遇不由得身子一颤，惊惧地将车门关上。

她咬着嘴唇，握着锤子的手微微抖着。海媚侧了侧身，何遇立马将扼脖的力气提到了淋雨之前的程度。

“别动！”

她表情凶狠，眼神里却带着一种惊惧。

海媚反抗不过便笑了一下：“你怕水。”

何遇举起锤子，海媚却并没有住口：“怪不得第一次海哥把饮料洒在你身上的时候你反应那么大，嘿嘿。”

何遇加重了手中的力气，看着车外的川昱一时被疤痕男一方的人数优势强压落了下风。

疤痕男夺不下川昱的扳手便揪住了川昱的衣领，朝着他原有的砸伤处一下下击了上去。

川昱盯紧下盘用膝盖狠顶了疤痕男一下，疤痕男吃痛正要撒手，另一个人爬起来对准川昱的右手狠狠踢了一脚，扳手飞到了车底。

“你想要我的命，那你先去死吧！”

疤痕男发疯一般地再次往川昱身上扑。

何遇惊慌地睁着双眼，愤恨与恐惧同时压在心里，指甲几乎要扎进海媚脖颈的皮肤里去。

海媚挣扎着说：“你……你撒……撒手。”

何遇根本不理会她，两只眼睛锁定在川昱身上再次开了车门。

雨水扑在她脸上，灌进她的脖子里，回忆比现实更汹涌，她绝望地叫出了声。

川昱听到了，没有看她，顶着一头的血污与泥沙用尽全身力气爬起。

疤痕男的同伙被吓了一跳，疤痕男往前企图将川昱再次扑倒，这一次川昱没有躲，迎着他的面狠狠地给了疤痕男一拳。

疤痕男脑袋“嗡”的一声，吐了一口鲜血，川昱乘机照着他的腰部又给了一脚。

疤痕男被踢着滚下沙丘没了动静，川昱朝着另一名盗猎者大步上前，眼神镇定，面容沉着。

余下的盗猎者一跃而起，一下环在了川昱身上，川昱反肘击背，他便抬拳攻腰……

何遇再一次关上了车门，一张被雨水浇湿的脸早已没了血色。

她想起了泥沙灌入眼睛的黏稠，想起了耳朵里汹涌的涌浪声，想起了深渊般不断下沉的湮灭感，想起了没有光，没有声音，没有呼吸，甚至没有痛感的虚空。

外面的两人殊死苦斗不分上下，晕在车前的海哥在这时缓缓起身。

何遇双眼猩红，看着海哥从车下捞出那把扳手，拖着步子朝扭打中的川昱走去。

“不要！不要！”

她绝望地惊叫，海媚却诡异地笑了一声。

川昱看到了带着凶器朝自己走来的海哥，却因为另一人的纠缠实在脱身不得。

何遇推开海媚疯一般地挠着车门，看着海哥将扳手对准川昱的头顶，举高，再举高……

指甲生生折断了，血渍从她的指节渗在了车门上，那道雨幕像是他们之间的屏障，不可逾越。

何遇哭着，喊着，眼神对上川昱的那一刻，他却用口型跟她说：“开车，走。”

海哥的扳手举到了最高点，川昱突然迎风勾起了一抹笑闭上了眼，平和，细微，没有所求，真实快乐。

“砰！”

钝器砸在了肉身上。

海哥的一对眸子圆睁了两下，再次昏迷过去再不动弹。

“我听人说这玩意儿连天上飞鹰口里叼的小虫儿都能拍得清楚，真的吗？”

“真的。”

何遇丢下扳手，回想起这段对话木然一笑，那天，自己根本就没有按下快门。

冻雨息止，除夕的北疆飘起了大块大块的雪花，警笛纷扰中，川昱替何遇理了理淋湿的长发。

她双眸微红，但身子靠在他胸前时呼吸很平稳。

过了很久，何遇说：“我明天走，后天《风息》南京站开幕。”

川昱点头：“好，后天我去正蓝旗看口灌溉井，你要是打不通电话，应该是那片没什么信号，我人，好好的。”

没有挽留牵绊，没有伤感告别，他许她随心所欲，只再一次回应了她自己的打算。

何遇转身，抬头吻在了他脸上。

川昱笑了一下：“我记着，你不会让自己想念我的。”

何遇看着他的眼睛，勾嘴点头。

很久之后，风雪送来了一句淡淡的话——我会来找你，不管在哪儿。

番 外 一

求婚

“所以，没有求婚？”

“……”

“请了假专程去一趟你不求婚？这不是不干实事儿嘛！队长，你是不是……身体出了啥毛病？”

“……”

“三哥不是上个月刚做了体检嘛。”

“你懂什么，男人病多半是隐疾。这不实践啊，很多是看不出来的，就好像……”

“滚！”川昱终于开了口，紧皱的两道剑眉松了松，又更深地往眉心蹙。

眼镜还想打听两句，川昱一起身，连板凳都没留意捡，由着它被带翻四脚朝天，自己迈着步子风风火火往房里走了。

辛干以为眼镜说的“病”是指头疼脑热，麻溜跟过去在窗边问：“哥，要不我给你泡个感冒灵？”

川昱不接话，坐在床边，舔了一下发干的嘴唇，面容严峻，胸口起伏，双手叉腰，放下，又叉腰，好半天才冲着床头何遇的那张照片咬了咬牙，狠狠地指了两下：“你厉害！”

思绪往回流，那是在《风息》人像展成都站展览的第一天。

川昱特地请了假从呼和浩特去找何遇。

飞机到达双流国际机场上空的时候遇上了大雾，耽误了好一阵儿才顺利降落。

晚点了，不仅没赶上开幕，还错过了展馆开放时间。

阔别的小半年里，川昱对何遇的思念只能用另一种形式告知，两人从一个拥吻开始，在空寂无人的场馆里放肆。

拉了灯，关了监控，偌大的展厅比鹅羽软枕更让人热情。

他记得温存之后，何遇绾了头发穿了他的衬衫，光脚露着两条白皙的长腿领着他看这场展览。

场馆上方做了玻璃结构的覆顶设计，几缕月光透进来，荧亮空灵。

何遇问："什么感觉？"

他说一整年都没这么舒服。

然后，那两片赤红色的唇抿起了一个性感的笑，何遇指了一下正对面的那张半身像："我说它。"

川昱也笑，盯着看了一会儿说："有点儿怪。"

"哪里？"

"自己看自己。"

何遇点头，带着薄汗的手抚在了川昱脸上。

"好像……比照片里又黑了一点儿。"

"嗯，前段时间做事都是大晴天，下次注意。"

"注意防晒？"

"注意来之前穿件黑 T 恤，显白。"

何遇笑了一声，川昱也勾起了嘴角："我防晒也就这样，只能对比补救。张叔的女儿月初生了个大胖小子，一出生皮肤就偏铜色，接生的医师说，固沙队的种，隔几代都一个色，叫太阳给晒入味了。”

何遇不禁将嘴咧得更大些，川昱只看着她笑，自己反而不说了。

好一会儿后，他侧过头吻了下她的手，看着她的眼睛淡淡道：“何遇，我很想你。”

她止住了笑，川昱补充说：“每天都想。”

何遇没记错的话，这是他第一次跟自己说这样的话。

展厅里静悄悄的，没有浑善达克每晚都能听到或大或小的风流卷沙拍墙声。

何遇静默了好一会儿，抽回手跑到原来缠绵的位置将衣物完整地穿戴好。

川昱还想说什么，她将他的衬衫塞回川昱怀里，认真地吩咐：“快穿上。”

最后一个扣子扣上，何遇拉着他一溜儿小跑出了展馆。

停在门口的越野车上还带着那串数字划痕，何遇打开车门钻进车里，一脚油门载着川昱径直开出了市区。

“何遇。”

“嘘，我带你去个地方。”

川昱坐在副驾驶，看着眼前突然严肃起来的女人有些惊诧。

跟何遇在一起，去哪里都可以。就算她下一秒撒开方向盘带他冲下山崖，川昱也绝不含糊，只是现在……他摸了摸口袋。

刚才在展厅没说完的话，或许过一会儿能找到更好的时机。

这么一想，川昱没再多说什么，坐在副驾驶陪着她，转眼便睡了过去。

夏季正是固沙工作忙碌的时候，为了挤出时间来看她，川昱前几日几乎是没日没夜地在工作，现下心里安静，夜风和煦，他睡得很安稳。

“噗——”

不知过了多久，川昱听到一声闷响。

睁开眼，车子停在一条盘山公路的山腰上，天边有浅金色的光晕，快要日出了。

“何遇——”

他唤了一声，没听见人应。

川昱连忙跑下车，刚将两手环成喇叭状准备寻她，便看到她咧着一个狡黠且有些羞涩的笑从车后探出一颗脑袋瞧他。

“在方便？”他不由得勾起了一个坏笑。

何遇点点头，将身子收了回去。

他本打算原地等她，突然又听见一声重重的“噗”声。

“摔着了？”

“没有，没有。”

“我看看。”

“我方便呢。”

“又不是没见过，我看看。”

“等一下，等一下……”

何遇的语气难得慌张，川昱察觉到不对劲，迈步往车后走。

刚靠近后车厢，“砰”一声响，何遇用身体死死地靠挡在后备厢门上。

门没合紧，露出了一个袋子的角。

川昱略微扫了一眼，防水避光的密封材质，鼓鼓的，刚才那两声想必就是它掉在地上。

“里面装了什么？”

“没什么。”

“何遇。”

荒山野岭防水袋，重物落地声……川昱眯了一下眼，尽管知道她不会杀人放火也不由得严肃起来。

他没有再向前，却摆出一脸老干部坦白从宽抗拒从严的表情，何遇与他对视了几秒，开了口。

“川昱，你忙着固沙，我忙着巡展，没记错的话，这大半年连带今天，虽然我们就见过两次面，但是我总觉得，自从有了你，对别的男人似乎也没什么耐心看了，你觉得呢？”

“一样。”他如实回答，同时也琢磨这个小女人到底想要干什么。

何遇点点头，顶着后车门从口袋里掏了根烟点上：“那既然这样，就好办了。”

说完，何遇把烟掐了，身子一挺，径直让那个长而鼓的防水袋掉在了地上。

川昱正想问什么，她蹲下身子将口袋拉开了。

一摞、两摞、三摞……纵使川昱不贪财，一下子见着小半个人高的现金也叫他有些目瞪口呆。

川昱还没反应过来，何遇又将刚掐灭的烟点了起来，说道：“本来以为放松了，嘿，还是有点儿紧张，我再抽烟一口。”

川昱：“……”

“平时展览门票都是网上预订和扫码支付，昨天可邪门了，成都站，清一色都是用现金的，本来收纳好了存起来也是一样的，但川昱，我觉得这事儿没这么简单，四川这个省份挺邪乎的……”

她正说着，川昱猛然觉得四周的地形熟悉了起来，他记得左手边的那道山峦，山脚下绵延了一大片竹林，再往南一点儿，有条山溪……这儿是他大学时参加志愿者活动的地方，换句话说，当年他就是在那儿救起来何遇的。

川昱将她的心思猜了个大概，刚要开口，何遇赶在他之前抛出了一句：“不然，咱俩在这儿登记了吧？这算嫁妆，怎么样？”

川昱眉头一皱，手不由得摸了摸口袋……完了，这事儿让她抢先了。

“三哥！”

“队长！”

“三哥！”

川昱脑海中何遇叼着半根烟求婚的影子还没完全散去，院子里的辛干和眼镜就叫了起来。

他咬了一下牙，不小心着力点外挪，蹭到了嘴唇上，咬破了点儿皮，没两秒就出血了。

“哥，哥你快出来啊！”

“这……”

“队长！你快来看！”

外面吵吵嚷嚷，没过一会儿连尤金都操着一口内蒙味儿十足的“My God”出来叫喊。

川昱担心出了什么大事，顾不上擦血夺门而出。

刚跑到院子里就跟何遇撞了个正着，只见她站在满满一大卡车的水管、沙铲工具前一边揉脑袋一边说：“用钱做嫁妆太俗气，我考虑过了，出点儿别的吧，这些东西实用，你用算工作，于我算公益，你看怎么样？”

眼镜：“不得了，不得了。”

老张：“不得了，不得了。”

辛干：“不得了，不得了。”

尤金：“不——”

尤金的话还没说完，川昱一眼瞪过去，生平头一次又难为情又憋屈地冲何遇说：“不是，我说，这是选什么嫁妆的问题吗？”

番 外 二

川息

去过固沙队驻地，乃至只是从旁经过的人都知道东西可以乱吃，话可以乱讲，但是川息，是绝对不可以惹的。

小丫头五岁半，能文能武，动敢拉尾骑羊，静可卖萌要糖。

城市里拘束无趣，何遇有意将她放在浑善达克养着。川昱起先很高兴，将这个微缩版的小何遇日日带在身边，在她还走不稳的时候，逢人就抱出来，捏捏脸，擦擦手，颇为得意地炫耀：“可爱吧，川息，我闺女。”

那时的小川息乖巧爱笑，总在川昱介绍完之后睁着一双水汪汪的眸子甜甜地喊：“爸爸！”

除此之外，根据嘚瑟对象的不同，“爸爸”两个字也能准确地换成“辛干叔叔”“眼镜叔叔”“金叔叔”“张爷爷”，哄得整个固沙队的人都恨不能跳过谈情娶妻的流程，直接生个小女儿带在身边。

为此，川昱总在忙完一天工作之后，看着坐在自己膝上嘬奶瓶的川息发愁：“以后不知道哪个兔崽子来骗走我可爱的闺女。”

每每说到这句，满驻地的男人都开始咬牙切齿。

可没两年工夫，这种平白而生、无明确对象的恨意就转化为另一种情绪。

“D1117 封育的那片草场植被恢复得很不错，不过昨天巡检的时候发现西北边有被牛羊啃食的迹象，今天去那儿检查一下被侵面积，顺便在外围重新插上立牌，好叫附近的牧民引起注意。”川昱指了指铺在桌面上的那张区域图，听到一旁用小木勺舀奶茶喝的川息没了动静，一扭头，小丫头果然已经舍弃了勺子，正学着小羊舔水的样子将半个脑袋都扎进了碗里。

听到川昱布置工作任务的声音停了，小川息立马仰起了头，余渍顺着脸颊流了一颈，依旧若无其事地捞起一旁的木勺舀奶喝。

一屋子人被她的镇静惊得目瞪口呆，一边看着川昱替她更换早上才穿上的小外套，一边暗暗商量。

眼镜：“快算算快算算，今天轮到谁看这个小祖宗了？”

辛干：“我记得是张叔。”

老张：“什么？说话要凭良心啊！前天就是我看的，好家伙，这会儿我衣兜里的牛粪味儿还没洗掉呢。”

尤金：“昨天是我，喏，我裤腿上还有她绞的洞为证，三四个，你们可不能装看不见欺负外国人。”

眼镜和辛干对视了一眼，二选一的问题，如临大敌。

果然，川昱很快就捞着小姑娘换下的脏外套开始说：“今天谁负责看她谁领走，我去给她把衣服搓一搓。下午何遇过来接孩子回北京上学，大伙儿受累了。”

眼镜看了看小川息，想起了上次自己看她时稍微打个盹儿，就被扎了满头小辫，还顶着去了镇上的事儿就后怕不已，率先抬手指辛干：“他，队长，今天轮到辛干了。”

辛干脸一僵，川昱说：“行，今天你的活儿算在我头上，谢了。”

眼镜呼了一口气，身后的老张和尤金也为“逃过一劫”欣喜不已。

辛干想了想，有些发怵地问川昱：“哥，何遇姐下午就把孩子接走了，你看，今天你是不是趁机巩固下父女感情呀？插标牌的事儿我们几个就能搞定。对了，听我阿姐说，孩子记性不好，要是感情不深啊，过一段时间没见就跟你不亲了。”

川昱抿了下唇，想着昨天半夜里被川息折腾起来陪她披床单演仙女的事就差点硬汉落泪，立马正色道：“父女感情……够深了。”

辛干还想说什么，小川息就踱着步子走到了他身边，粉嫩饱满的一只小手攥着辛干的衣角，奶声奶气道：“辛干叔叔，你不喜欢跟我玩吗？那你跟爸爸去工作，小息自己留在家里吧，我可以跟马棚里的大红和灰灰玩，它们不嫌弃我。”

纵使知道这是小姑娘要跟出去玩的惯用伎俩，一番话下来还是让所有人都没出息地站在了她那边。辛干听得心比耳根子更软，连连摇头：“不不不，叔叔可喜欢跟小息玩了，我们一起去看封育的草场。不过小息乖，这回要是见着羊我们不骑了哈？上次蹬的那脚，叔叔现在还疼呢。”

川息眨巴了下眼：“嗯！小息一定乖乖。”

三个小时后，D1117 封育地西北边界外围。

“驾驾驾！羊羊快跑！”小川息半个身子箍在一头成年绵羊身上，惊得整个羊群都像得了失心疯一般蹬腿乱窜乱跳。

川昱带着人手在稍远的地方安插立牌，负责看川息的辛干只能一边跟牧民赔礼道歉，一边跑过去拉骑羊的川息：“可不敢可不敢，一会儿踢着你怎么办！小祖宗，现在你可千万别撒手啊，我来了，我来了。”

靠近羊群，辛干的步子慢了下来，他弯着腰，尽可能不再让被骑的绵羊再次受到惊吓，可正因为体位弓得低，腰部又被好几头处在惊慌之中的绵羊顶了几下，不至于伤脾动肺，但也皮麻肉酸。

可川息似乎不知道怕，环抱在羊脖子上仰着头笑得春光灿烂：“羊羊驾驾，羊羊……”

被抱住的母羊蹬了两下地，愣是没甩开她。川息咯咯地笑着，反而唱起了歌。

嗓音清亮，节奏悠长，牧民顺势吆喝了几声，羊群平静了不少。

辛干趁机猛扑一把，将小姑娘从羊背上抱下。

羊群一哄而散，一大一小原地打了滚，辛干怕摔着她，顾不上被顶的腰痛连忙爬起来看她。

蓝天，白云，近处的草和风，远处的羊和人。

小川息躺在绵软的沙地上“咯咯”直笑：“辛干叔叔，今天下午妈妈就要来接我了。”

辛干点头，幸好这个小祖宗没摔出个好歹：“嗯，可不敢调皮了，不然叫三哥打你屁股。”

川息又笑了一阵，还说：“爸爸才不会打我屁股呢，他要是凶我，我就告诉妈妈，叫妈妈不给他亲亲。”

辛干一笑：“鬼精灵。”

两人又玩了一会儿沙子，讲了一会儿故事。太阳快下山的时候，川昱给辛干打了个电话，说何遇来了，封育区的工作也刚好做完了，得带着小姑娘回去。

辛干说好，问小川息玩够了没有。

没人回答，辛干这才发现小姑娘已经抓着一朵小野花睡着了。

他将孩子抱起放在肩上。

他揉了一把老腰乐呵呵地说：“你这个小屁股蛋，从明天开始就不能祸祸我们、祸祸羊了，嘿嘿……”

川息伏在他肩头，两只小腿晃晃悠悠，喃喃道：“北京好玩吗？”

辛干瞅了她一眼，小姑娘眼睛睁开了，没了瞎闹时的调皮劲儿，懵懂可爱的样子乖巧无比。

他想了想，看到前方不远处又站着几只羊，立马提高了警惕：“可不许想什么坏主意，叔叔的腰快要被羊踢断了。明天何遇姐带你上北京，幼儿园里可好玩了，有大象、河马、孔雀，还有猴子……”

辛干只想早点儿抱着她从绵羊边走过，避免她又胡闹，根本没注意自己说什么。

川息却听得认真，还乐呵呵地纠正他：“辛干叔叔你说的是动物园，爸爸给我讲过的，动物园里有大象、河马，幼儿园里只有很多小朋友。”

“是啊，幼儿园里的小朋友可好玩了！”辛干看了一眼身后远离的绵羊，松了口气。

小姑娘想了想：“比跟爸爸和你们在一起还好玩？”

辛干点头：“好玩多了，你去了北京就知道，没准儿，过两天你就把我忘得干干净净了。”

她说“哦”，很乖地趴在他肩头。

待两人走到乌斯固沙小队大铁门前时，辛干看到了何遇的车。他将小姑娘抱下马，刚要喊人，川息揪了下他的衣角。

辛干笑了一声：“放心，叔叔会说你今天很乖的。”

川息摇了摇头，小小的个子仰着头认真地说：“我不会忘了辛干叔叔的，你知道哪些草果能染红绿色的浆布，知道哪里能逮到跳跳鼠和小野兔；你会挤羊奶，也能用晒干的牛便便生火，会编篮子，会做饼，会吹口哨也会唱歌。如果还有小朋友能好玩到让我忘记辛干叔叔，那他们就太完美了。可爸爸说，除了妈妈，没有人是完美的。”

辛干一愣，站在门口看着这个小不点突然哭出了声。

闻音率先出来的川昱提着一颗心紧张得不行，生怕自己将孩子带得太野让媳妇担心，连忙交代辛干说：“忍着忍着，你哥我小两月没见媳妇了，她刚说陪我住一阵儿……”

辛干没答，越哭越大声。

何遇正巧走到门口，川昱大男孩一般冲她笑了笑，辩解道：“偶尔淘气……”

还没说完，辛干给了何遇一个熊抱，撕心裂肺地喊：“姐！小川息她是天使啊！”

何遇：“……”

川昱：“……”

眼镜、尤金、老张：“……”

三十七岁的川昱开始担心，川息这个闺女，以后会祸害多少兔崽子为她肝肠寸断。

（特此声明：本文有关固沙细节及组队编制按情节需要经过艺术加工。）